邪神決闘伝

クトゥルー・ミュトス・ファイルズ
The Cthulhu Mythos Files

菊地秀行
Kikuchi Hideyuki

創土社

クトゥルー・ウェスタン

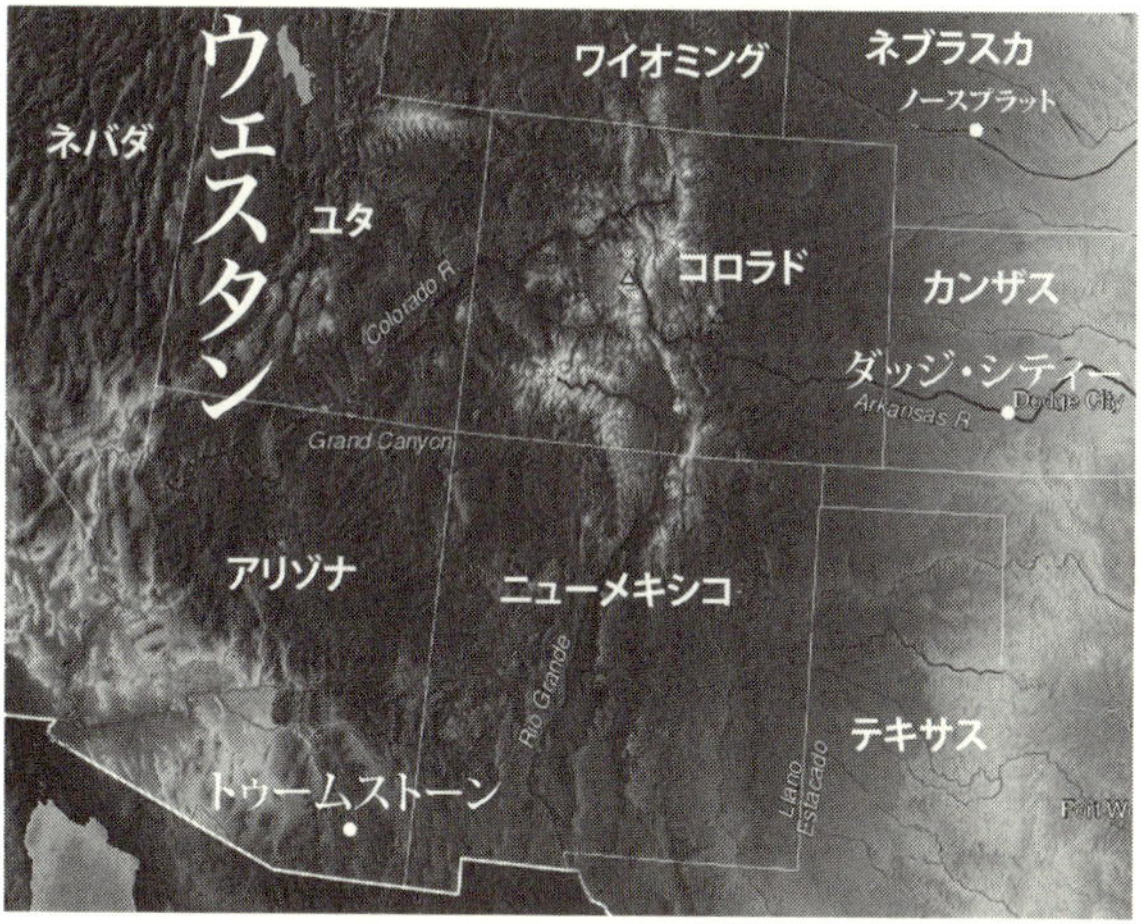
ワイオミング
ネブラスカ
ノースプラット
ネバダ
ユタ
コロラド
カンザス
Colorado R.
ダッジ・シティー
Arkansas R.
Dodge City
Grand Canyon
アリゾナ
ニューメキシコ
Rio Grande
テキサス
Llano Estacado
トゥームストーン

目次

第一章　拳銃使い《ガンマン》と忍者《しのび》

1

　ギャスケル渓谷《けいこく》に入ってすぐ、おれは馬を止め、したたる夏の汗を拭《ぬぐ》った。物の本によると、ここカンサスの降雨日は付近の州よりもかなり多く、しかもアラバマと並ぶ雷の多発地帯だ。東部と北部での雷雨は凄まじいものがある。この雷を見るのが楽しみでやってくる連中も多く、准州《カウンティ》待遇《たいぐう》を州《ステイツ》に昇格させるべく、知事や銀行家たちがワシントンへ賄賂《わいろ》行脚《あんぎゃ》に忙しいという噂も、本当かも知れない。それが、今は別世界だ。もうひと月も雨がない。とうの昔に濡《ぬ》れ雑巾《ぞうきん》のようなスカーフは、それでも汗をよく吸ってくれた。これで砂混じりでなきゃいいんだが。顔を拭うとき、ざらつくのは気分が悪い。

　水筒の水をひと口飲《や》って、おれは馬を進めた。クレイドンの酒場のバーテンによると、奴はおれの到着《とうちゃく》より一時間前に町を出たという。懐中《かいちゅう》時計は正午まで十五分を指している。近くに水場があって、誰にも追われていなければ、必ず立ち寄るはずだ。

　陽射《ひざ》しの下に出たとき、銃声が轟《とどろ》いた。

　ライフルだ。また一発。同じ射手か反撃かはわからない。かなり下——川のほとりだと見当はついた。おれは長靴《ブーツ》の拍車《はくしゃ》を馬の横腹に叩きつけた。

　思いの外なだらかな道を下りると、大きくせり出した場所があった。

　見下ろす前に、ライフルが三度続けざまに吠えた。殆《ほとん》ど同時──と言うより、三挺《ちょう》まとめて撃ったとしか思えない。だが、おれにはわかった。射手はひとりきり。奴──オズ・ビラマンテだ。だが、相手はなぜ反撃しない？

　五〇メートルほど下で、川の流れに沿うように、二人の男が布陣《ふじん》していた。

　近い方に眼をやって、おれは少し驚いた。そいつの頭しか見えなかったからだ。目を瞬《しばた》くと、首から下はすぐそばに密集した草と同じ色の衣装に覆《おお》われていることがわかった。上も下も草色というのは珍しい。しかし、同じ色のシャツを着た男が、藪《やぶ》の中をうろついているのを見たことがあるが、消えたりなどはしなかった。

　男の後ろに半ば砕けた岩が転がっていた。ここから見ても、いま破壊されたばかりだとわかる。男は最初そこに隠れていたのだが、岩という楯《たて》を射《う》ち砕かれて、いまの草むらに逃れたのだ。

　またも轟く銃声は、優に五十挺の一斉射撃《いっせいしゃげき》としか聞こえなかった。切れた草が宙に舞い──そればかりか横の地面も弾けとぶ。男は最初、藪に紛《まぎ》れていまの場所へ移動出来たが、相手はたぶん、遮二無二そこから先の侵入《しんにゅう》を阻むつもりで草むらにも猛射をかけ、男を封《ふう》じることに成功したに違いない。

　その敵は、男の前方八〇メートルほどの岩場にいた。おれと同じテンガロン・ハットを被り、赤いシャツに茶のベストを着けている。顔は見えないが、バーテンから聞いたのと同じ服装──ビラマンテに違いない。

おれはビラマンテの後ろに廻ることに決めた。足止めされている男の素性はわからないが、助ける義理はない。ビラマンテの奴が、男に気を取られているうちに、後ろを取れれば断然有利だ。生死に関わらず《デッド・オア・アライブ》五千ドルの賞金がおれの手に入るし、楷梯も上がる。

おれは馬を道の上まで戻し、ビラマンテの背後へと崖に沿って走らせた。

すぐに後ろを取れた。おれは馬を下りずにライフル・ケースからウィンチェスターを抜いて、ビラマンテの後頭部に狙いをつけた。

この間、奴はどう見ても一挺きりのウィンチェスターでさらに射ちまくり、男の隠れる草むらは半分ほどの広さに刈り取られていた。ウィンチェスターの弾丸はコルトフロンティアの四四口径銃弾だ。銃身の長い分遠くまで届くが、一挺分――十五～七発を射ち尽くしても、こんな芸当は不可能だ。少なくとも百発は要る。

さすがは夢だ。突拍子《とっぴょうし》もない真似をしやがる。

おれは足場を確かめ、右斜め下で射撃を続けるビラマンテの後頭部に照準を合わせた。高さ四〇メートル、距離は五〇。拳銃だと難しいが、ライフルなら十分射程距離内だ。

引金に指をかけ、

「オズ・ビラマンテ」

と叫んだ。声が届くまで一秒と少しかかった。

奴はふり向いて、おれを見た。板みたいな長い顔の鼻の下は髯《ひげ》に塗りつぶされていた。

おれは引き金を引いた。ビラマンテが銃口を向けたところで、弾丸は眉間《みけん》を貫いた。後頭部から脳漿《のうしょう》が扇状《せんじょう》に噴出し、岩肌に貼りついた。崩れる身体は、糸の切れた人形《マリオネット》に似ていた。

呆気《あっけ》ない――と思った。

だが、お尋《たず》ね者《もの》の指は、まだ引き金に触れているのだった。倒れたショックで、奴のウィンチェスターも火を噴いた。おれの方へ。

秒速三〇〇メートルの弾丸《たま》を躱《かわ》せる人間はいない。おれそうだ。躱しは出来ない。

地面が崩れた。おれは宙に浮いた。ビラマンテの弾丸は、おれの立っている岩の何処《どこ》かに命中し、粉砕《ふんさい》してしまったのだ。

ビラマンテの死体がいる岩場が迫って来た。

本気で危《やば》い、と感じた瞬間、鈍い衝撃が腰にぶつかり、おれは岩場から三、四メートル離れた藪の中に持っていかれた。

誰かに横抱きされたのはわかっていた。

地面へ放り出されてから、生命の恩人を見上げた。

緑の上下を着た小柄な東洋人が、無表情におれを見下ろしていた。

おれは素早く立ち上がり、埃《ほこり》と土を払いながら、最も気になる質問を放った。

「どうやった？」

東洋人は静かに、

「落ちて来るのと同じ速さで横へ運んだ」

おれは驚いた。まともな英語を話す初めての東洋人だ。断言してもいいが、西部でこれ以上達者な奴に会うことはあるまい。

格好といい、ビラマンテと闘《や》り合った度胸《どきょう》といい、おれを救った技を抜かしても、尋常《じんじょう》な人間とは思えない。

「中国人《チャイニーズ》か？」

「日本人《ジャパニーズ》だ」

鉄道の敷設《ふせつ》、鉱山労働等、中国人の姿はよく見るが、日本人というのは珍しい。この国がまとめて発狂したとしか思えない一九四〇年代の黄金《ゴールド》ラッシュの際、日本人が混じっていたそうだが、風の噂だ。

「中国人がおかしな術を使うとは聞いていたが、日本人もか。東洋というのは面白いところらしいな。とにかく礼を言う。おれは〝シューター〟(射手)だ」

「シノビ」

おかしな名前だと思ったが、向こうにしてみれば、おれの方が百倍も奇妙かも知れない。

おれは立ち上がり、なおもウィンチェスターを手にへたりこんでいるところへ行った。へその周囲がずきずきする。

「百人以上を殺した〝ライフル魔〟オズ・ビラマンテも、死んでしまえば犠牲者と同じか」

突然、すさまじい痛みが膝を締《し》めつけ、おれはよろめいた。考えてみれば五〇メートルの高さから落ちたのだ。これくらいの痛みは当然なのだが、痛いものは痛い。

足がもつれて倒れかかったところで、斜めに宙を仰《あお》ぐビラマンテのウィンチェスターを掴んで身を支えた。

「何だ、これは？」

銃身を見つめた。あれだけ射ちまくったのだ。

銃身はまだ火傷《やけど》するくらい熱くなければならない。

それが、冷たいのだ。

「どうした？」

シノビが訊《き》いたので、おれはウィンチェスターを死体の手から外して、放ろうとした。

びくともしない。ビラマンテの右手はウィンチェスターの銃把《グリップ》を握ったきり、膠《にかわ》で貼り付けたみたいに、放そうとしないのだ。人差し指が引き金にかかっているのをみて、おれはすぐ手を放した。

「執念《しゅうねん》だな」

シノビが妙にしみじみと口にした。

「これは落とすしかねえな」

おれは右膝のベルトにつけたボウイ・ナイフを抜いた。三〇センチ超の刃が陽光を反射し、近くの岩を白く染めた。

シノビが訊いた。おかしな内容だった。

「人間の手を落としたことは？」

「何度か」

「一撃で？」

「三、四回はかかってる」

シノビはうなずき、ビラマンテに近づいて、問題の右手を眺めた。右手が腰の後ろに廻る。迂闊《うかつ》なことに、おれは初めて、奴の腰に帯《ベルト》が巻かれており、斜めに鞘《ケース》入りの小刀《ナイフ》が差してあるのに気がついた。

ナイフに見えたが、おれのより刃渡《はわた》りは一〇センチも長く、幅は半分もない。東洋人の小道具だ。

いきなり閃《ひらめ》いた。

かすかな音が同じ位置でした。それ以外は、少しも変わっていなかった。シノビはナイフの柄《え》に手をかけたままだ。

そう思ったとき、変化がNOと言った。シノビが左手でウィンチェスターの銃身を握って立ち上がったのだ。

ライフルは素直について来た。その銃把にビラマンテの右手首をつけたまま。

おれは放られたウィンチェスターを受け止め、血の気を失った手首を見つめた。まだ放さない。

「ほお」

斬り口を見た。もう一度、ほおと出た。正直、感心せざるを得なかった。

こんなきれいな斬り口を見たのは初めてだ。

同じ目に遭った手首はいくつもお目にかかった。ナイフや手斧《ておの》を何度も振り下ろした挙句のものも、マサカリの一撃の下《もと》にとばされた品もあった。だが、どれも斬ったとはいえない。叩き折る――或《あ》るいは斬りつぶすというのが正確だ。それがこいつは――骨も肉もあまりにも滑《なめ》らかに斬り落とされている。

神の仕業――という言葉が浮かんだ。

おれは、それでも離れぬビラマンテの手首を掴んで、ウィンチェスターのレバーを起こした。上面の排莢《エジェクション・ポート》孔から薬莢《やっきょう》がきらめいて飛んだ。おれを射った分だ。レバーを戻して、また起こす。今度は未使用の弾丸が排莢《エジェクト》された。続けざまに動かすと、十五回で終わった。

ウィンチェスターの銃身の下に付く円筒弾倉《チューブ・マガジン》には、思い切り詰めれば十七発の、拳銃弾が入る。

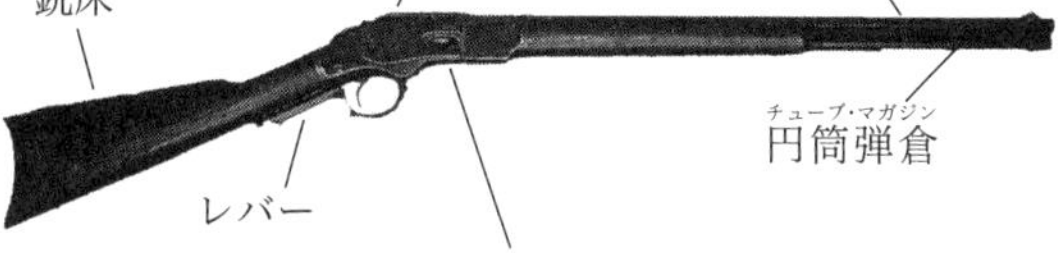

ウィンチェスターM 1873

それでは前方の発条《ばね》が早めに傷むので、一、二発の余裕を持たせておくのが普通だ。だが、このライフルは少しも普通じゃなかった。

シノビに射ちまくった弾丸は、その凄まじい――多銃身機関銃《ガドリング・ガン》以上の発射速度を別にすれば、優に五十発を超えていた。ビラマンテのそばに他のライフルはないから、これ一挺の仕事になる。

何故、休みなく五十発も射てた？　いつ新しい弾丸を装填《そうてん》した？

「おい」

シノビの声に応じてそちらを向くと、いきなり光るものが飛んで来た。掴み取った。普通の弾丸だった。

「いまあんたが弾き出した最初の一発だ。あんたを射った後ビラマンテは、排莢していない」

シノビの言う意味はすぐに呑みこめた。

弾丸を射った後、レバーを起こして空薬莢《エンプティ・ケース》を弾き出し、戻して次弾を装填する。これがウィンチェスターの発火システムだ。ところが、奴はおれに向かって一発射ったところで死に、レバーを起こす前に死んだ。おれを狙った弾丸は空薬莢となって、弾倉に残っていなければならない。それなのに、出て来たのは未使用の弾丸だったとシノビは指摘したのだった。

「間違いないか？」

この男には無駄な問いだと思いながら訊いてみた。

日本人は握りしめた右手をおれの前に突き出した。

おれはその下で手を開いた。

弾丸がまとめて落ちて来た。

「さっきのと合わせて十五発。みな同じだ」

2

軽い驚きがおれを捉えた。弾丸《たま》の件よりも、続けざまに弾き飛ばした十五発を、こいつはいつ拾い集めたのだ？　ひょっとして全弾受け止めたのか？

「弾込めしたとは思えない連射ぶり。それなのに弾丸は一発も発射されていない。銃身は冷えきっていた――夢みたいな話だな」

「そう思うか？」

シノビはおれを見つめていた。

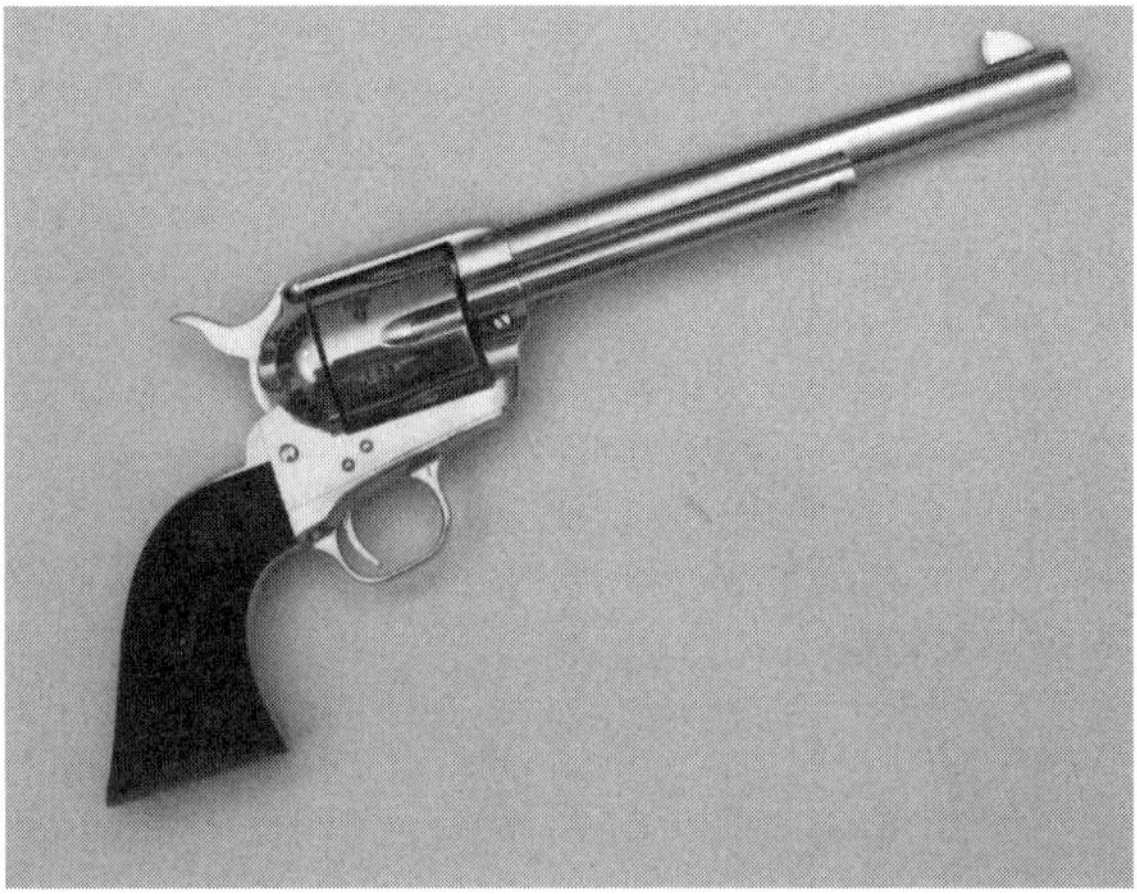

Colt Single Action Army

　おれは答えず手首付きのウィンチェスターを彼に放って、草むらの前にシノビが隠れていた岩の方へ歩き出した。

　どう見ても、四四口経弾の命中痕《こん》とは思えなかった。拳銃弾など岩の破片《かけら》を少し撥《は》ね飛ばしただけで、ひしゃげてしまう。

　ふた抱え——二メートル余もありそうな岩の上半分が地面に転がっている。

「まるで、ダイナマイトを仕掛けたようだな」

　銃把を前に収めた左腰の銃鞘《ホルスター》のコルトへ、おれは視線を当てた。五発装填済みの弾丸はウィンチェスターと同じだ。この共通性によって両者は西部一帯《ワイルド・ウエスト》に広まったのだ。

　ウィンチェスターは軍隊への採用を狙ってい

たらしいが、それは単発式のスプリングフィールド銃《ライフル》に奪われた。弾丸の威力《パワー》が弱すぎたのである。

おれはまた、砕かれた岩を見た。それから、

「この国には長いのか？」

と訊いた。

「ああ」

「なら知っているかも知れんが、おれは賞金《バウンティ》稼《ハンター》ぎだ」

「……」

「オズ・ビラマンテは四つの州で殺人と駅馬車強《ごう》盗《とう》、強姦《ごうかん》を繰り返し、合わせて五千ドルの賞金がかけられている。おまえは何者だ？　偶然出食わしたとも思えんが？」

どんな反応が返ってくるか、正直わからなかった。わからない中にも、次の返事は入っていなかった。

「オズ・ビラマンテは、ミネソタのティアラで五十人以上の武装した町民と戦い、全員を射殺したが、自分も三十発以上被弾《ひだん》した。目撃《もくげき》した町民によれば、弾丸は顔面にも心臓にも肺にも命中していたという。奴は不死身だったのだ。あんたはそれを一発で仕留めた。賞金稼ぎといえば通ると思っちゃいまいな？」

どこか厳しさに欠けた表情と声。それは不死身というあり得ない言葉を口にしても変わらなかった。この東洋人はおれとビラマンテについて、何か知っているのか。

だとしたら、こいつを今、射ち殺すべきか？

おれの物騒な考えはシノビにも読めていたかも知れない。

だが、彼は背を向けて歩き出した。自分が置かれた状況など気にもならない、と言うか、理解してもいないような、平然たる足どりであった。

おれより場数を踏んでいるな。今更《いまさら》ながら思った。

「おい」

これは自分でも意外な行為だった。

「——何者だ？」

返事はあった。

「シノビ」

そこから二十歩ほど進んで、日本人は右へ折れた。小道があるのはわかっていた。ビラマンテに射たれたとき、馬を逃がしたはずだ。そこにいるのだろう。

ビラマンテの手首とウィンチェスターは奴の身体の上に置かれていた。

おれは水辺《みずべ》に近づき、その周辺を確認した。

奴が楯にしていた水辺に、幾つもの石と土が荒っぽく蹴散《けち》らされたような痕跡《こんせき》があった。シノビの接近に気づいたビラマンテの動揺《どうよう》が伝わって来た。

黒土から数センチ、棒杭《ぼうくい》の底が覗《のぞ》いているのが見えた。石だ。指を土に刺した。杭《くい》は深くめりこんでいた。ぎりぎりまで手を差し込んだ地点で握りしめた。

呼気《こき》に合わせて引き抜いた。長さ二五、六センチ。表面にはびっしりと馴染みの絵と文字が刻みこまれていた。

幾ら見ても、理解できるのは数個ずつしかなかった。

波と石柱と、烏賊《いか》の頭部を取った、ぶよついた怪物、背中には退化した翼。両手両足は鉤爪《かぎづめ》だ。その下に描かれた形を、かろうじて人間とするならば、怪物の身長は二〇メートル近い。

残りが奇怪《きかい》な文字――とわかるのは一部の人間だけだ。

イアイア――ハアライアイア――フングルイ……ムグルウナフウ……テフミササ……ドゴオオホ……アア……アア……

読めるのはこれだけだ。

この杭で何をするつもりだったかはわからないが、想像はついた。

これは儀式だった。その途中でシノビという邪魔者が割って入ったのだ。

おれはただの棒杭と化した石を河の中に放った。小さな水しぶきが上がって、それで終わりだった。

さて、賞金を手に入れるには、当人の死体を保安官事務所へ運ばなくてはならない。

おれはビラマンテのところへ戻った。声は上げなかったが、少し眼を剥《む》いた。

死体は跡形《あとかた》もなく消えていた。それどころか、あのウィンチェスターと手首も同じだった。シノビの顔が浮かんだが、ここまでは出来っこない。

幾つかの解決案が横切っては消えた。

うちひとつが、何とかおれを納得させた。

「夢だからな、醒《さ》めたんだろう」

おれはそれを口に出して言った。

おれが川っぷちの儀式跡のところに身を屈《かが》め

ていた頃、崖上で、小柄な東洋人が右手の拳《こぶし》を望遠鏡のように右眼に当てていた。こうすれば眼の焦点《しょうてん》深度が深まり、とりあえず、ある程度は鮮明《せんめい》に映る。

この東洋人の眼と拳の成果はそれどころではなさそうであった。

「夢見タリ……形ヲ成ス……消スベシ……否《いな》……実体トナラン……」

彼は拳を下ろしてから、意味不明の言葉を口にした。

それから、

「夢はどれを求める？　眼醒めか、そのままか、或いは——実質を備えるか？」

と低く洩《も》らして、遠くで草を食《は》んでいる馬の方へ歩いて行った。

おれがダッジへの道を選んだ理由はひとつ——ピラマンテが向かっていたからだ。ひょっとしたら他の奴らも集まるかもしれない。単なる可能性のひとつだが、とりあえず、それに賭けるしかなかった。

ダッジ——ダッジ・シティのことだ。テキサス〈ロングホーン〉の最終地点にして、カンサス鉄道の中継地点たるこの町は、東部のセントルイス、北部のシカゴへの牧牛運搬の拠点として殷賑《いんしん》を極めていた。

牛追いの牧童《カウボーイ》たちが着けば、当然、羽目を外した大騒ぎが狭い町を埋め尽くす。銭惜しみを知らない彼らのドルを狙って、酒場や売春宿の女どもが胸のふくらみをゆすり、賭博師《とばく》やギャング、その他の悪党どもが、陰険《いんけん》な眼を光らせながらいかさまカードを配り、言いがかりの機会を待ちかねている。カウボーイたちが留まる間、射ち合いは連日、盛り場の天空にどよもし、保安官と助手たちは生命を的に無法の町を飛び廻らなくてはならない。

ビラマンテの目的地としては、この上なくふさわしい気がする。

だが、享楽《きょうらく》に無縁な者には、物騒《ぶっそう》でやかましい田舎町《いなかまち》に過ぎない。おれにとってもだ。

渓谷からダッジまでは、急がなければ四日。昼夜を問わず馬を飛ばせば一日と半で着く。急ぎはしないが、何かが焦《あせ》りを喚起《かんき》し、馬足《うまあし》を速めた。

二日目の朝、銃声がおれの眼を醒まさせた。夢を見ていた。いい夢だったかどうかわからない。たぶん、逆だろう。

轟きではない響きだ。かなり遠い。しかし、連続している。ビラマンテの再来かと思ったが、あんなことはたびたびあるものじゃない。

毛布を積んで、コーヒーも飲まず、おれはそちらへ馬を走らせた。

前方に森がそびえていた。それを抜けた先に一軒の農家が見えた。周りをコマンチと馬が走り廻って、射撃を続けている。数はざっと五十。農家に何人いようが勝てる数字ではあるまい。

近くに家はなさそうだし、騎兵隊が駆けつけそうもない。

悪いが退《ひ》かせてもらおう。おれは身を翻《ひるがえ》して、森の中につないで来た馬の方へ向かった。

背後からコマンチの叫びが小さく追って来た。馬にまたがったとき、蹄《ひづめ》の響きが聞こえた。近づいて来る。

銃声！　弾丸が右頬をかすめた。

射ち返す暇《ひま》も惜しい。走り出した馬が、森を出たところで、おれはふり返った。

木立ちの間からコマンチの馬が躍り出た。瞬《まばた》きする間にもう一頭。どちらにも騎手はいなかった。

別の事態が馬を止めさせた。銃声が途《と》絶《だ》えたのだ。

農家の連中が全滅したのかも知れない。それはそれとして、眼の前の無人の馬の説明がつかなかった。

おれは二頭の手綱《たづな》を掴んで森の中へと戻った。

驚きがわずかに胸をゆすった。

コマンチの姿はどこにも見えなかった。邪魔が入った風もない。弾痕《だんこん》と矢だらけの母屋《おもや》の扉《とびら》が開いて、ウィンチェスターを手にした老人と若いの と——男が二人《ふたり》現れたのを見ても、全滅と勘違いしたというわけでもなさそうだ。

おれは戻ろうと馬首を巡《めぐ》らせた。無事なら結構だ。

コマンチの馬が突然、前足を撥ね上げた。鈍い音と衝撃波《しょうげきは》がおれを叩いた。

さすがに驚いた。

馬の背には浅黒い肌《はだ》の騎手たちが戻っているではないか。ぐったりと馬の首にもたれているところをを見ると、意識不明だ。

頭上を仰《あお》いだ。彼らは落ちて来たのだった。

木立ちの何処かで口笛が鳴ると、右手からもう一頭が走り寄ってきて、コマンチの馬と並んだ――と見る間に、樹上から緑色の影が降って来て、音もなく鞍《くら》の上に下りた。ふわり、としか形容のしようがない動きだった。その証拠に馬はぴくりとも動かない。

「追って来たのか？」

おれの眼の前で、シノビはうすく笑った。

「あんたが同じ道を先に進んだだけだ」

おれは話の矛先《ほこさき》を別の方に向けた。

「このコマンチをどうやって捕《つか》まえた？」

「……」

「木の上から、おれや、コマンチの襲撃《しゅうげき》を見ていたのか？」

そして、コマンチを捕え、次に精確無比に馬上へと落とした。

「どうして殺さなかった？」

「彼らは途中で引き揚げた。最初から全滅させる気はなかったのだ。また来る。そのとき、人質がいれば役に立つ。コマンチもアパッチもスーも、仲間を自分と同じに扱う」

おまえたちとは違うと言いたげだった。

呼び声がした。

農家の家から離れて二人がこっちを見ている。

「後は任せた」

おれは低く伝えて、馬首を巡らそうとした。シノビの声がそれを止めた。

「あとの三人、ダッジへ向かう途中、あそこで休んだかも知れんぞ」

おれは、これまでとは全く違う眼で日本人を見つめたに違いない。

シノビは男たちの方へ馬首を進めた。おれなど眼中にないという風情だった。

3

おれも後に続いた。仕方がない、ではなかった。あの三人が立ち寄ったかもという可能性は確かにある。それと――飄々《ひょうひょう》と先を行く日本人への興味が、無視できないほど強固になっていた。そもそも、三人がダッジに向かったなどと、どうしてわかった？　奴はおれの胸の中で、ごつい石に化けていた。こいつの正体を暴いて粉微塵《こなみじん》にするまで、おれの気は晴れないだろう。

農家の老若《ろうにゃく》二人――親子だろう――は、シノビを見てとまどった。シノビも心得ていた。軽く頭を下げただけで、おれが来るまで待ったのだ。

おれは〝シューター〟と名乗り、シノビへ顎《あご》をしゃくって、二人に名前を伝え、日本人だと付け加えた。親子は却《かえ》って混乱したようだ。中国人は知ってはいても日本人は初めてだったのだろう。或いは、どう見ても中国人なのに、別の国の人間――頭がこんがらがっても少しもおかしくはなかった。

年配の方はギル・ジラゴ、若い方はフェス・ジラゴと名乗った。親子だった。これは後でわかったことだが、曾祖父《そうそふ》の代にカンサスへやって来て、ここへ居を定めたのは十一年前だった。コマンチはまた来るというと、二人はうなずき、びっくりするようなことを口にした。

「早く元来た道を帰れ」

とギルが指さしたのだ。フェスもそうしろとうなずいた。

「多分もう塞《ふさ》がれている。あんたたちこそ逃げないのか？」

二人は沈黙《ちんもく》した。絶望に近い感情が、開拓《かいたく》者の顔を覆った。

「この二人を人質にしろ」

と手綱を渡すと、フェスが助かるよと礼を言って、意識不明のコマンチを荒々しく引き下ろした。ぴくりともしない。

父親――ギルがけっと吐き捨て、いきなり横っ腹を蹴とばした。肋骨《あばら》が砕けてもおかしくない一撃だったが、二人はそのままだった。

「こいつら、おかしいな」

フェスも二つの顔を覗きこんだ。ギルはもう一度――今度は踏みつけようと、五〇センチもありそうな片足を上げようとしたとき――

その右隣で、

「おれが」

とシノビが申し出た。

ギルが短く、恐怖の声を上げて、そちらを向いてから、大きく横へ動いた。無理もない。ギルの方を向いていたおれでさえ、声がするまでわからなかったのだ。馬までは五メートル以上ある。いつ下り、いつやって来たのか？

おれたち三人が見守る中、シノビはコマンチの上半身を起こすと、背中に手を滑らせ、止めたところに、それぞれ片膝を当てた。

力が入った――と見えた瞬間、コマンチは眼を醒ました。

　片方が脇腹を押さえてうずくまるのを、フェスは無理やり立たせて母屋とつながる納屋の方へ連れて行った。ウィンチェスターを突きつけているのは言うまでもない。

　残ったギルに、逃げないのか？　と訊くと、彼は、囲まれているから無理だと言った。それよりあんたたちこそ今のうちに逃げろと、東の方を指し、あっちへいけばコマンチも知らない逃げ道があると言う。おかしな言い草だった。

「多分、もう塞がれている」

　おれは周囲へ眼を配りながら言った。西の方――五〇〇メートルほどに森がある。コマンチはその中で、手ぐすね引き引き、次の攻撃《こうげき》を待ちかねているだろう。

「日が暮れたら逃げ出すにしても、とりあえず立て籠《こ》もるのがいちばんだが、奴ら、何故退いた？　あの人数なら――」

「中へ入ってくれ」

　おれの言葉など耳に入らなかったという風に、ギルは背を向けて母屋の方へ歩き出した。


母屋には、あと二人いた。

　フェスの妻ポーラと、弟のロディだ。ポーラは大した美人だが、陽焼けしすぎていた。ロディは兄貴と同じ、何処にでもいる若者に見えた。

　おれには笑顔を見せたが、シノビに向けた表情は、おやと思わせた。理由はわかるが、特にポーラの反応は極端だった。ひっと出かかった悲鳴を片手で押さえたのだ。

立ちすくむ嫁を、痛ましそうに見やって、ギルが、

「気にせんでくれ」

と言ってから、シノビに、

「あんたが、コマンチに似ているもんだからな。ポーラは十歳のとき奴らにさらわれた」

ギルはこれで止めた。ポーラの表情が悲痛なものに変わったからだ。そのとき何が起きたか、想像するのは容易だった。

ロディも複雑な眼差《まなざ》しをシノビに与えていた。

「コマンチを捕らえたのは彼だ」

とおれが言った。言いたくもないのに、魔が差したとしか思えない。

「おれたちが知っている中国人とは異なる力
——というか、格闘技術を持っている。見てくれは悪いが、きっと役に立つ」

ギルは、ロディに、

「義姉《ねえ》さんを部屋へ連れていけ。家の後ろも見張るんだ」

「お義父《とう》さん、あたし、やっぱり——」

ポーラが訴《うった》えるように身を乗り出した。

「フェスを悲しませるつもりか？　おまえはうちの大事な嫁だぞ。死んでも守ってやる」

外で見た巨木が声を出すとしたら、こんな風だろう。この老人は生まれつきの開拓者《フロンティア・マン》なのだ。

テーブルを囲んだところへ、奥からフェスが戻って来た。

「どうだ？」

「猿ぐつわをかましてきたから、声は出せない。

でも、ひとりは肋骨が折れてる。父さん、やり過ぎだ」

「何を言う!?」

ギルは岩みたいな拳《こぶし》で、ぶ厚い木《チーク》のテーブルをぶっ叩いた。

「あいつらは、うちの大事な家族を奪いに来たんだぞ。わしなら、ぶっ殺しているところだ」

「——しかし——」

「なにを甘いこと言ってる？　おまえは口惜《くや》しくないのか？　自分の女房を盗みに来られた亭主なら、もっと腹を括《くく》れ！」

「済まんが」

おれは片手を上げて、論争を割った。

「おれたちが連れてきたコマンチを使えば、新しい局面が開ける。そうだな？」

まず、フェスがうなずいた。ギルも口をへの字に曲げて沈黙した。

「なら、功労賞だ。コーヒーを飲ませくれ」

「オッケー」

フェスが笑って、奥のキッチンへ向かった。

三分とかけずに、おれたちは湯気の立つカップを手にテーブルを囲んでいた。

「訊きたいことがある」

とおれはギルに言った。

「こいつらがここを通りかからなかったか？」

尻ポケットから折り畳んだ手配書を取り出し、老人の前へ広げて並べた。ギルはちらと見ただけで、「ダッジの保安官事務所に貼ってあったな。ふむ、ひとりはうちへも来たよ」

「いつだ？」

おれは声を抑えた。ギルは眼を閉じた。そして、

「ひと月前だな。覚えているだろう、フェス？」

長男も一枚取って、

「間違いない。ひどく寒い日だった。キャスラーンと名乗っていたが、本名はアギランスか」

「どんな奴だった？」

フェスは手配書から眼を離さず、

「お尋ね者と、薄々勘づいていたよ。雰囲気が違った。だが、別段、何もしなかった。それまでの旅人と同じく、馬に水を飲ませ、コーヒーを飲んで出て行った。そうそう三杯もお代わりしたのを覚えてる。二杯はよくあるが、それで三杯は新記録だった」

ちらと、おれの手にしたカップを見た。普通の倍は入る。しかも、ここのコーヒーは子供なら泣きだしそうなほど濃くて苦い。やはり、普通じゃない。

「剣呑《けんのん》だが、きちんとした男だったな」

ギルが思い出したように言った。

「きちんとしていた？」

「ああ。コーヒー代を置いていこうとしたからな。もちろん、断ったが、丁寧《ていねい》に礼も言った」

二人とも後の三人には記憶《きおく》がないと言った。念のため、ロディも呼んでもらったが、返事は同じだった。

少なくとも、四人のうちひとり——ジム・アギランスはここを通って、ダッジへ向かったのだ。いまもダッジにいるかどうかわからないが、貴重な情報には違いない。

これで用は済んだ。おれはまず逃げ出すことを

考えた。

「とりあえず、あの二人の捕虜《ほりょ》を餌《えさ》に交渉してみる手だ。――シノビ、出番だぞ」

「彼はコマンチの言葉がわかるのか？」

「少しだが」

「おれも行こう」

立ち上がったフェスの肩《かた》を、父親が押さえて止めた。

「真っ先に殺《や》られるぞ。わしに任せておけ」

「でも、父さん――」

「いいから」

開拓農民の家で、家長力は絶対である。でなくては、過酷《かこく》な自然やコマンチやらアパッチやらと闘って、未開の大地を豊かな農場に変えることなど夢物語なのだ。


「美味いコーヒーだった」

おれはフェスに告げて、立ち上がった。

「納屋は奥から行けるよ」

ロディが指さした。まだ十代半ばすぎらしい弟は、感動の面持ちを、おれとシノビに向けていた。たまには気分のいいこともあるか。


ギルとフェスともども納屋に入ると、二人のコマンチは恐怖と期待の入り混じった表情になった。ギルとシノビのせいだ。

「この糞野郎《くそやろう》ども、本来ならここで虫ケラみてえに射ち殺してやるところだが、今回は仕様がねえ。大事に扱ってやるさ。だが、てめえとこの酋長《しゅうちょう》がノウなどと抜かしてみろ。その場で頭を射ち抜いてくれる」

ギルはウィンチェスターを肩付けした。脅しのつもりだったろう。蹴られたひとりは横になったままだが、もうひとりは恐れる風もなく、銃口を見て、コマンチの言葉で返した。

「この畜生《ちくしょう》ども」

老人の怒号《どごう》は正気を失っていた。

反射的におれは左手でウィンチェスターの銃身を撥ね上げた。

広い納屋に銃声が轟き、天上の一部が木屑《きくず》を飛ばした。

「邪魔しよるか？」

おれの方に身をねじろうとする老人の肩を押さえ、おれはその眼を覗き込んだ。

「やめろ。人質てのは、ひとりより二人のほうが値打ちがあるんだ」

「うるさい！」

開拓者という奴は、子供の頃から強いられる力仕事のせいで、大概が馬鹿力の持ち主だ。おれは突きとばされ、五、六歩後退して止まった。その間にギルはウィンチェスターを構え引き金を引いた。自信たっぷりの射ち方だった。弾丸は命中した。おれの右三〇センチも離れた道具棚へ。派手に飛び散ったのは釘であった。

当たったと見えたのか、ギルはライフルを下ろした。おれよりも早くフェスが駆け寄って、そのライフルを引ったくった。血相を変えている。

彼も道具棚を見ていた。それから急に左右に視線を飛ばし、おれを認めるや、感心を通り越して感動したような表情を作った。

「親父がこの距離でライフルを外すとはな」

「体調が悪かったんだろう」

「一〇〇メートル先の林檎《りんご》の実も射ち落とせるんだぜ」

「なら年齢《とし》のせいだ」

おれは立ち尽くす親父に言い捨て、外へ出る扉の方へ走った。大人の眼にあたる部分が長方形に抜けている。

柵《さく》の彼方《かなた》――森の前に、コマンチが轡《くつわ》を並べていた。次の攻撃――ではなく、こちらの銃声に何事かと顔を出したのだ。勿論《もちろん》、その気になれば一発で突撃《とつげき》をかけるだろう。

おれは扉の閂《かんぬき》を外し、シノビに、行くぞ、と声をかけた。彼はうなずいて、二人のコマンチのところへ行くと、ひっくり返り放しの方の右の首すじに親指を当てた。指は付け根までめりこんだ――これはおれの眼の錯覚《さっかく》だろう。すぐに離れた指には血痕《けっこん》ひとつついていなかったし、見た目とは全く別の効果がコマンチには現れていたからだ。

彼は片手を肋骨に当て、やや表情を和らげた。立ち上がるのに人手を借りなかった。

ギルもフェスも、呆然とコマンチからシノビへ視線を移している。

シノビがおれの方を指さした。同じく呆然としているもうひとりのコマンチが、仲間に手を貸し、二人はおれのところへ来た。

「行くぞ」

おれは扉を押し開け、陽差しの中へ一歩を踏み出した。

第二章　無法街の拳銃

1

コマンチ二人とその背後にシノビが付き、最後がフェスだ。

「何があった？」

おれは背後のコマンチに訊いた。

「肩に何か入って来た。指だと思う」

被施術者《ひせじゅつしゃ》のコマンチが重い声で答えた。

「そしたら、急に肋骨の痛みが退いた。少し傷むが、もう大丈夫だ」

「そいつぁ良かったな」

「彼はおれたちに似ている。呪術師《じゅじゅつ》か？」

「似たようなもんだ」

とおれは応じた。シノビは無言だった。

そのとき、前方の集団から、数騎が走り出た。

派手な羽根飾りは酋長だ。向かって左にこれもスケールを落とした飾りの若者――伜《せがれ》だろう――が付き、右には顔中に刺青《いれずみ》や化粧《けしょう》を施《ほどこ》した老人――呪術師が並んでいる。その左右と後ろに護衛が五騎。酋長と呪術師以外はライフルと弓を手にしている。武器商人と取引をしているとの噂もあるが、もともと金銭には疎《うと》い先住民が、大量の武器を仕込めるはずもなく、今でも武器の代表は弓矢と手斧《トマホーク》である。

「止まれ」

声をかけて足を止めた。コマンチは五メートルほど手前まで走って来て止まった。

「フェス――頼むぞ」

若者はおれの前へ出て、片手を上げた。

「偉大《いだい》なる酋長ラスモアよ。太陽と大地の精の御《み》心《こころ》によって、事態は急変した。おれたちは、あなたの戦士二人を捕らえてある。彼らと引き換えに包囲を解いて貰いたい」

酋長と伜から刺すよう視線の矢が二人の捕虜を貫いた。彼らはうなだれた。

「我々はどんな事情があろうと仲間を見捨てはしない」

とラスモア酋長は、力強い声で宣言するように言った。

「尊い生命のために陣《じん》を退こう。だが――」

彼は右隣の伜を見つめた。伜はうなずいた。そして、一歩前へ出て、フェスを見下ろした。

「父と仲間は去っても、おれは退かん。妻を取り返すまではな。あれはお前の妻ではない。おれたちが結んだ血の契《ちぎ》りは何人《なんぴと》も破ることが出来ん。白人よ、サスドラカンの妻・ケミコライニをただちに返せ。でなければ、おれと三人の兄弟は、その目的を叶《かな》える日まで、おまえたち一家をつけ狙う。一年かけ二年かけ、ひとりずつ殺してやる。まず、おまえの父だ。手足の指を全て切り落としてから、手と足を馬に引かせて引き抜き、おまえの弟は眼の玉をえぐり抜く。それから舌だ。おまえは――」

おれもコマンチやアパッチの脅《おど》し文句《もんく》は色々聞いたが、こいつのが特別凄《すご》いわけじゃない。だが、本気のレベルが違った。サスドラカンの本気は狂気に変貌《へんぼう》しつつあった。

「どうする？」

おれはフェスに答えを促《うなが》した。さして驚きはなかった。あの美人女房ポーラの肌の色と、髪《かみ》の下から仄見《ほのみ》えた頬の刺青《マーク》から察しはついていた。あれは部落の大物の妻たる印《しるし》だ。

「さっきも言った」

フェスは声を張り上げた。怯えは消せないが、決心は鋼《はがね》だった。

「ポーラは今はおれの妻だ。絶対に渡さんぞ」

サスドラカンの頬が震えた。歯軋りが聞こえるような迫力があった。

「ひとつ提案がある、と言え」

おれはフェスに命じた。

「――どんな提案だ？」

「いいから伝えろ。これしか手はない」

「――だから」

「偉大なるラスモアよ」

声は背後でした。シノビだった。こいつ、こんなに巧みにコマンチの言葉を話せるのか？

「ひとつ提案がある」

「よせ！」

フェスが叫びかかったが、声も身体も硬直した。いつ間にかシノビの親指が腰骨《こしぼね》のやや上を突いていたのである。

彼は顔を伏せ、すぐに上げて、シノビとおれに向かってうなずいた。日本人め、何をしやがった？

「告げろ」

とシノビがおれに言った。従うしかなかった。

「──何年にもわたる戦いなど無意味だ。それではおまえの伜の妻のこころが伜から離れる」

おれの言葉はシノビの口を通してコマンチの言葉に変わっていた。

「どちらの女房になるか、いまの彼女に決めさせるのは、サスドラカンに不利だ。ここは男同士の対決で片をつけよう。そちらはサスドラカンといま彼を守る五人の戦士を出せ。こちらはおれと彼が相手になる」

フェスはシノビの方を向いた。

違う。おれは三人でと伝えたのだ。

「本気か、おれたちと似た顔の男よ？　伜を守るのは、一族でも屈指《くっし》の戦士たちだ。それにたった二人で立ち向かうというのか？」

シノビはうなずいた。知らんぞ、おれは。酋長はサスドラカンを見た。彼は厚い胸を叩いて、

「武器は何にする？」

と訊いた。フェスが答えた。

「あんたたちに任せるよ」

コマンチ全員がどよめいた。ひとりを除いて。

「ならぬ」

と言ったのは、そのひとりだった。

全員が呪術師を見つめた。

「何故だ、ルネンゴチーバ？」

奇怪な色彩《しきさい》と形の刺青の中で、皺《しわ》深い顔の筋肉と指とがきしむように動いた。

「その男がいるからじゃ」

指はシノビを差していた。

「たとえ我が部族の戦士がいかに力を誇《ほこ》ってい

ようとも、勝敗は時の運じゃ。ところが、今、太陽と大地と森の精が、我らが敗北と声を合わせておる。その男がいる限り、とな」

この老人の言葉は鉄なのか。コマンチの猛々《たけだけ》しい姿と雰囲気は、一瞬《いっしゅん》の間に薄明《はくめい》に閉ざされたかのように見えた。彼らはその言葉を信じたのだ。

シノビを差す呪術師の指が激しく震《ふる》えた。問いはその指が放ったかのようであった。

「うぬは——何者だ？」

それは、おれも知りたいことだった。シノビは躊躇《ちゅうちょ》なく応じた。

「勝てぬとわかっているのなら、去るがいい。運命はこの世が出来る以前から定められている」

「それはならぬ」

ルネンゴチーバは身も震わせて叫んだ。

「そもわしがこの度のケミコライニ奪還《だっかん》に加わったのは、サスドラカンのためではない。ケミコライニには、さような俗縁《ぞくえん》には無縁な大いなる役目がある。だからこそ、わしは子供の頃のケミコライニを奪えと、酋長に命じたのじゃ」

何かがおれの中で弾けた。自然と声が出た。

「すると——あれか？　ポーラの家を襲って家族を殺したのは、あんたの差し金か？」

心臓を軽い痛みが刺した。ルネンゴチーバの指はおれを差していた。

「戦ってはならぬ理由のもうひとつ——こ奴を敵に廻してはならぬ。わしの眼と指に刺し貫ぬかれても平然としておるわ。ある意味で、我らに似たもうひとりよりも危険な男であるによって」

おれは肩をすくめた。頭の少しイカれた拝み屋にかかずらってはいられない。

「ではどうする？　戦うのが嫌《いや》ならとっとと帰れ」

こう言うしかなかった。

呪術師は歯を剥いた。牙《きば》がずらりと。いや眼を瞬《しばたた》くと、普通の歯並みだった。

「退くのは構わぬ。だが、ケミコライニは連れて行く。偉大なるズウルウの神に捧《ささ》げるべき女じゃ」

天地が翳った。陽光は閉ざされ、薄闇が笑い出し——何処かで風が鳴った。おれたちばかりか、他のコマンチも、恐怖の表情を呪術師に向けた。

ズウルウ
神の名は風に乗って一同を巡った。

「まさか」

おれは馬上で石と化していた。

まさか——コマンチの口からこの名を聞こうとは。ルネンゴチーバよ、最初からこれを企《たくら》んでいたのか？　ズウルウの神の復活を？

「母の腹の中にいるときから、わしはその女を知っていた。長かったぞ、ズウルウの神の蘇《よみがえ》りにふさわしい生贄《にえ》として巡り合う前からじゃ。ケミコライニを所有する権利は我にある。渡してもらおうか」

「残念だが、そうはいかん」

とおれは言った。

「イカれた爺《じい》さんが、もっとイカれたごたくを並べるのは勝手だが、あの女はもともとこちら側のものだ。こちらとは、おれたち白人の世界という意味ではないぜ。ルネンゴチーバ、あの世でズウルウに伝えろ。またもしくじりましたとな。シノビ――二人を返してやれ。正しい戦いを忌避《きひ》したのはコマンチの方だ。行くぞ」

「ならぬ、ケミコライニはわしの下に帰る」

「ポーラは夫のものだ」

「では、その夫がいなくなればどうじゃ？」

呪術師の眼が見えざる光を放ち、震える指がフェスを差した。

低く呻《うめ》いて、フェスは胸を押さえた。

銃声が轟いた。ルネンゴチーバの後頭部から脳漿が噴き出す。打てば響くとはこれだ。音の位置からして母屋の二階だ。ウィンチェスターを構えたギルをおれは見た。

怒りのどよめきがコマンチを捉えたが、ラスモア酋長が制した。

ルネンゴチーバへ眼を戻して、おれは心臓を大きく脈動させた。

眉間に弾痕を穿《うが》った老人は、まだ馬上にあった。まして、脳をぶち撒《ま》かれて生きている人間はいない。ましゃべるなどとんでもない。奴は言った。

「わしを殺しても、ズウルウ復活の儀式は続けられる。この世の水がすべて血に変わるまで、月が二つに増えるまで、逃れられぬぞ、ケミコライニよ」

そして彼は地面に転落した。

――どう出る？

おれの右手は左腰のコルトにのびた。いま、ラスモアがその気になれば、背後の四十名から銃弾と矢の嵐が襲う。おれとシノビはともかくも、農場の三人はたちまちあの世行きだ。現に、若きサスドラカンの顔に狂気さえ宿っていた。

「殺せ」

と叫んだ。父の制止も無視して、草原の一角を殺意の突風が渡った。

小さな声をおれは聞いた。

待って。

農場の方からポーラが駆けてくる。すぐにフェスの隣に来て、抱きしめた。シノビが素早く、その背に親指を突き刺した。

彼は勢いよく顔を上げ、それきりポーラの腕の中に倒れ込んだ。

「言ったでしょ。私の夫はこの人ひとりよ。あなたがこの人を殺すなら、あなたを殺して私も死ぬ。諦《あきら》めてちょうだい。あなたの妻だったケミコライニは、彼に救われたときに死んだのよ」

悲痛だが、一方的な主張なのは間違いない。サスドラカンを包む見えざる炎は、さらに怒りの油を注がれたかのように、おれには感じられた。

彼は呻くように宣言した。

「ルネンゴチーバは死んだ。最初の約束に戻ろう。おれと五人の戦士、おまえたち二人で迎え討つと言ったな」

おれはうなずいた。

「確かに。ほっとしたぞ」

おれも内心うなずいた。抜いた刃は敵の血を吸って鞘《さや》に戻らなければならない。ポーラを巡る二人の男は、もはやコマンチでも白人でもなく、戦士として決着をつけなければならない。だが、少なくとも、それは人間《ひと》と人間の対決なのだった。

2

こんな戦いをおれは見た覚えがない。一方的な、と付け加えるべきか。

まずシノビが出た。

敵戦士の武器は手斧《トマホーク》だった。こいつが厄介《やっかい》なのは、振り廻すだけでなく、一瞬のうちに投げつける——飛び道具に化けることだ。至近距離でやられたら、まず避けられない。シノビは素手であった。

最初の二撃は空を切り、コマンチはいきなりトマホークを投げた。二人の間は二メートルもなかった。

重い刃がシノビの左首すじに吸いこまれ、そこで止まった。どよめきが上がり、間髪《かんぱつ》を入れずまた上がった。最初のは、シノビがトマホークの柄《え》を左手で握り止めた反射神経に対するものであり、二度目は瞬時《しゅんじ》にそれを投げ返し、刃の後ろ——柄を通した部分で、相手を殺さずダウンさせた早業《はやわざ》に対するものだった。実際、この第一回戦は開始後七秒ほどで決着《けり》がついてしまったのである。

二人目と三人目はナイフと槍《やり》を選んだ。シノビは自在にナイフを躱し、コマンチが気がつくと、武器はシノビの手に渡り、喉元《のどもと》に突きつけられていた。

槍の場合は、棒立ちのシノビ目がけて投じられたものを易々と受け止めるや、相手に投げ返した。槍は回転しながらコマンチの頭上を越え、彼が新しい槍を構えたところで、鳥のように方向を変えた。後頭部に激突したのは、二本目を振りかぶった瞬間だった。倒れたこのコマンチは失神したが、死にはしなかった。おれは溜め息をついた。

四人目は格闘の名手だった。だが、掴《つか》みかかるや、シノビの姿は消え、彼は頭から地べたに叩きつけられて動かなくなった。何が起きたのか、誰にもわからなかった。シノビは寸分変わらぬ姿勢を保ったまま、もとの位置に立っていたのである。

おれはもう一度、溜め息をつくしかなかった。

五人目――最後の戦士が馬を下りたとき、サスドラカンは彼を止め、自らがシノビの前に立った。

「ここまでだ」

制止したのは、ラスモア酋長であった。

「その男とこれ以上戦っても無駄だ。ケミコライニは諦めろ」

「しかし、父上、これでは戦いの意味がない。おれがみなを連れて来たのは、正当な権利を行使するためで、そこにいる女は、おれの妻だ。違うか、ケミコライニ？　おれたちは愛し合っていたのではなかったのか？」

おれはポーラを見た。答えを知りたかったのかも知れない。コマンチの声には真実が含まれているように感じられた。

女は俯《うつむ》いたまま眼を固く閉じていた。その胸は夫の頭を支えているのだった。光るものが頬を伝わるのをおれは見た。この女は、白人の世界に戻って幸せだったのだろうか。

いきなり酋長が倅の胸を殴《なぐ》った。よろめく彼を短く叱咤《しった》し、ふり向くと一同に、

「戻れ」

　と命じた。

「さらばだ。ケミコライニ――我々も伜も、二度とおまえの前には現れん」

　走り去る前に言い放った言葉が、ポーラの全身から力を抜いた。


　平原を鳴らしてコマンチたちは去った。

　おれたちも出て行こうとしたが、フェスとギルがもてなしを受けてくれと聞かず、シノビともども一泊する羽目になった。

　ヒーローは言うまでもなくシノビだった。西部の荒野《こうや》には電信が開通した今でも、伝承、迷信の類《たぐい》が息づいている。その反動で一芸に秀《ひい》でた人間に対する憧憬《しょうけい》と敬慕《けいぼ》の念は、異様に強い。シノビの「芸」をこの眼で確認したジラゴ家の連中が舞い上がったのは当然だったのだ。

　対して、この日本人はあくまでも口数少なく、微笑のみで盃《さかずき》を受けた。おれが二杯で辞退した地酒《ウィスキー》をたちまちひと瓶《びん》空けてしまい、ギル爺さんに快哉《かいさい》を叫ばせた。これは後で種明かしがあった。一気飲みするふりをして、喉の下に隠しておいた小さな漏斗《じょうご》付きのチューブに捨てていたのである。チューブの先は腹に巻いた革袋《かわぶくろ》につながっていたのだ。

　みなへべれけに酔い、フェスは矢鱈《やたら》と美人の女房にキスして廻っていた。明日からはまた過酷な生活が始まる。だからこそ、開拓者は一夜の宴《うたげ》に狂うと言ってもいい。

その晩、おれとシノビは客間に寝た。

シノビはすぐに寝息《ねいき》をたてはじめたが、おれは寝《ね》つかれなかった。

呪術師の口にしたズウルウの神の名が、いままでも耳の奥に木魂《こだま》していたのと、コマンチ——特に若いサスドラカンが、素直に家へ戻るとは考えられなかったのだ。

深更《しんこう》。ようやく瞼《まぶた》が重くなって来たおれの耳に、固い音が静かに届いた。ドアがノックされている。鍵はない。すぐに止まった。ドアが細めに開き、気配が見えない霧のように流れて来た。

入ってきたかと思ったが、すぐ遠去《とおざ》かった。

おれは立ち上がり、

「起きてるよな？」

と隣りに声をかけた。

「ああ」

「出てみる。そこで聞いてろ」

「ああ」

ベッドの柱に引っかけたガンベルトからコルトを抜き、おれは客間を出た。出る前に撃鉄《ハンマー》を起こした。

居間へ入った。

窓からカンサスの月が、宴の跡を青白く照らしている。

酒瓶《さかびん》と料理の皿を並べたテーブルの横に、長いスカート姿が頼りなく立っていた。

「どうかしたのか？」

月並みな問いに、ポーラは、

「聞いてもらいたいことがあるのです」

と答えた。

「かけな」

客の台詞《せりふ》としてはおかしな部類だろう。おれたちはテーブルをはさんで腰を下ろした。ポーラは窓を背に。

「ここで暮らすまでの私の境遇《きょうぐう》をご存知だと思います。コマンチの一員として西部中を巡りました。でも、本当なら私はさらわれてすぐ、殺されるはずだったのです」

そう思っていた――とは言わなかった。

「彼らはルネンゴチーバの言葉に従って私の家族を殺害し、私をさらいました。その日のうちに、私は彼らの居住地で首を落とされ、心臓をえぐり出されて、ズウルウの神に捧げられる予定だったのです。洞窟《どうくつ》内の祭祀《さいし》場には、すべての用意が整っていました。ですが、いくら何でも気の毒だと止めてくれたのが、サスドラカンでした。コマンチの世界では、呪術師は酋長以上の権力を持っています。サスドラカンの力をもってしても、彼の行為を阻止することは出来なかったでしょう。ですが、儀式は最初から失敗しました。用意してあった小道具のひとつが破壊されていたのです。私は逃げぬようサスドラカンの妻にされ、延命を許されたのです」

窓を背にしたポーラの姿は、闇《やみ》に閉ざされていた。おれは死者と話している気分になった。

「ですが、死なぬための生活が、私は楽しくなっていきました。私と義務で結婚し、ともに暮らしはじめたサスドラカンが、本気で私を愛し守ってくれていることがわかってきたのです。小道具を始末したのも、彼の命を受けた戦士のひとりでした。最初、私の猶予《ゆうよ》期間は三年でした。その日が近づくにつれて怯えはじめた私のために、彼はルネンゴチーバを脅《おど》しましたが、うまくいきませんでした。ですが、死ぬなら一緒だと言ってくれたとき、私は涙を流しました。信じ難いことですが、三年目の儀式は、ルネンゴチーバが中止したのです。星辰の動きを読み違えたと彼は言いました、次の儀式は十年先になったのです。

『十年たったら、次は死ぬまでだ』

と夫は言いました。

『どちらがですか？』

思わず尋ねたとき、彼は優しく言いました。

『おまえが死ねばおれも死ぬ。おれが死んだらおまえも後を追え。つまり二人一緒だ』

私も死のうと思いました」


おれは夜の虫の音《ね》を捜していた。虫の音でも風の音《おと》でも良かった。苦手な話から気をそらせたかった。

だが、ともに死を誓った二人の生活は四年しか続かなかった。騎兵隊との攻防《こうぼう》が繰り返されるようになったある日、コマンチの中に白人の女がいるとの噂を聞きつけた軍民混合の捜索《そうさく》隊が、男たちが狩りに出た後の宿泊地を襲い、ポーラを救出したのである。

まだコマンチになり切っていなかったポーラは、わずかな旅費と衣装を与えられて、故郷に帰ることになった。付き添いもいなかった。

ぼんやりと田舎駅のホームに佇《たたず》む彼女を見て、捜索隊のひとりギル・ジラゴが、うちの農場を手伝わないかと声をかけた。

「ここでの暮らしも、じき六年になります。夫――サスドラカンが延長してくれた生命のリミットです。そして、サスドラカンはやってきました」

風もない虫もいない、とおれは胸の中でつぶやいた。

「コマンチはあなたたちのおかげで退散しましたが、あの人は諦めません。必ずまたやってきます。私がここにいる限り、ひとりになっても何度でも」

「どちらかが死ぬまで、か」

おれの言葉にポーラ＝ケミコライニは驚きはしなかった。うなずいた。それだけだ。

「話したかったのは、それか？」

「はい」

「彼は呪術師だけじゃなく、ズウルウの神からもあんたを守った。だがその契約期間はじきに切れる。そのとき、コマンチではなく、ズウルウの神があんたを要求する」

金髪の影はうなずいた。

何も終わっていなかったのだ。

「どうしたい？」

単刀直入に訊いた。

「あなたたちを見たとき、なにかの力を感じました。ズウルウと共通するものです。そして、あちらの方の手練《てだれ》ぶり――私を救って下さい。ここから、連れて逃げて」

「何処へ？」

「ズウルウの手の届かないところへ」

「無理だ。ズウルウを知っているなら、偉大なる古き神のことも知っているな。地球の七割は海だ。そして大地も川で神の眠る奥津城《おくつき》とつながっている。逃げられはせんぞ」

「〈ルルイエ〉」

とポーラはつぶやいた。それこそ神の眠る壮麗《そうれい》な墓所の名前だった。

「コマンチは、おれたちより大自然を通して、さまざまな神々に近い。奴らといるとき、あんたは彼らを見なかったか？」

「冬のある日、コロラドの平原でキャンプをしていたとき、夢を見たわ」

「夢を？」

「あんなものが、現実のはずはありません。夢に決まっているわ。でなければ、私は……」

「どんな夢だ？」

「平原の西に沈んでいく夕陽を、厚い雲が隠そうとしていたのです。炎のような光が何かの建物そっくりの雲の間から差して、私たちはしばらく、それに見惚《みと》れていました。男たちは狩りに行き、女だけが残っていたのです。ああいう光景は神が我々により重要なものを見せたがっているという証拠だと、とルネンゴチーバから聞いていましたが、あのもの凄い美しさは、ひたすら私たちの魂《たましい》に食い込んで来たのです。でも、そのとき――」

一緒に天を仰いでいた部族の娘のひとりが、不意に夕陽の方へ歩き出したのだ。美しさに誘われて――そのときは、誰も不思議とは思わなかった。他にも何人かが、ふらふらと同じ方向へ足を進めて行ったのだ。

「みな太陽に両手をのばしました。それは赤い輝

きの中に吸いこまれていきたいと願っているように、私には思えたのです。そうしたら――」
娘たちは次々に宙《ちゅう》に浮き、凄まじい速さで太陽へ吸いこまれて行ったという。消えるまで瞬《まばた》きひとつくらいしかかからなかった。
そして、何かが正体を現した。
「太陽がみるみる巨大になっていったのです。頭は烏賊《いか》のようにのび、顔の下半分から、にょろにょろと蛇《へび》みたいな触手《しょくしゅ》とも髯《ひげ》ともつかないものが蠢《うごめ》き現れました。ああ、これこそ神だと思いました。世界はこの方によって統《す》べられているのです。でも、その神はとても不気味でした。見ているうちに、私は身体が芯《しん》まで冷たくなり、力が失われていくのを感じました。助けて、と叫びたいくらいでした。これは本当の神ではないと、すぐにわかりました。コマンチの仲間が信じ続ける大地の精霊《せいれい》とは無縁の、人間を殺戮《さつりく》し、滅ぼすのが目的の神――それこそ〈邪神〉でした」

「〈旧支配者〉とも言う」

おれは静かに言った。

「そいつは手を持っていました。雲を押しのけるようにして、右の手が私の方へ。化物のような鉤爪《かぎづめ》が、私を捕らえました。でも、でも――動けなかった。爪が眼の中いっぱいに広がって――気がつくと、私は同じ所に立ち、かたわらにルネンゴチーバが跪《ひざまず》いておりました。耳の中にあの呪術師の、濡れた汚《きたな》らしい言葉が、ねっとりと入って来たのです。

『神は時々、こういう気まぐれをなさる。偉大なるズウルウは、夢を見る。今のように自《みずか》らの夢もな。そして地上の者どもを夢に取り入れてしまうのだ。おまえが無事だったのは、特別な生け贄だからじゃ。よいか、これからは昼の太陽も夜の月も信じてはならぬ。宇宙《そら》の星も、すべてズウルウの神の夢にすぎぬのかも知れん』

吸いこまれた娘たちはとうとう戻ってきませんでした」

ポーラはテーブルに突っ伏した。

「サスドラカンは必ず私を連れ戻しにやって来る。ここにいれば、フェスまでズウルウの呪いの餌食《えじき》にされてしまう。どちらも私をズウルウから守ろうとするでしょう。でも、それは無理なことなんです。私はもう、あなたたちにすがるしかありません。私を連れて逃げて。ズウルウの神も、サスドラカンもフェスの手も届かない土地へ。もう旅支度《たびじたく》は整っています」

「そんな場所はない」

とおれは答えた。

「人間は神の眼から逃げられない。しかし、コマンチが信奉《しんぽう》している神は、この世界の神々のはずだ。何故、ズウルウの神に染まった？」

「わからない。ルネンゴチーバの祖父の代からそうだったと聞いています。だから、私たちは他のコマンチやアパッチやスウ族からも拒絶《きょぜつ》されていました。それなのにやっていけたのは、水辺に行けばいくらでも魚が獲れるのと、私たちの近くの水場へやって来る野牛や他の動物たちが異常に多かったせいです。水のあるところへ行けば、獲物《えもの》には不自由しませんでした」

「ズウルウは真水も受け持つか？」

「騎兵隊に追われて、砂漠へ逃げ出そうとしたことがあります。弾丸もなくなり、もう駄目だと思ったとき、突然、稲妻《いなずま》が光り、滝のような雨が。あっと言う間に、炎天《えんてん》の砂の海は荒れ狂う大海原《おおうなばら》となって、騎兵隊を飲み込み、押し流してしまったのです。たくさんのコマンチが騎兵隊と戦って全滅させられましたが、私たちが今日まで無事だったのは、必要なときに、こんな——無気味な救いの手がのびて来たからです」

砂漠と騎兵隊の件は、おれも聞いた覚えがある。

第四騎兵隊の一小隊がコロラドの砂漠地帯へ先住民の一団を追い詰め、お決まりの虐殺《ぎゃくさつ》行為に及ぼうとしたが、それきり連絡が絶え、二日後に捜索隊が砂漠の真ん中で全滅しているのを発見した。死因は溺死《できし》だった。

「そんな神から逃げのびられると思うか？　おれには出来ない相談だ」

「待って、ただ連れて逃げてと言ってるわけじゃないんです。目的地はあります」

「目的地？」

「ズウルウの呪いが解けるかも知れない場所です。そこだけがたったひとつの可能性だと、ルネンゴチーバも言ってました」

「嘘っぱちだ」

「嘘でも私にはそれに賭けるしかないんです。お願いします」

「二人の男があんたを愛している。どちらにでも連れて行ってもらえ」

「彼らには、あなたたちのような力はありません。どちらも翌日には死んでいます」

「――悪いが、仕事があるんだ」

「お尋ね者を追っているんでしょ？」

ポーラの口元に笑いがかすめたような気がして、おれはコルトを握り直した。この女はズウルウの生け贄なのだ。何かが憑いていてもおかしくはない。

「マイク・キャスラーンことビル・アギランス。あとの二人はボブ・バラン、ネッド・モンティラゲート。いくらあなたでも、西部中に散らばった彼らを捜すのは十年がかりだと思います」

「何故、知ってる？」

眼の前の若妻は、最初に会ったときとは別人のようだった。おれの眼つきも変わっているに違いない。

「あなた方を見てキャスラーンの名前を聞いた

とき、閃いたんです。理由はわかりません。みな、千ドルから三千ドルの賞金がかかってます。他の賞金稼ぎに横取りされる怖れもあるわ彼らの居場所、知りたくありませんか？」

「わかるのか？」

「何となくですけど。賞金を稼ぐにも、余計な手間をかけたくないんじゃありません？」

それはそうだ。それに三人が無法者のままでいるとは限らない。西部は広い。真っ当な農夫になりおおせたり、極端な話、銀行家や教師に化けた例もある。どいつも二十年以上逃げのび、銀行家などは名士のまま葬《ほうむ》られた。一八六一年の暮れ以来、電信が西部中を駆け巡ったとはいえ、手配書の写真から実物を探り当てる例は、余程の容貌魁《ようぼうかい》偉《い》を除いて稀《まれ》だ。おれもそれなりの情報網を張り巡らせてはいるが、正直、五、六年は覚悟を決めていた。

「まだ信じられんな」

なるべく冷たく言うと、ポーラはうなずいた。

「わかります。でもこう言ったら？　あなたはここへ来る前に、ギャスケル渓谷でオズ・ビラマンテを射ち殺しました。死体は消滅したわ」

「何故、知ってる？」

「何となく」

「すぐに連れて行けるか？」

ポーラは何度もうなずいた。首がちぎれんばかりだ。おれはどんな顔をしていたのだろう。

「ただし、彼らは別々の土地にいます。やはり時間はかかるわ」

「十年がかりよりはマシだ」

背後からシノビの声がした。やれやれ、すっかり忘れていたぜ。

「あんたが連れて行かないなら、おれが連れて行く。奥さん、用意なさい。これから出ます」

「は、はい」

ポーラはおれを見たが、すぐ決心して居間を出て行った。

おれはシノビを睨みつけた。

「これからって、正気か？　コマンチが待ってるかもしれんぞ」

「昼間も同じだ。周りに家族がいては、彼女も気弱になる」

「余計な真似しやがって。そもそもおまえは何者だ？」

「あんたと同じだ。出身地が違うだけでな」

「日本にも賞金稼ぎがいるのか？」

「いないこともないが。〈旧支配者〉相手というのは、おれが初めてだ」

おれ以外でこの単語を口にするのは、西部ではあと三人と思っていたがな。

「何処まで知ってる？」

「何もかも」

「そいつは結構だ。ま、詳しい話は後回しだ。こうなれば、おれも同行する。断っておくが、あの女房が話を持って来たのは、おれが先だ」

「細かいことは、あんたたち二人に任せる。おれは同行するだけだ」

「なら結構だ。夜逃げになるとは思わなかったが、行くとしよう」

三十分後、おれたちはジラゴ家から二キロも離れた平原を西へと飛ばしていた。

「そろそろいいだろう」

おれは馬を止めた。隣のポーラと後方のシノビも合わせた。

ポーラは赤いシャツにジーンズという格好で、手綱さばきも中々のものだった。コマンチといた頃、さんざん練習させられたという。腰のガンベルトとホルスターに入った六連発が、亭主のものなのに堂に入っているのも、戦いの渦中《かちゅう》に身を置いていたせいだろう。下手な男より役に立つかも知れない。

「夜が明ける頃には、ダッジの入り口だ。その前に話をつけておこう」

おれはコルトを抜くと、銃口を向けた。

シノビではなく、隣のポーラにだ。

「何するの!?」

「この日本人と利害を絡《から》めて話すには、安全のため保証金がいる。悪いが、あんたの役だ」

「彼女を射ったら、あんたも困るぞ」

「最初から手間暇《てまひま》は覚悟の旅だ。だが、おまえはそうもいくまい。白人以外が西部をさまようのは骨だぞ」

「何が知りたい？」

「おまえの正体だ」

「あなたたち――仲間じゃなかったの？」

ポーラが声をひそめた。

「残念ながらな。だが、これからそうなるかも知れん。奴の返事次第だが」

シノビはちらっとコルトを見て、

「本気か？」

と訊いた。

「やむを得ん。おれには短縮できる時間よりも、おまえの方が重要なのさ」

シノビにもこれは通じたらしい。彼は低く、

「おれは、日本の忍者《にんじゃ》なるものだ」

と言った。

「何だ、それは？」

「この国でいえば、大統領に雇《やと》われる、特殊《とくしゅ》な能力を持った民間の間諜《スパイ》だと思え。昔、日本には大統領が沢山《たくさん》いた。その誰もが、おれたちのような間諜を雇っては、敵方の大統領の秘密を探らせていたのだ」

特殊能力か。ようやく、少しは納得がいった。

「その忍者とやらが、何故――」

「いま言ったのは、百年以上前の話だ。今では日本の大統領はひとりになり、その下で役人どもが国を動かしている」

「うち《アメリカ》と変わらんな」

「忍者の多くは警官になった。だが、おれの生まれ故郷には、術のみを磨《みが》いて純粋の忍者たらんとする、昔ながらの一族が山中に残っている。おれもそのひとりだった」

「術《jutsu》とは何だ？」

「技《skill》といえばわかるか？」

おれはうなずいた。

「ああ。だが、おまえのは、超人技《extra ordinary skill》だ。忍者とはみなそういうものか？」

「おれたちは特別だ。古老の話によると、これほ

どの技を持ちながら、代々世に出ず山中で畑を耕しながら朽《く》ちていったのは、この技が人の世に出たときに生じる軋轢《あつれき》がなんとも恐ろしいからだという。だが、時代は変わった。おれの弟は、この技でもって世に一名を挙げてやると、ひとり山を下りた。それから二年ほどして、やくざ者が弟から頼まれたという手紙を届けに来た。そこには、こう記されていた。

第三章　無法街の対決

1

自分は山を下りてから横浜に行った。東京よりも、外国と直々《じきじき》に取引を行うこの港町の方が、自分の技を生かせると思ったからだ。横浜は想像通り活気に満ちた土地であった。外国人居留地には華麗《かれい》な西洋式住宅が建ち並び、数年前には新橋からの官制鉄道も開通して、外国相手の貿易を一手に握っていたこの港街の繁栄《はんえい》を一層絢爛《けんらん》たるものとした。

港にはひっきりなし亜米利加《アメリカ》の船が来る、英吉利《イギリス》の船が来る、それに群《むら》がる艀《はしけ》の航跡《こうせき》で、青い水面が姿を変えてしまう。外国の船乗りは、みなでかくて気性《きしょう》の荒い連中ばかりだから、上陸するや国籍《こくせき》などお構いなしに喧嘩《けんか》を始める。殊《こと》に夜の酒場などは修羅場《しゅらば》といっても良く、床や壁に血が飛び散らない日はなかった。

自分が求めていたのは、こんな場所だった。喧嘩の仲裁《ちゅうさい》を買って出る、喧嘩がなければ、荒っぽそうな船乗りに絡んで自ら引き起こす。習い覚えた術の初歩の初歩を駆使《くし》したら、横浜へ来た五日後に、酒場の用心棒の口が見つかり、その翌日、何軒もの貿易会社からも声がかかった。しかし、自分の目的は会社勤めではない。この腕で新しい時代にのし上がることである。そこで、まず突拍子も

なく強い男としての名を上げ、人間関係を構築することに努めた。まずは同じような野心に燃えた、或いは燃えなくても単なる腕自慢《うでじまん》、力自慢の連中が、こちらの実力を探りにやってくる。全部ぶちのめした。あの深山での血を吐く修業からすれば、筋肉馬鹿の船乗りなど赤ん坊と同じだった。自分に倒された何人かはその場で手下になり、半月もしないうちに、自分たちは横浜でも知られた用心棒集団にのし上がっていた。幾つかの大きな貿易会社の人間とも知り会え、横浜から東京、果ては海の向こうの細かい情報まで耳に入ってきた。おかしな貿易会社の話は、その中のひとつであった。
それは日本を稼ぎ所と心得て、数千里の波濤《はとう》を越えてやって来た、物好きな、欲の皮の突っ張った、小さな会社のひとつと思われた。名前は『マー

シュ海運』。だが、横浜に事務所を開いてすぐ、この会社は黒い噂の翳に覆われた。事務職はともかく、水夫たちの中に、どう見てもまともな人間とは思えぬ連中がいるというのである。そして、ずっと大きな規模の貿易会社にも真似が出来ない異様な品々を送って、日本の港湾《こうわん》関係者に取り入ろうとしているとも言われていた。その品とは、世にも怪異《かいい》な生物の顔を彫《ほ》った黄金の仮面や冠《かんむり》だとのことだった。そこの水夫たちが酒場を訪れると、尋常な船員たちと必ず悶着《もんちゃく》を引き起こし、血が流れた。きっかり八日前、一軒の酒場からマーシュの連中が暴れているとの知らせが入り、自分が駆けつけた。酒場は血の海で、十人近い船員たちが倒れていた。相手はたったひとりで、ただの水夫ではなく、高級そうな上下を身につけ、ネクタイとやらも締めていた。ひとめ見て、人間以外なものだとわかった。青緑の肌は濡れて光り、分厚《ぶあつ》い唇《くちびる》は半開きで、陸上に上がった蟇《がま》のように、ぱくぱくと空気を求めていた。鼻はつぶれ、耳もあるかないかわからないくらい小さく、とても人間のものとは見えなかった。いちばん不気味なのは眼だった。これだけは人間だったのだ。おれは出て行けと告げたが、そいつは襲いかかって来た。投げるのは簡単だった。兄も存じているように、我らの投げは、頭頂《ずちょう》と腰部《ようぶ》と肩を殆ど同時に働かなくしてしまう。奴はすぐ起き上がった。もう一度投げた。また立ち上がった。ナイフを抜いた。船員相手なら十分効果を発揮したであろうが、自分には飛び道具を持っていたとしてもたやすい相手だった。ナイフを奪ってから肘《ひじ》をへし折るつもりが、面倒になって肘を先にした。そこで奴は血溜まりに足を滑らせて倒れた。折れた肘が下になり、ナイフの刃は上を向いていた。刃は奴の心臓を貫いた。奴は重かった。同じ身体の人間の優に二倍はあったろう。その重さがナイフにかかったのだ。即死だった。

いくら化物じみてはいても、向こうが武器を抜いていても、外国人を殺せば国家間の訴訟《そしょう》問題になる。だが、事は有耶無耶《うやむや》に済んだ。奴がナイフを手にしたとき、日本の警吏《けいり》が入って来たことも、見物人が山ほどいたことも幸いした。なによりもおれがお咎《とが》めなしで済んだ最大の理由は、『マーシュ海運』の連中が、同国人からも白い眼で見られていたことに尽きる。後に警吏から聞いたところによると、外国人居留地の住人と他のあらゆる会社が、今回の事件にひそかな喝采《かっさい》を送り、殺人者たる自分を英雄《えいゆう》視するものもいたという。

だが、ひとりの死を招いた喧嘩は自分の死も喚《よ》びそうだ。昨日、おれの事務所に六連発を腰に吊《つ》るした男たちが四人、通辞付きで現れ、亜米利加から仇討《あだう》ちにやって来たと言った。自分のナイフで死んだ化物は、社長の弟だったそうだ。自分は会った刹那《せつな》に、四人がまともな人間ではないと見抜いた。姿形は自分たちと少しも変わらないが、こいつらは絶対に人間ではない。社長の弟が人間ではない、ということとは違う。強いて言えば、あいつはこの世の生きものだったが、こいつらは違うということだ。では何なのかと問われれば、不明と返すしかない。おれの身につけた術がひけを取るとは思わないが、正直、結果はわからぬ。実は、自分はひとつ恐れを感じている。『マーシュ海運』の目的が、単なる不法な利益追求ではなく、この世の安寧《あんねい》の破壊にあるのではないか。兄はこれを読んで、過大なる妄想《もうそう》に頭を蝕《むしば》まれたかと思うであろう。だが、自分だからこそ、感じられたという気もする。この便りの後、自分の消息が途絶えたら、山を下り、横浜の港へ来て、その原因を調べてもらいたい。そして、少しでも『マーシュ海運』との関《かか》わりを見出せたら、兄よ、仇を討ってくれ。『マーシュ海運』をこの国から永久に消滅《しょうめつ》させて欲しいのだ。あの化物のような水夫もまともな事務方も、ひとり残らず地獄《じごく》へ送りこんでくれ。たとえ、四人の誰かが地の果てまで逃げようとも追いかけて、心臓をえぐり出して欲しい。自分の術はついに兄に及ばなかった。兄の術なら、必ず奴らを斃《たお》せる。里と一族を捨てた愚弟《ぐてい》の願いだ。自分は兄の〈忍法《にんぽう》〉を信じる――

この手紙が届いて十日後、おれは一族の許可を得て横浜へ向かった。すぐにも行きたかったが、勝手に里を捨てた弟を快く思わぬ者も多く、説得に時間《とき》を費やしたのだ。

到着した日、おれは手紙にあった弟の事務所を訪ね、前日に埋葬《まいそう》されたことを知った。

一昨日の朝、全身に弾丸を射ち込まれた姿で、関内の路上で発見されたという。その晩、おれは共同墓地の墓を暴いて殺害の手段を確かめた。弾痕は少なかった。傷を切り開いてみると、弾丸は一発も出て来なかった。誰かが持ち去ったのではない。体内に射ち込まれた後で消えてしまったとしか思えなかった。四人組が一週間で来日したと聞いたときは、弟の書き間違いかと思ったが、そうではなかった。あんな殺し方が出来る奴なら、一週間で米利堅《めりけん》から飛んで来れるに違いない。おれは四人組を捜したが、弟の死体が発見された日の晩に、米利堅へ渡る旅客船に乗り込んでいるのを見た者がいた。おれにはもう、弟の手紙の末尾《まつび》が真実を告げてるとわかっていた。そして――この国へ渡ったのだ」

「横浜の『マーシュ海運』はどうした？」

「弟の望みどおりになった」

ポーラが恐怖に顔を歪《ゆが》めた。

「皆殺しする前に、あの四人について喋らせたらしいな」

「いや、奴らは何も知らなかった」

「じゃあ、四人が西部へ行ったと何処で訊いた？」

「桑港《サンフランシスコ》へ着いたとき、そこにあった『マーシュ海運』の出張所で、な」

ある考えが浮かんで、口に出した。

「――そこも皆殺しか？」

「さて」

東洋人が不気味な連中だというのは耳が痛くなるほど聞いたが、さして信じてはいなかった。これからは別だ。初めて、おれは眼の前にいる無表情な男が怖くなった。

「サンフランシスコの出張所には、ある教団の寺院も付属していたはずだ。あれは――」

「〈ダゴン秘密教団〉」

シノビは静かに言った。

「そこで何もかも聞いたのか。寺院と団員は――横浜とおなじ目に遭わせたのか？」

「さて」

おれはひと呼吸《いき》おいて、

「何処まで知ってる？」

「これは夢物語だ」

「どういうこと？」

ポーラが呻くように訊いた。

「おれのことは？」

これはおれだ。

「色々とな」

それで詳しかったのか。

「ひとつ訊きたいことがある」

シノビが切り出した。おれが応じる前に、

「あんたは、あの呪術師が出て来た時点で、この女《ひと》がズウルウの生け贄だと知った。なのに、何故、その後も助けようとした？」

「おれの仕事は四人の抹殺だ。それ以外は関係ない。教団もそう指示している。助けたのは、だから成り行きだ」

「……」

「それよりも、忍法《NINPOU》とは何だ？　今まで見せた技か？」

「見たいか？」

「ああ」

「これだ」

シノビは手綱で馬の首を叩いた。ゆっくりとおれの方へ向き直った。

訊きたいことはまだあったが、おれは腹を決めた。

引き金を引いた指が重かった。重いどころか——動かないではないか。

人差し指に何かが巻きついていると感覚したのは次の瞬間だった。それは指と用心鉄《セフティ・ガード》とをつないで、引き金を引かせなかった。

シノビが言った。

「忍法〈髪縛り《KAMI SIBARI》〉——おれの髪の毛だ」

反射的におれはコルトを捨てて、ウィンチェスターを抜こうとした。

コルトは手を離れなかった。

「いつの間に？」

呻くような声は、おれのものだった。

「お喋りをしすぎた。おまえは聞きすぎた」

シノビは冷たく言った。

「一族の掟《おきて》に従って、生命を貰う」

言うなり、おの左頬の横をびゅっと何かが過ぎた。

「成程な」

のばした右手を戻して、シノビはうなずいた。

何か納得したように見えた。おれに向かって、

「あんたも荷が重そうだな。悪いが後の三人はおれが仕留める」

「そうはいかん。奴らはおれの獲物だ」

「賞金は持っていけ」

「有難く頂戴《ちょうだい》するさ。だが、奴らはおれが斃す。これはおれの仕事なんだ」

「本当に？」

「どういう意味だ？」

「おかしな技を使うのはおれひとりじゃないということだ。だが、おれはひとりでその技を身に

つけ、ひとりでそれを使って戦うと決めた。あんたは違う。守られてはいるが、それは他人の力による」

「おかしなことをぬかすな。いいか、奴らを始末するのはおれだ。おまえが見かけても手を出さず、まずおれに報告するんだ」

「そんなことが言える立場か」

「貴様」

「もうやめて。私には、どちらも大事な人よ。もう悲しませないで」

腹蔵のない心底《しんてい》からの叫びだった。

おれはコルトを下ろした。

「その辺のことは後で決着《けり》をつける。とりあえずダッジへ行くぞ」

「そうしましょう」

ポーラが安堵の溜め息を吐《つ》いた。

それから、どうしたんです？　と訊いた。

コルトが指から離れないのだ。

「おい、何とかしろ」

「ナイフで切れよ。しっかりやれ」

忌々しい日本人は、ポーラにうなずいて、

「行こう」

と言った。

さらに忌々しいことに、ポーラは一緒に歩き出したのだ。

何とか指を解放したとき、二人の姿は遥か前方に肩を並べていた。

「ＮＩＮＰＯＵ－ＫＡＭＩＳＩＢＡＲＩ」

前方の空は水のような光を帯びはじめてはいたが、いつもの昼へとつづく輝きはなかった。おれはつぶやいた。

「化物め。だが、おまえにも先は越させはせん。ズウルウの、いやクトゥルーの夢――消すのはおれだ」

頬に冷たいものが当たった。

雨だ。

2

ダッジに入ったのは、昼すぎだった。

まず、町外れの石造りの監獄《かんごく》が眼に入った。保安官事務所にも牢はあるのだが、ダッジでは頻繁に入れ替えないと、たちまち満杯になってしまうので、外に設けられたのだ。以前は木で出来ていた。ウィチタでもアビリーンでも、牛の町《キャトル・タウン》ならみなこうだ。

じき、テキサスから長角牛《ロング・ホーン》の群れが到着し、町は拳銃の轟きが圧する不夜城と化す。危ない時期にぶつかったものだ。

しかも、土砂降りときている。濡れネズミのシノビとポーラをホテルへ向かわせ、おれは真っ直《ます》ぐ保安官事務所へ行った。通りに人影はなかった。無法の町と看板をかけられても、騒ぎを起こす連中がいない昼はこんなものだ。ダッジは鉄道の走る広い市場《プラザ》を中心に、南の盛り場と北の住宅地に分かれ、酒場や女郎屋《じょろう》では拳銃を射ちまくる屑《くず》どもも、平穏《へいおん》な区画には一切足を踏み入れない。暗黙《あんもく》だが鉄の掟《おきて》だ。

保安官は、おれより少し若いくらいの長身の男

ダッジ・シティ　メインストリート

だった。それだけに反応は率直だった。おれが名乗ると、名前は知っていると、鋭い眼つきになった。そのほうが、やり易い。この世でいちばん始末が悪いのは、悪意を隠し持った善人だ。

「噂は聞いてる。狙った獲物は必ず仕留めるそうだな。おれはチャーリー・バセットだ。おれとバット・マスターソンが治安を預かっている以上、あんたが誰であろうと、拳銃沙汰《ざた》は許さん。遊び半分で一発射っても逮捕《たいほ》する。そのつもりでいろ」

「ここの保安官はエド・マスターソンじゃなかったのか」

バットの兄である。

「彼は四月にカウボーイ二人と相討ちになって死んだ」

「わかった。おれが知りたいのは、ビル・アギランスの動静だ。ひと月ぐらい前に、この町へ入ったはずだ。表に手配書も貼ってある」

「気がつかなかったな。タレ込みもなかったし。通り抜けただけじゃないのか？」

「だといいがな」

バセットの話に嘘はないのはわかっていた。また来る、と言っておれは事務所を出ようとした。

戸口まで行ったとき、バセットが呼びかけた。

「明後日にはテキサスから牛が着く。騒ぎ好きのカウボーイどももと一緒にな。トラブルは奴らだけでたくさんだ」

「わかってるさ。おれはカウボーイには用はねえ。模範《もはん》市民のように大人しく暮らすぜ」

「そりゃ結構だ」

棘《とげ》のある返事を背に、おれは外へ出た。


次は酒場だが、さすがに客はいなかった。ホテルへ向かった。

黒人と中国人を拒否するホテルはあるが、黒人は数は少ない。黒人は南北戦争での勇敢《ゆうかん》な戦いぶりで認められたし、中国人は滅多《めった》にホテルへ泊まったりはしないからだ。何よりも、金さえあればお客様、というわけだ。

しかし、フロントに訊くと、シノビは最初から部屋を取ろうとはしなかったという。何となく、おれは納得してしまった。ベッドで安らかに眠るあいつが想像できなかった。ポーラのところでは同じ部屋に泊まったが、何となく様にならなかった。

ポーラの様子がおかしいのは部屋へ入ったときにわかった。熱があるいう。医者を呼ぼうと言うと、寝てれば治ると拒否した。ただ、悪党どもの行方《ゆくえ》を探せる状態ではないと言う。

おれはポーラに部屋を出るなと言い残して、フロントへ行った。

アギランスの手配書を見せて、心当たりはと訊いたが、わからないと言う。少なくともホテルへ泊まりはしなかったと断言した。

おれは信用しなかった。お尋ね者が金で足取りを消すのはよくあることだからだ。閉ざした口を開く鍵は、それ以上の金だが、今は他に打つ手がある。

おれはホテルの向かいにある雑貨屋《ジェネラル・ストア》へ入った。何人かいた客たちは、怪訝《けげん》そうな眼をおれに向けた。おれはカウンターの向こうの中年男に近づき、手配書を見せた。

「買い物に来なかったか？」

男はしげしげと手配書を眺め、首を横に振った。

「こういう顔なら忘れない。来なかったよ」

「あら、嘘よ」

いきなり背後に味方が現れた。六十近いと思われる、陽除《ひよ》け帽を被った婦人だった。

中年男があわてて、

「シルベスターさん――ちょっと」

と顔をしかめて見せたが、女はまた首をふって、

「あたくし見たわよ、ひと月くらい前に、カーテンの生地を買いに来たら、その人、拳銃の弾丸を二箱も注文してたじゃないの。その後、奥でライフルも見てたわよ」

「そうでしたかねえ」

中年男はとぼけたが、敗北は明らかだった。

おれはテンガロン・ハットのひさしに手を触れて、ありがとうと礼を言った。

「あら、どういたしまして、礼儀正しい方ね。この町の人じゃないのに珍しいわ」

おれはそっぽを向いた中年男へ眼をやり、

「また来るぜ」

と言ってから店を出た。

最後の目的地は医者だった。お尋ね者を狙うのがおれひとりとは限らない。他の賞金稼ぎ、やつらの手配書を記憶している通りすがりの旅人、農夫、酒場のバーテン、賭博師、薬屋、鍛冶屋《かじや》――平凡なアマチュアが、五百ドル欲しさに背後から拳銃の引き金を引くのだ。生命を取り止めたら、真っ先に駆け込むのは医者のところと決まっている。

結果は――道は閉ざされたが、注目に値するものだった。

町に一軒しかない医院は閉鎖《へいさ》されていたのである。近くで訊くと、医者が急死したためだった。ひと月前のことだ。

数軒廻って、そこで働いていた看護婦の名前と住所を聞き出し、おれはその家を訪ねた。二ブロック離れた床屋《とこや》の女房だった。

教えてくれた主婦の様子が気になったが、おれは床屋を訪れた。

亭主が現れ、女房はセントルイスの病院に入院していると言った。

「医者《ドクター》の死体を発見したショックで、気が狂っちまったんです。あの死体を見た人間は何人もいますが、多かれ少なかれ、女房と同じになりました。結局、別の医者が棺桶《かんおけ》に入れて、死亡診断《しんだん》書を書いて埋めちまいました。もう帰って下さい。この件は忘れちまいたいんで」

それでも、診断書を書いた医者のことは聞き出した。

意外なことに、彼は歯科医で、ホテルの二階で営業していた。歯科医の死亡診断書というのも変な話だが、西部ではままあることだ。

内部には美髭をたくわえた医者と助手らしい中年女がひとりいた。

用件を伝えると、

「最後の客かと思ったのに、違ったか」

医者は暗い眼でおれを見た。人嫌いなのははっきりしていた。患者《かんじゃ》まで嫌っては商売になるまい。

亡くなった医者について訊いた。

「何故、賞金稼ぎがそんなことを気にする？　亡くなったでよかろう。ベッソン医師には賞金なんてかかっていないぞ」

「ベッソン医師を埋葬させたのはあんただ。死因は何だった？　拳銃じゃあるまい」

「おかしなことを訊く。死因を気にする賞金稼ぎというのは初めてだ」

「あんたなら、わかるだろう。ジョン・H・ホリディ医師《せんせい》。ひょっとしたらと思っていたが、まさか本業に戻っていたとはな」

「それも今日までだ」

言うなり、歯科医は咳き込んだ。激しい発作《ほっさ》が長いこと止まらなかった。廃業《はいぎょう》の最大の原因はこれだ。結核《けっかく》を治すには、西部の乾いた空気がいちばんと言われているが、これをみる限り俗説《ぞくせつ》もいいところだ。

ようやく収まると、それでも空咳《からせき》を繰り返しながら、

「じきにまた起こる。今夜七時、〝ロング・ブランチ〟で会おう」

これだけ言うと、また激しく咳き込んだ。ベッソン医師に較べれば、何のことはないとおれは思った。

〝ロング・ブランチ〟は、ダッジの酒場の中でも最も大きく最も派手な飾りつけの店で、女たちも多かった。さすがに嵐の前の静けさで、カウボーイ無しの店は比《ひ》較的大人しかったが、ピアノはけたたましく鳴り続け、酒瓶とグラスがひっきりなしにテーブルとカウンターを往来した。

客は街の連中が多く、カードを愉《たの》しむのといっぱい飲《や》りながら市長の悪口を言い合うのと、ほぼ半々だった。入って右奥隅のテーブルで、ポーカーにふけっていた三人だけが、流れ者の服装に身を固めていた。入りが七割だから、テーブルは空いている。ひとつ選んで、三人組が見える向きの椅子《いす》にかけた。すぐにけばけばしい色彩《いろ》を混ぜ合わせたドレスの女が隣《とな》りに来た。

「ご馳走《ちそう》してくれる？」

「悪いが人待ちだ」

「あたしはあんたを待ってたのよ」

「この店にはどれくらいいる？」

「半年ってとこかな」

「ウィスキーだ。ダブルでな」

「あーら、嬉《うれ》しい」

女は立ち上がってカウンターへ行き、グラスを両手に戻って来た。

「気持ちのいいハンサムに乾杯《かんぱい》」

ダブルを一気に八分目まで空けた。いま、マッチの火を近づければ、口から火を噴くことになる。

「あいつら——新顔か？」

奥の三人をちらっと見て訊いた。

「そうね、流れ者でしょ。今日で三日になるけど、いつも同じ時間に来て、同じ席でポーカーをしているわね」

「この町で、最近おかしなことが起こっていないか？　地震《じしん》とか、気味の悪い奴らがうろついているとか？」

「おかしなことを訊くわね。何者？」

「政府の測量技師だ」

「嘘お。格好と拳銃見りゃわかるわ。賞金稼ぎか雇われ拳銃使《ガンマン》いでしょ。残念だけど、何もないわよ」

ここでまたひと口飲《や》って、

「ああ、美味しい。そうだ、水が急に美味しくなったわね」

「水が？」

「そう。ひと月前の十倍は美味しくなったとみんな言ってるわ」

「そんなに不味《まず》かったのか？」

「ひどいもんだったわよ。昔から硫黄《いおう》の臭《にお》いが強いんだってね。ま、飲めないことはないから、みんな我慢《がまん》してたけど」

「十ドル稼ぎたくはないか？」

「あら——ここの店長だって殺すわよ」

女は顔中を口にして笑った。本気らしい。店長殺しがだ。

「こいつを見たことは？」

おれは折り畳んだ手配書を見せた。

「ああ、来たわね。確か——ミリーが相手してたわよ。上の部屋で」

酒場女の殆《ほとん》どは娼婦《しょうふ》を兼ねている。他に専門の売春宿もあるが、こっちのほうが手っ取り早いと毎晩顔を出す客もいる。

「その娘《こ》に会えるか？」

「いなくなっちゃったわよ」

おれは眼つきが鋭くなるのを感じた。

「いつからだ？」

「その男が来た次の日。騒ぎになったからよく覚えてるわ」

「その男と駆け落ちじゃないのか？」

「そんなこと誰も考えなかったわよ。さらわれたってのならあるけど」

「その男にか？」

「そ。来たときから、まともな雰囲気じゃなかったもの。なんか薄気味《うすきみ》悪くて。人殺しなら幾らでも知ってるけど、あれは別よ。なんかこう——人間じゃないみたいな」

「人間じゃねえ？」

「そうよ。何か人の形だけはしてるけど。だから、あの後部屋を出て来たミリーがおかしくなったのよ」

「どんな風に？」

「まるで、糸の切れた操り人形みたいにフラフラしてたわ。普通なら変な趣味の客を相手にした、と思うとこだけど。あたしはそのとき考えたのよ。あいつの正体を見たせいだと」

「正体か」

「でなきゃ、あんな風にならないわ。部屋へ戻るあの子を見たのはあたしだけだけど、あの顔は――死人の顔よ」

そいつが来たその日のうちに、見ただけで頭のおかしくなった女が現れた。ダッジにしてみれば、拳銃騒ぎで死ぬよりも、ずっとユニークで変わった記録だろう。

「そいつが店を出てから何処へいったか知らないか？」

「さあ。いつ出てったかもわからないわ。料金は前払いだから、無事に事が済んだら誰も気にしないのよ」

無事ではないが、誰も気がつかなかった。その夜、一時間足らずの間、二階の小さな部屋には人間の女と――人の姿をした何かが一緒にいたのだ。

そのとき――例の三人組が立ち上がって、こちらへやって来た。カードの間中、おれの方をちらちら覗いているのはわかっていた。

店へ入る前に懐中時計は、午後六時少し前を差していた。ジョン・H・ホリディ医師が来るまでは少しある。早すぎだ。

3

三人組はテーブルの前に立つと、リーダーらしい悪相の髭面《ひげづら》が、

「おめえの顔――見覚えがあるぜ」

と言った。

「そうかい。こっちはねえなあ」

おれはウィスキーのグラスを置いたが、手は離さなかった。一触即発《いっしょくそくはつ》の気分はたちまち伝わる。ざわめきがぴたりと熄んだ。何人かが席を立ち、何人かはいつでも床に伏せられるよう身構えた。ピアノの演奏だけが音量を増した。

「いいや、おめえはウィチタの酒場でおれたち兄弟の友だちを殺して逃げた無法者だ。いい所で会った。もう逃がさねえぞ」

「ここの保安官はバット・マスターソンだぞ。後々厄介だぜ」

この名前は効果があった。三人の顔と身体が硬直した。

見方によっては抜き射ち寸前だ。

後ろの二人が拳銃に手をかけた。

仕様がない。向こうは最初《はな》から射ち合うつもりでいるのだ。おれを射殺した後は検死や審問《しんもん》を待たずに馬にまたがればいい。

余裕たっぷりな最初の男の顔に、琥珀《こはく》色のしずくが飛び散った。ぶっかけたグラスが空中にあるうちに、おれはコルトを抜いた。

だが、三人は動かなくなった。二人の拳銃はホルスターから半ば抜かれていた。

グラスが床に落ちた。

「お利口さんだな」

ドアのところに立つ人影は、腰の拳銃に手をかけてもいない。

ジョン・H・ホリディ医師だ。

「ドク・ホリディの顔は知っているらしいな」

John Henry "Doc" Holliday

おれは死人となった三人に話しかけた。

そこにいるのは、胸を病んだ青白い歯科医ではなかった。西部三界にその名を轟かせる無法《アウトロー》の殺人者《ガンマン》は、拳銃すら抜かずに三人のこれも無法者を威圧し切っていた。

正直、修羅場を踏んだ数と体験に支えられた自負や風評は、突発的な戦闘以外には効果を発揮する。六連発の銃口を前にしたとき物を言うのは、技量よりも気迫なのだ。

「彼と話がある」

とドクは言った。

「終わるまで待て。それとも、今やるのか？　なら、おれも相手になる」

「わかった――ゆっくり話してくれ」

最初の男がぼそりと言って、立ち上がった。そそけ立った表情である。心臓がつぶれかかっていただろう。

ざわめきと客たちの姿勢が元に戻り、代わりにピアノの音が小さくなった。

「助かったよ。奢《おご》るぜ」

コルトを納めながら申し出ると、ドクは冗談はよせ、と言った。

「奢るなら、あいつらだ。おれがいなかったら、あんたに射たれていた。どいつも拳銃を抜くことさえ出来なかったろう」

「それこそ冗談だ。瓶とグラスを頼む」

おれは、それまで凍りついていた女に伝えた。

すぐに来た。カウンターの方へ顎をしゃくると、女は待ってましたというばかりに背を向けた。

ドクはグラスになみなみとウィスキーを注ぎ、一気に飲み干した。ダブルどころじゃない。縁から盛り上がっている。三杯分《トリプル・ショット》。

ドク・ホリディ。南部中の南部ジョージア州グリフィンの生まれと聞いている。名門の出で歯科大を出たが、結核に罹患《りかん》し、西部の乾燥した空気の下で過ごせと医者の指示を受けたが、結局は快方に向かわず、半ば自暴自棄《じぼうじき》で酒と博打《ばくち》に溺《おぼ》れた。十人以上殺しているというが、眼の前の男は育ちの良い、自分の健康にはあまり気を遣わない医者としか見えなかった。

飲み終えると、ドクは軽く息を吐いた。三杯分のウィスキーをひと飲みして、反応はそれだけだ。ハンカチを出して口元を拭い、グラスにまた同じ量を注いだ。おれは黙って見つめた。感心していたのかも知れない。

「あいつらは二度見かけた。誰かを待ってた。あんただな」

「らしいな」

「出たら、射たれるぞ」

「覚悟してるさ。ズウルウの一味じゃない。アギランスに雇われた殺し屋だ」

ドクはうなずいた。

「あんたの技量を調べるためだろう。捨て駒だ」

アギランスは自分を追う者の素性を薄々勘づいているのだろう。自ら手を下さず、その辺の拳銃使いにちょっかいを出させたのがその証拠だ。おれが何者か確証を得るには戦い方をみればわかる。ついでに力量も。

ということは――奴は近くにいるのだ。しばらくしてからダッジを訪れ、三人とおれの決闘の様子を耳に入れれば目的は果たせる。

「ベッソン医師の死に方はどうだった？」

「間違いない。クト――ズウルウのやり方だ。恐《おそ》らく、傷の治療で正体がバレたんだろう。あの死体を見たら、どんな剛《ごう》の者でも精神に異常をきたす」

「あんたがいて幸運だったな」

「おれも手を貸す。そういう決まりだ」

「有り難いが邪魔だ。これはおれの仕事でね」

ドクは首を横に振った
「違う。これは、教団の――」

ドアの開く音が、ドクの言葉を中断させた。

男が三人入って来た。ひとりは年寄り臭い杖《バット》をついていたが、童顔で眼だけが異様に鋭かった。

二人目は初めて見る顔だが、上衣《うわぎ》の下のシャツの胸のバッジで、彼らの仲間——少なくとも助手《デピュティ》なのは明らかだった。グレーのシャツと棒タイというラフなスタイルでも、杖《つえ》をついた若いのとは圧倒的に異なる凄味《すごみ》が全身からこぼれていた。ドクがふり返ってうなずいた。男も軽く片手を上げた。三人目は若いのよりやや年上で、バッジつきだが、いちばん平凡な印象の男だった。町民が親しく話しかけるのは彼だろう。

三人はおれたちのほうへやって来た。定時の巡《じゅん》回《かい》だろう。二人目がおれを見て、

「知り合いだったのか？」

とドクに尋ねた。

「昔な」

おれをみる三人の眼つきがややゆるんだ。

若いのが言った。

「なら紹介《しょうかい》させてもらおう。おれは郡保安官《カウンティ・マーシャル》のバット・マスターソン、こっちは保安官補の——ワイアット・アープとジョー・メイスンだ」

「〝シューター〟——賞金稼ぎだ」

とおれは名乗った。

「バットとワイアットは駅馬車強盗を追いかけているそうだ」

ドクが説明して、ウィスキーを空けた。

「お疲れだね」

とおれは言った。

「いつ出て行く？」

とアープが訊いた。冷たい声だった。敵意と嫌《けん》悪《お》から出来ている。

「気が向いたらな」

おれは答えてから、こう言った。

William Barclay "Bat" Masterson

「さっさと仕事に戻ったらどうだ？　でなきゃ寝てしまえ」

アープの口もとが歪《ゆが》んだ。

「よせよ、二人とも」

ドクが止めた。三人の執行《しっこう》官が驚きの表情をつくった。ドクが仲裁役をするような人間ではない証拠だ。

「ワイアット、彼は射ち合いをするために来たんじゃない。少なくともこの町ではな」

「ドク、なんだかおまえが世界一の愚か者に見えるぜ」

とワイアット・アープが言った。

「行こう、ワイアット」

バット・マスターソンがドアの方へ向かいながら、声をかけた。

ドクが少し眉を寄せて、おれを見た。

「気にせんでくれ。ワイアットは――」

「おれがあんたと話しているのが気に入らなかったのさ。早いとこ用件を済ませてしまおう。アギランスの行方は知らんのか？」

「あれから二、三当たってみたが、残念だ。ひとつだけ――他の町で見かけたという話はないそうだ」

「ほう。天に消えたか地に潜《もぐ》ったか」

ドクはうなずいた。おれの言葉は単なる暗喩《あんゆ》ではないのだ。

それから、お互いに三杯ずつ空けて、おれは立ち上がった。金を置こうとしたらドクが笑った。

「サンフランシスコから、こういう時の資金は受け取っている」

「そうかい」

おれは自分の分だけ払って店を出た。

板張りの歩道から通りへ下りて、ホテルへ向かった。

ポーラとシノビのことが妙に気になった。二人ともどうしているか、と思った。

最初の曲がり角に来たとき、名前を呼ばれた。

月明かりと町のあちこちから洩れる光りで、三人組のひとりだとわかった。最初に話した男だ。

「付き合ってもらおうか」

と言った。

奴の立っている路地の向こうに、二つの影が重なって見えた。

「いいだろう」

男は背を向けて歩きだした。

狭いと見えたが、残る二人の立っているあたりで右側の家が切れ、かなり広い空き地が月光の下に横たわっていた。

おれがその真ん中に来たあたりで、最初の男が向き直り、二人は、おれの左右についた。両手は自然に——でもなく、ホルスターに収まった六連発の銃把《グリップ》あたりに垂れている。

「ウィチタだったな?」

とおれは訊いた。

「思い出したよ。おまえたち兄弟の仲間を殺したのは、確かにおれだ。おまえらと同じ屑だったからな」

「良く言ってくれた。それじゃ、ゆっくり話し合いといくか」

「誰に頼まれた?」

おれは最初の髭面を見つめた。影の多い顔は、光の下よりまともに見えた。

「誰にも頼まれやしねえさ。おかしなことを訊くんじゃねえ」

「そうかい」

おれは、ゆっくりとコルトを抜いた。三方から轟きと火線が襲った。

中々の早射《はやう》ちだった。

右頬から少し離れたところを弾丸《たま》が飛んで行ったと、衝撃波《ソニック・ブーム》が教えた。

右側の男の右の肩に一発見舞《み》うと同時に、髯《ひげ》男《おとこ》と左側の男も二発目を射った。おれは左側の男の右肘を吹き飛ばし、髯男に硝煙ただよう銃口を向けた。

髯面はここで三発目、四発目と射ち込んで来た。五発目を射つ前に、おれのコルトの四四口径弾が、髯面の右肩を貫通して、三分の二回転させた。

おれは素早く近づき、男の眉間に銃口を当てた。悲鳴が上がった。いま射ったばかりだ。銃身は熱く灼《や》けている。

「どうしてだ？　どうして当たらねえ？」

髯面は泣き声を上げた。

おれは答えてやった。

「クトゥルーの守護だ」

「ＣＴＨＵ……ＣＴＨＵＵＬＵ……？」

髯面は発音出来なかった。

「おまえらにこの仕事を頼んだ奴は何処にいる？」

「知らねえ」

「脅しだと思ってはいないよな？」

早いとこ決着をつけなくてはならない。銃声を聞きつけた誰かが連絡し、保安官たちが殺到《さっとう》してくるまで、もう少しだ。

おれは起こしてあった撃鉄《ハンマー》を戻し、もう一度起こした。

鉄と鉄が噛み合い、停止する響きは、奴にとって地獄の鐘《かね》が鳴るに等しい。いつの間にか髭面の顔は汗でまみれていた。

「知らねえ。おれたちは金を貰って頼まれただけだ。そいつの名前も居場所も知らねえんだ」

どうやら、本当だ。

「いつ何処で会った？」

「ここへやって来たときに、町外れで。奴は出て行くところだった」

「どっちだ」

「北へ——ノース・プラットの方へだ」

とにかく情報を得た、と思った瞬間、

「動くな《フリーズ》」

と来た。遅《おそ》かった。誰が駆けつけたのか、声でわかった。

「出て行く必要がなくなったな、〝シューター〟。賞金稼ぎ風情《ふぜい》には勿体ないが、これから裁判にかけて吊るしてくれる」

「これは正当な決闘だ、アープ」

「いいや、おまえが三人組を不意打ちしたんだ。そうだな？」

「そうとも」

髭面が興奮の面持ちでうなずいた。

形勢逆転というわけだ。

「よせ」

おれはふり向いた。

銃声が轟いた。三度。三人組が吹っ飛んだ。片手では初めて見る高速の連射だった。

第四章　シノビVS六連発

1

驚きをもって、おれはワイアット・アープを見つめた。まだ硝煙を立ち昇らせている銃身は、目測一二インチ（約三〇センチ）はあった。噂には聞いていたが、こいつがバントライン・スペシャルに違いない。

――やるな

こう思ったとき、通りの方で声と足音が入り乱れた。どっちだ？　こっちだと叫び交わしている。

アープが撃鉄を起こした。弾倉《シリンダー》が六分の一回転して、次の弾丸が射撃位置に来た。アープの眼は殺《や》る気だと言っている。

殺気が急に消えた。

「危ないところだったな」

アープが恩着せがましく言ったところへ、足音がいくつも駆け込んで来た。バットとジョー・メイスンと――少し遅れてドク・ホリディだった。

成程、急遽《きゅうきょ》、気を変えた理由はこれか。

「彼が三人組に決闘を挑まれて難渋《なんじゅう》しているところへ、おれが駆けつけたんだ。やめろと言っても聞かなかった。射殺はやむを得ん」

おれの方を向いた。眼に異様な光があった。別に怖くはなかったが、他所者《よそ》がここで騒ぎを大きくしても仕方がない。おれはアープの主張を全面

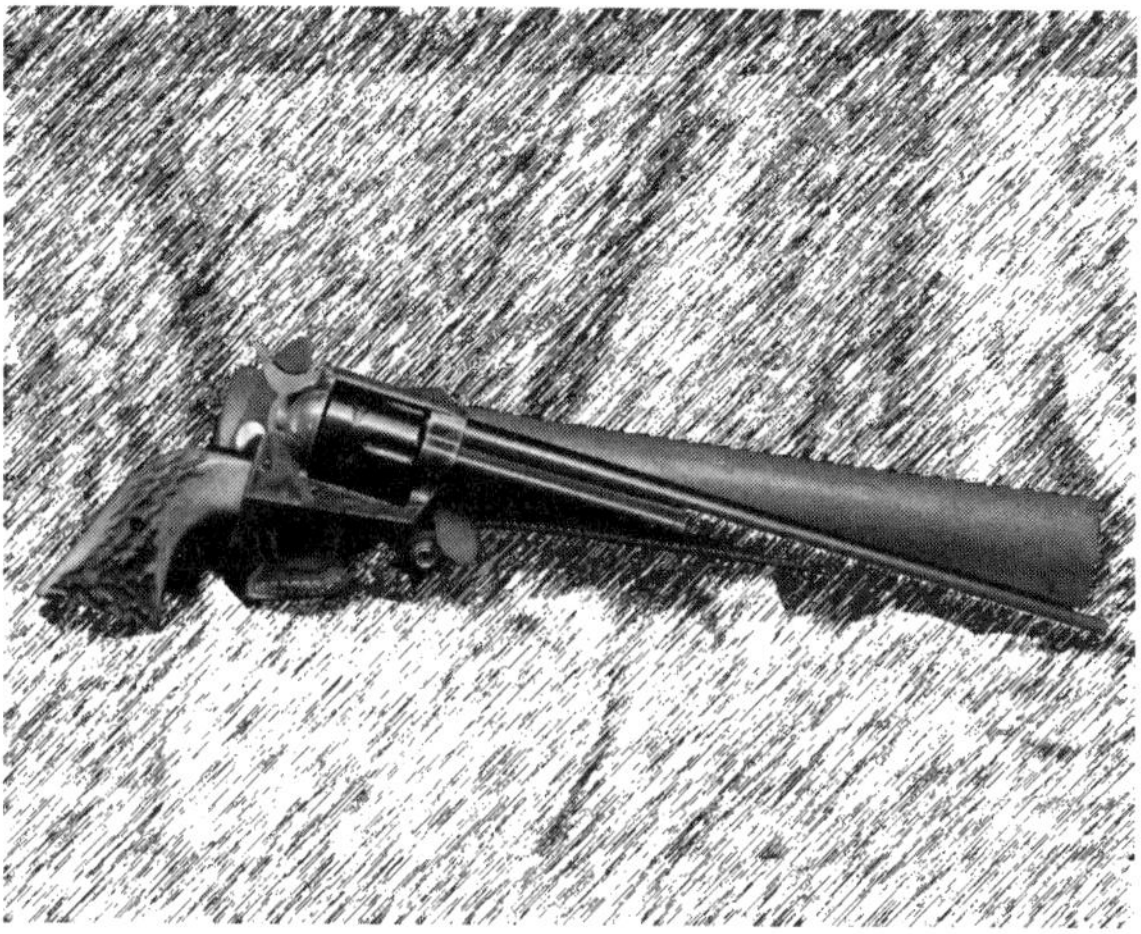

COLT SAA buntline special

的に認めた。

「巡回判事は来週にならんと来んし、明後日はカウボーイの第一陣がお出ましだ。二人の証言もあることだし、これで良しとしよう」

バットの提案にアープもメイスンもうなずいた。

おれはその場で、明日中に町を出るよう命じられると思った。トラブルの種はひとつでも少ない方がいいのだ。おれとしても、もうここには用はない。

ところが、事態はおかしな方向に進んだ。

バットがこう言ったのだ。

「〝シューター〟といえば、名うての賞金稼ぎだ。明後日から町はトラブルの坩堝《るつぼ》になる。ニールもビルも、駆けつけてくるのは来週遅くだ。それまでは腕利《うでき》きなら猫の手も借りたい。追い出すのは勿体ないぜ」

「しかし――殺人事件の当事者だぞ」

ワイアットが眼を剥いた。

「射ったのはあんただと、〝シューター〟も認めてる。こいつらは共同墓地行きだ。事件なんかなかったことになる」

おれはある意味、感心した。バット・マスターソンて男は、これも西部の銃豪《ガン・マン》――つまり殺しに関する千両役者のひとりだが、ドクやワイルド・ヒコックのごとき偏執狂的なところはなく、陽気で明朗、饒舌《じょうぜつ》でホラ吹き、文章を書くのが好きと、最後を除けば西部で一、二を争う人気者だと聞いていたが、意外と、策士だ。

結局、アープが折れた。バットはおれに向かって、

「聞いたとおりだ。カウボーイどもがいる間、取締りに協力してくれるなら、一切なかったことにする」

「先を急ぐ」

とおれは言った。

「追い出された方が有難い」

「いいや、ここにいるんだ」

アープが重い声で言った――恫喝《どうかつ》に等しい。いま三人まとめて片づけ、さっさとダッジを出るのはお易い御用だったが、お尋ね者になって追っ手や同業者どもから狙われるのも面倒だ。それに何より大きな理由は、アギランスが近くにいる。勘《かん》がささやいたのだ。

「わかった。協力しよう」

とおれは言った。

「よし。事務所へ来い」

「報酬《ほうしゅう》は？」

バットは別段、おかしな表情もしなかった。慣れているのだろう。いきなり賞金稼ぎが保安官助手になるというのは、東部の連中からすれば、眼の玉をひん剝く事態らしいが、西部ではよくあることだ。清廉潔白《せいれんけっぱく》、ごろつきや無頼漢《ぶらいかん》とは、太陽とゴキブリほどの縁《えん》もない――そんな男に保安官は務まらない。西部での法の執行には、一に度《ど》胸《きょう》、二に腕《うで》っぷし、三がコネだ。たとえば、おれの知ってるコロラドの保安官は、女房に女郎屋《じょろうや》をやらせ、自分は酒場の共同経営者になった上、賭博師としても認められていた。保安官にはまた、この手の店から税金を徴収《ちょうしゅう》するという役目――役得があった。相手は海千山千の無法者経営者だ。金を払うくらいなら法律なんぞいくらでも破ってやると、手ぐすね引いて待ち構えている相手から、規定の額を集めるには、裏社会に通じている人間でなければ不可能だし、徴収した金の中から幾《いく》ばくかのキャッシュ・バックをして、店側の機《き》嫌《げん》も取らなければならない。

おれが突如《とつじょ》として、法の執行官に成り下がったのは、少しも不思議ではないのだ。

「一日一ドルだ。逮捕者ひとりについて五十セント」

「わかった」

「運のいい野郎だ」

とアープが吐き捨てるように言った。

真っ直ぐ保安官事務所に行く途中で、ようやく駆けつけたバセットと会った。私用で近くの牧場へ出かけていたという。呑気《のんき》な男だ。

バットが事情を説明し、バセットは疑わしそうな顔つきになったが、納得した。明後日のカウボーイたちの到着を前にして、人手は幾らでも欲しいのだ。おれなら実戦は文句ないし、三人の死体は共同墓地《ブーツ・ヒル》へ埋めれば済む。

聖書に片手を置いて、執行官として法と秩序《ちつじょ》の守護に生命を捧げると宣誓《せんせい》し、おれの胸には錫《ティン》の星章《スター》が付けられた。

「明日からよろしく頼む」

バットと握手《あくしゅ》を交わし、おれは外へ出た。アープはいなかった。現場の保存と死体の始末を手がけているに違いない。

空には星が光っていた。ホテルへの道を辿りながら、おれは背後に人の気配を感じた。

シノビが歩いていた。

「おまえ――いままで何を？」

うんざりしたように尋ねるおれに、

「一緒にいた」

短く答えた。

「一緒てな、何だ？」

おれの脳は困惑《こんわく》の怒濤《どとう》に放り出されてしまった。

「いつも等距離をおいて後ろにいた。あんたが、アープとやらに射たれそうになった時もだ。運がいいのは、あっちだ」

冷たいものがおれの背筋を走った。こいつならやる。アープだろうとマスターソンだろうと。いや、テキサス知事のウォーレスだろうと、大統領だろうとだ。

「余計なことをするな」

とおれは言った。

「おれのことはおれが決着《かた》をつける。おまえの手は借りん。おれの後を尾《つ》ける暇があったら、町の様子でも見学しておいたらどうだ。明日あたりから騒がしくなるぞ」

「それもしておいた」

おれはついに足を止めて、小柄な日本人を見つめてしまった。

彼は静かに見返し、

「もう眼をつむっても、ダッジの中は歩ける。路地がどこへ抜けるか行き止まりか、あんたにはわかるか？」

おれはまた歩き、二〇メートルほど進んで、通りの左側の家を指さした。

「この裏は何がある？」

「倉庫だ。いま収容しているのは、小麦粉の袋が七つきりだ」

行ってみた。倉庫の扉には鍵がかかっていなかった。

覗いてから、おれはまた日本人を睨みつけた。

「忍者とか言ったな。日本の何でも屋《ユーティリティ・マン》か？」

「これが本当の仕事だ。敵の城へ忍び込んで、兵や刀槍《とうそう》の数、食料の量などを調べて戻るのだ」

「じゃ、ＮＩＮＰＯＵなんて必要ないだろうが？」

「身を守るための技だ」

「……」

「それよりも、あんたは恥ずかしくないのか。賞金稼ぎが法の執行官とは。〈変わり身〉という術があるが、あんたの方が上手《うま》そうだ」

「うるせえ」

それからホテルへ戻るまで、おれは口をきかなかった。ホテルの前でふり返ると、シノビは消えていた。

部屋を訪ねると、ポーラはまだ起きていた。熱は下がったと言う。しゃべり方も楽そうだ。

事情を話して、明日から保安官助手だと言っても、ポーラは信用しなかったが、胸の星を見て納得した。

「信じられないわ。賞金稼ぎとして恥ずかしくないんですか？」

おれは、は？　と返した。

「何でもありません。しっかりやって下さい、保安官」

「助手だ」

「でも、法の番人だわ」

声の中に軽蔑が滲んでいた。

「執行官が嫌いか？」

「農場にも政府の役人が来ました。一年目でロクな収穫もないのに、小麦の収入をみんな持っていったわ」

誰にそっぽを向かれても、明日からおれは法の執行官だ。覚悟しておけ悪党ども。しかし、お尋ね者は平気で後ろからぶち抜いて来たおれが、保安官助手か。確かに気が咎めないでもなかった。


翌日は嵐の前の静けさが、ひと気のない通りに満ちていた。

ポーラはまだ眠っていた。ノックしても返事がない。

朝から身体の切れが鈍い。また雨が降り出したのだ。通りを渡るのが、世界でいちばん面倒な仕事になる。

おれは衣料店で防水コートを二枚買い、一枚をキープしておくように言ってから、保安官事務所へ顔を出した。

バットがいた。

「早いな」

と言って、牢屋《ろうや》の方を見た。

「いまは空っぽだが、明日の夕方には満員だ。外の監獄にも入り切れなくなる。だが、やむを得ない場合以外は殺すな。おまえなら肩や足を選んで射てるだろう。市長がおれたちを雇ったのは、死人を増やすためじゃない」

「おれたちが死人になっちゃ元も子もないぜ」

「全くだ――だが、そうなったら諦めろ。その前に何とかするんだな」

窓の外を見て、

「今日は何もあるまい。しかし、珍しく雨がつづくな」

そこへアープとメイスンがやって来た。二人はおれたちと同じホテルへ泊まっている。ホテル代は自前のはずだ。

「嫌な雨だな」

バットがつやつやした頬に笑みを浮かべた。根が陽気なのか、顔つきも緩んでいる。

「滅多に降らない雨がつづく――先住民の祈祷《きとう》

師なら何か言い出しそうだな」

とアープが眉を寄せた。

「水の中から、魔物が出て来るとか、な」

おれの言葉に反応する者はいなかった。

おれはつづけた。

「こんな砂漠のど真ん中の土地でも雨は降る。それは河に注ぎ、河は海へ流《なが》れ込《こ》む」

「どうしたんだ、〝シューター〟？」

バットが怪訝な表情になった。誰が見ても、おれのようなタイプが、思い入れたっぷりに海の話をするはずがない。

おれは、何でもない、と言った。

「まず、パトロールだ。〝シューター〟とメイスンは市場《プラザ》を、ワイアットは各通りを廻れ。保安官が来たら、おれもすぐ駆けつける」


事務所を出ると、灰色に煙《けむ》った町が待っていた。

おれは溜息をひとつついて、板張りの歩道を市場の方へ歩き出した。背後のジョー・メイスンも溜息をつくのが聞こえた。

「どんな気分だ？」

とメイスンが訊いた。

「何がだ？」

「いきなり法律の番人だ。思うところがあるだろう」

「あんたは保安官補佐より、新聞記者になった方がいいかも知れんな」

「みんなそう言うよ」

「なら話してやろう。おれは早いところここを出たい。牛追いどもが、みんな雷《かみなり》に打たれて死んでしまうがいいと思っている」

右方――西の空に光る水が流れた。稲妻だ。

ふと気がついた。右手がコルトを握っている。

「どうした？」

メイスンが訊いた。

「誰もいやしねえぞ」

おまえに見えないだけだ、と言い返す気分にもなれなかった。

おれには見えた。

雨の大通りを、市場の方から、馬と人間の影法《かげぼう》師《し》が、ゆるゆると近づいて来るのだった。

2

「コマンチだ」

おれの声はメイスンに届かなかった。

「おい、何を見てるんだ？　通りにゃ誰もいやしねえぞ」

おれはコルトを抜いて撃鉄《ハンマー》を上げた。

馬に乗った先住民は、ポーラの農場で射ち殺した呪術師――ルネンゴチーバに間違いなかった。

やはりポーラを追ってきたか。ズウルウの呪いは解けていなかったのだ。

奴がすぐ前まで来たとき、おれは撃鉄を戻し、コルトをホルスターに収めた。

雨がコマンチと馬を貫いている。どちらの身体も通して、向こう側の建物が見えた。人間も馬も幻《ファントム》なのだ。

おれには一瞥を与えず、騎馬は歩み去った。

おれはメイスンの肩を叩いて、

「すまんが、ホテルに忘れ物をした。取りに行ってくる。待つなり行くなりしてくれ」

「――じゃ、先に行ってる。大丈夫かい、顔色が悪いぜ。薬か何かを忘れたのか？」

「そんなとこだ」

この男は所詮、助手止まりだ。そして長生きするだろう。

おれは幻の消えた方へ走り出した。

ホテルへ飛び込み、ポーラの部屋へ駆けつけた。

ポーラは無事だった。パジャマの上にガウンを引っかけているが、顔にも赤味がさしている。

「ルネンゴチーバの幻を見た。あんたを捜している」

「そんな。嘘でしょ。何処にいるの？」

おれは窓に寄って、雨の通りを見下ろした。

無論、誰もいない。

明日からトラブルの山だというのに、そのどれより厄介なやつが、前夜祭のようにやって来たか。

「ズウルウ――が来たのね？」

ポーラの声は虚《うつ》ろだった。

「当人じゃない」

「え？」

「ズウルウは深い深い海の底で眠《ねむ》りについている。時折、星辰《せいしん》の一致によって束《つか》の間《ま》目醒める以外はな。地上に現れるのはズウルウの卑小《ひしょう》な眷属《けんぞく》か、その力のごくごく一部を何らかの方法で身につけたただの人間、もしくは――」

ノックがおれの言葉を断ち切った。

「誰だ？」

「ボーイです」

か細い声が答えた。

「何の用だ？」

「ご注文のコーヒーをお持ちしました」

「頼んだか？」

ポーラは、うなずいた。

「置いていけ」

「あの——サインを」

「一緒に置け。戻しておく」

「わかりました」

ドアの前の床が音をたてた。

おれはドアに近づき、耳を当てて、遠去かる足音を確かめた
コーヒーは真物《ほんもの》だった。

おれはゆっくりと三杯飲んだ。ミルクも砂糖もたっぷりと入れた。


「顔に合わないわね」

ポーラが苦笑を浮かべた。

「大きなお世話だ。他人の趣味をとやかく言うな」

激しい足音が戻って来た。ノックも無しでドアを開けたのは、若いボーイだった。

脅え切ったこいつが後ろ手にドアを閉める前に、その気になればその腹に五発は射ち込めただろう。だが、蒼白《そうはく》な顔に嵌《は》め込《こ》まれた表情が、射つ代わりに、

「どうした？」

と訊かせた。

「いま、下へ行こうとして、階段の上まで行ったら」

ボーイはドアに背を押しつけて低い声で喚い

た。廊下《ろうか》にいるものが中へ入るのを妨げようとしている風に見えた。

それきり口をつぐんだ。眼は何も見ていない。下りようとした——そのときの光景を映しだしているのだった。

「先住民が入って来たんです」

いきなり再開した。

ポーラが息を引いた。

「あれはコマンチだと思います。老人でした。羽根飾りをつけて、雨だってのに上半身裸で、少しも濡れてない。フロントのトーマスさんが止めたら、下手な英語で、〝ポーラは何処だ？〟って訊いたんです。そのくせ、実は知っているらしくて、すぐ階段の方へ歩いて来ました。そのとき、横の食堂《ラウンジ》から、お客さんがひとり出て来て、このホテルは裸の野蛮人《やばんじん》も泊めるのかって、大声で言うんです。そしたら、コマンチは、ひょいとその人を見て、そっちの方へ歩き出したんです。無表情だけど、何か怖かった。トーマスさんが、おいと声をかけ、お客さんも、何だ、てめえかと言ったものの、後じさりしていって、二人ともラウンジの中へ——そしたら、ラウンジから聞こえてたお客さんの声が、不意にピタッと熄んじまったんです」

ポーラがおれを見た。凄惨《せいさん》な表情だった。何が起きたのか、あいつらと暮らしていた女には想像がついたのかも知れない。

「それで？」

と、おれは促した。

「何かとんでもないことが起こったと思いまし

た。で、フロントの方を見たんです。トーマスさんがすぐカウンターを出て、ラウンジの方へ歩いて行きました。靴音《くつおと》が聞こえました。そしたら、ラウンジへ入ってすぐ消えちまったんです」

「それきりか？」

「はい。それで、おれはどうしようかと考えて。でも、この町じゃ何かあったとき、現場にいたくせに何も知らないじゃ通らないんです。私刑《リンチ》にもなりかねません。それにおれにも責任感はあります。で、下まで下りたんです」

ポーラは総毛立っているように見えた。ボーイの話をやめさせようかとも思ったが、結局、続けさせた。

「ラウンジからは何の声も物音も聞こえません。ひょっとしたら——あのコマンチにみんな殺されちまったんじゃないかと思いました。でも、悲鳴ひとつしなかったし、ラウンジは外からのお客さんも含《ふく》めて、三十人以上が朝食を摂《と》っていたんです。おれは足音を忍ばせて、ラウンジの入り口に近づき、片方の壁に隠れて内部《なか》を覗いてみました」

「誰もいなかった」

おれは声の主を見つめた。ポーラは眼を閉じ、全身を震わせていた。やはり、知っているのだった。

「どうして、わかるんです？」

ボーイは歯をカチカチ鳴らしながら訊いた。彼はそこから、事態を知らせようと、おれたちの部屋まで戻ってきたのだった。確かに責任感はある。

「昔、シャイアン族とトラブったことがあるの。

一触即発の状態になって、こちらは戦士の数も武器も圧倒的に不足していた。それでも戦うのがコマンチよ。死を覚悟の上で戦闘準備を整えていたら、誰かがルネンゴチーバが来る、と叫んだの。見ると、シャイアンがたむろしている方面から、確かにあのお爺《じい》さんが戻って来るところだった。でもいつの間にそんなところへ行って何をして来たのか、誰も訊かなかった。いつの間にいなくなったかもわからなかったしね。でも、ルネンゴチーバはいつもと変わらないコケ脅しの口調で、こう言ったの。シャイアンは消えた、ってね。呪術師の言葉は、こういう場合、酋長より効果がある。念のため、何人かがシャイアンの野営地に行ってみたら――そのとおりだった。テントや生活の道具――馬もちゃんと残ってたけど、人間はひとりもいなかったわ」

「あいつがやったのか？」

「ズウルウだと言ってたわ」

「人を消すのもやるのか」

おれはボーイに、

「ポーラと窓から飛び下りろ」

と言った。二階だ。骨も折らずに済む。

ボーイの蒼白な顔がうなずいた。

「あなたはどうするの？」

ポーラが訊いた。

「下へ行く」

「え？」

「ルネンゴチーバの狙いはおまえだ。何とか片をつける。十分たっておれがホテルから出て来なかったら、馬で逃げろ。多分、シノビが守ってくれるだろう」

「――彼は何処にいるの？」

「おれたちの知らないところだ。あいつもズウルウに近い」

「行きますよ」

とボーイが言った。もう窓のそばだ。

「早く行け」

おれはポーラをせかした。

まず、ボーイが飛び下り、次にポーラが窓に寄った。

「じゃあね。待ってるわ」

おれは右手を上げて応えた。地面がポーラを受け止めた音を確認してから、部屋を出てロビーへ下りた。

ラウンジの入り口に、羽飾りをまとったルネンゴチーバが立っていた。右手に飾り斧《トマホーク》を下げている。何故か血まみれだが、乾いているらしく、床にしたたっていないのがせめてもだ。

「それほどポーラにご執心か」

おれは右手を腰の後ろに廻した。

「まだ生け贄にしたいのか。とっとと諦めたらどうだ？」

おれの前で年老いた呪術師は、双眸《そうぼう》に怨嗟《えんさ》の炎を燃やした。

手にした飾り斧を振りかぶるや、呪術師はおれに突進して来た。おれが邪魔者だと知っているのだ。

おれは右手を閃めかせた。

ベルトにはさんでおいたものは、正確にルネンゴチーバの心臓に吸い込まれ――背後の壁に突き刺さった。

幻か実体か。

おれの眼前でルネンゴチーバはトマホークを振り下ろし、おれは頭部に鋼を感じた。

そして、彼は消えてしまった。

おれは素早く壁のところへ行き、刺さった品を抜き取った。おれとシノビが渓谷で仕止めた無法者オズ・ビラマンテが水辺で行おうとした儀式の小道具——短い石の棒だった。

あのボーイを先頭に、バセットとバットとアープが入って来た。それぞれコルトを構えている。

おれも付き合うしかなかった。静かにラウンジを見廻し、ダッジの誇る名保安官たちは声もなく立ちすくんだ。

「料理もそのまま残ってる。食いかけでみんな何処へ行っちまったんだ」

とバセットが呻き、

「こっちの席にコーヒーカップが床に落ちてる。呑みかけた途端に消えちまったんだ」

バット・マスターソンがラウンジ内を見廻した。

アープが少し離れた席に近づき、床に落ちた葉巻を踏み潰した。

「どうなってるんだ？」

バセットがまた言った。

「そのコマンチはどうした」

アープがおれを見た。厳しい眼つきだった。

「知らん。彼が目撃したきりだ。おれは下りて来ただけだ」

ボーイがおれの視線から眼をそらした。

「よし、もう少し詳しく聞かせてもらおうか。

バット、このホテルはとりあえず立ち入り禁止だ。ワイアットと〝シューター〟は、誰か残ってるか調べてみろ」

そこへ、厨房のドアを空けて、コック帽《ぼう》の男が二人現れた。片や四十代の中年――親方《チーフ》だろう。もうひとりはまだ十代――見習いといったところか。

いきなり、素っ頓狂な表情をこしらえ、

「みんな、何処へ？」

と親方が眼を丸くしたところへ、

「ほらね、やっぱり言ったとおりでしょう？　急に静かになったから、おかしいと思ったんだ」

バセットの問いに見習いが答えた。最後の注文をこなしてからすぐ、ラウンジが静まり返ったという。普段《ふだん》なら、矢継《やつ》ぎ早《ばや》に注文が飛び込んで来る時間だ。おかしいと見習いが見に行き、無人だと告げたが、親父は信じなかった。

「そんなら暇が出来た。一服しようや」

とコーヒーを飲みはじめた。見習いも追随《ついずい》するしかなかった。一服が終えてもオーダーは来ず終《じま》いだった。さすがに親方もおかしいと思い、二人して出て来たところだという。

運のいい奴らだ。あいつ
がいるときに出食わしたら、客たちと同じ運命を辿っていただろう。

下へ戻ると、

「ところで、おまえ、何故戻って来た？」

アープが意地悪く訊いた。

「腹痛だ」

ミもフタもない答えだが、アープは沈黙した。

結局、この一件は謎の大量失踪《しっそう》事件として、ダッジ・シティの歴史に刻み込まれることになった。

この後、消えた客たちの家族や訪問先からの問い合わせに、市当局はてんやわんやの状態に陥《おちい》るだろうと、おれは思った。

「後はおれと市長に任せて、おまえたちは巡回《パトロール》に出ろ。この件に関しての事情聴取《ちょうしゅ》はその後だ」

外へ出る前、おれはボーイに近づき、ポーラはどうしたか訊いた。

「わかりません。おれは真っ直ぐ保安官のところへ行ったので。戻って来たときは、もう見えませんでした」

「ここでいちばん高いディナーのコースは幾らだ?」

「一ドルです」

おれは十ドル渡し、コマンチの話はするな、面倒になると耳打ちした。

ボーイは喜んで、大丈夫ですと請け負った。

3

ポーラは見つからなかった。部屋へ帰ってもいなかった。

十ドルの威力でボーイは沈黙を守り、おれは知らぬ存ぜぬを通して、謎のコマンチとは無関係だと他の連中に認めさせた。

とりあえず真の解決法は、牛のシーズンが終わるまで持ち越すことだとバセットは決め、バット以下おれまでが了承した。その頃までには何もか

も有耶無耶になってしまうのも承知の上だった。いざとなったら、消えた客たちは駅馬車で発《た》ったと言えば済む。勿論、経営する〈ウエルス・ファーゴ〉に手を廻した上でだ。失踪者の家族がどんな人生を辿るか、考える奴などいやしない。ここは辺境《フロンティア》なのだ。

翌日、予定どおり、昼近くからテキサス長角牛の群れがやって来た。第一陣は五千頭だとバセットは言った。『グローブ』新聞によれば、全部で約二十六万頭ということになる。正確な数は、運んで来た牧童《カウボーイ》どもにもわかるまい。

町の北は朦々《もうもう》たる砂塵《さじん》で埋められ、野営地からは牛たちの鳴き声が町なかまで届いた。

カウボーイたちが押しかけて来たのは昼過ぎからだった。

町の目抜き通りの真ん中には、「武器携行厳禁《けいこう》」の立て札が立っていたが、奴らは最初から無視するつもりでいた。

おれとバットが第一の防波堤《ぼうはてい》を仰《おお》せつかった。

ワイアットとジョー・メイスンが、通りの両側を走る板張りの歩道に陣取った。

土埃《つちぼこり》を蹴立てて乗り込んで来た連中は三十人ほどだった。

おれの顔など知らんだろうが、バット・マスターソンなら別だ。奴らはおれたちの五、六メートル手前で馬を止めた。

「ようこそ、ダッジへ」

バットは笑顔で言った。この若い保安官の取り柄《え》は、こ、れ、を絶やさないことだと、おれにもわかっていた。大概は陰々滅々とした強面《こわもて》の中で、おれが見てもバットは例外的に明るく快活だった。

荒くれカウボーイどもは、しかし、そうたやすく笑顔の虜《とりこ》にはならなかった。馬上の位置を誇るかのようにおれたちを見下ろし、先頭のひとりが、

「ああ、来てやったぜ」

と言った。ひどいテキサス訛《なま》りだった。

「なら、この町の法律を守ってくれるよな。これだ。よろしく頼む」

バットは拳で立て札を叩いた。札の支柱に大きな箱がついている。武器の容《い》れ物だ。

そこへちらりと眼をやったきり、カウボーイどもは薄笑いを浮かべた。

「悪いが、野営地には仲の良くねえ連中も多いんだ。その中のひとりがこっそり持ち込んだら、こっちも警戒しなくちゃならねえ」

「そんなことはさせん」

「悪いが、生命がかかってる。信じられねえな」

「そいつは困ったな」

バットは帽子の縁に手をかけて、カウボーイの親玉を見上げた。

カウボーイたちの考えが、おれには良くわかっていた。

彼らはダッジにとって大事な客なのだ。喧嘩や射ち合い、酔いどれや死人の代わりに、カウボーイたちが夜ごと街に落とす金額は、滞在中百万ドルにも達する。

少しは手綱をゆるめてやれ、というのが、行政側の思《おぼ》し召しだし、当たり前だ、おまえらはおれたちに手も触れちゃならねえんだ、というのがカウボーイたちの傲慢《ごうまん》な思考の到達点だった。

彼らの目的は二つあった。ひとつは牛を目的地まで送り届けること、もうひとつは、その家畜町《キャリー・タウン》を〝ものにする〟ことだった。簡単に言えば、法令の無視だ。拳銃は携帯する、好きなときに射ちまくる、怪我人《けがにん》や死人はむしろ勲章である。

カウボーイの中には、荒くれや無法で名を知られる者が多かった。ベン・トンプソン、マネン・クレメンツ、ジョン・ウェスリー・ハーディン、クレイ・アリソン――どれも六連発とライフルを手にしたら、必ず血を見、死を招かずには置かぬ男たちだった。それぞれ二十人以上の名前が、彼らの胸中の墓石に刻みこまれているはずだ。射殺した瞬間に忘却していなければ。

すでに先発隊はやる気十分だった。右手はコルトの銃把《グリップ》あたりをうろつき、ライフルを掴んでいる者もいた。

「断っておくが」

とバット・マスターソンが明るく話しかけた。

「おれに一発射ち込む前に、おまえたち三人はあの世へ送ってみせる。隣りの彼はおれより早い。まず四人だな。それから」

右、左と指さして、

「あそこにいるのは、みな保安官助手だ。みればわかるだろうが、ショットガンを持っている。誰を狙っているかはわかるよな？　それでもやるか？　先頭を切って死にたくなければ、抜くがいい」

この声に含まれたものが、天性の明るさだけでないことは、カウボーイたちにもわかった。

二呼吸ほど後で、先頭の男が、

「覚えてろよ！」

と凄んで、後の連中をふり返った。

「全員、拳銃を箱に入れろ。ここはお偉い保安官どのの顔をたててやるぞ」

こういう敗北の場合、大概リーダーに従うが、そうでない跳ねっ返りもいる。

後ろの二人が拳銃に手をかけたのをおれは見た。

「よせ」

大声を出したつもりが、興奮した田舎者には届かなかったようだ。

奴《やつ》らが拳銃をバットとおれに向ける寸前、おれは抜いたコルトの撃鉄《ハンマー》を二度、左手ではたいた。扇射《ファニング》ちというやつだ。

　バットをねらった奴は右肩を撃ち抜かれてのけぞり、もうひとりは同じ箇所を射たれた瞬間、おれに一発放った。銃口は見事におれの心臓へ死の直線を引いていた。

　だが、おれは三発目の撃鉄を起こして、

「次は腹を射つ」

　と言った。

「わかった――」

　と先頭の男が呆然たる表情でうなずき、背後の連中に、

「医者のところへ連れてけ」

　と命じた。

「その前に拳銃をその箱に入れていけ。ひとりずつだ」

　とバットが命じた。口調も声も変わっていない。でなければ、ダッジで星章をつけてはいられまい。

　後は簡単だった。四人が負傷した二人を運び去り、後の連中は丸腰で市内へ入った。

　拳銃を肩にかけながら、バットは、

「大した技量《うで》だな」

　と感心したように言った。

「ファニングで二人の、しかも、肩を射ち抜くとは。おれもワイアットもそんな芸当は出来かねる」

「奴ら――医者のところを知ってるのか？」

「慣れているからな。前にも見た顔がひとりいる」

　そこへアープがやって来た。おれをしげしげと

見て、

「二人目の弾丸は当たらなかったのか？」

と訊いた。

「ああ。外れた」

何気《なにげ》なく返したつもりだが、この男も拳銃のエキスパートだった。

「あの距離とあの角度で外しっこない。空砲か？」

「それだ」

「ふざけるな。なぜ命中しなかった？」

「ヘボだったのさ」

これで打ち切りだという合図に、おれはそっぽを向いた。

「やっぱり、こいつは只者じゃない。おれならどのカウボーイより先に、町から放り出す」

バットは眩《まぶ》しそうな眼つきでおれとアープを見つめ、

「そう言うな。彼のおかげで初戦はこっちの勝ちだ。総攻撃はこれからだしな」

アープは陰火が点《とも》るような眼でおれを睨むと背を向けた。

おれたちも反対側の板張りの歩道の方へ歩き出した。当分、次の連中は来ないと踏んだのだ。

歩道には常に空き椅子が並んでいる。暇な奴のための席だ。

「おれにも正直不思議だ」

とバットが言った。

「昨夜《ゆうべ》の三人組といい、あんたの前にはいつも怪我人が並び、あんたは無事だ。運がいいじゃもう済まない。誰かが守ってるのか？」

「誰がだ？」

バットは肩をすくめて、

「神さま」

と言ってから、

「――むしろ悪魔かな」

おれは、鼻先で笑った。

「よくわかったな」

と返した。

「確かに神さまだ。ただし、名前が違う」

「何て名だ？」

バットは本気で興味を引かれていた。この男は辺境の人間にもかかわらず、物を書くのが好きで、任地の新聞にエッセイのようなものをしょっ中寄稿していると聞いた。将来、こいつのことを本にしたいと考える奴がいたら、他の連中よりずっと資料が集めやすいはずだ。

「聞きたいのか？」

「うん、聞きたい」

正直な男だった。

「ズウルウ乃至《ないし》、クトゥルーだ」

「えらく発音しがたいな」

バットは二、三度口にし、すぐ諦めた。

「何だ、そりゃ？　アパッチやシャイアンの神の名か？」

「もっと古い」

「はン？」

バットは変な顔をしたが、おれの拒否を感じたか、それ以上は踏み込んで来ず、

「ワイアットはあんたが嫌いらしい」

と話題を変えた。おれは短く、

「あいつは、堅物だからな」

と答えて、歩道の下に広がる埃と乾いた泥の道を見つめた。

「そう言うけどな」

バットは両手を、顔を拭うように動かし、

「おれもあいつも、時々神さまが欲しくなるときがある。いや、こんなところで暮らしている人間は、みなそうだ。そもそもここは先住民の国だった。それをおれたちがやって来て、みんな自分のものにしちまった。怒るのが当り前だ。呪《のろ》いをかける奴なら、おれたちを消すくらいのことをやらかしても不思議じゃない」

おれは保安官をじっと見て、本気かどうかを探った。嘘ではないらしい。だとしたら相当変わってる。人々が西へ進んだのは、明白な神の意志によるものだ。その前方に立ちはだかる存在は、全て妨害者とみなして処分するのが正しい。先住民もここに含まれる。

「神に背く気か？」

とおれは訊いた。

「とんでもない。だがな、神が正しいとは限るまいよ」

「教会でそう言ってみたらどうだ？　一生狙われるぞ」

バットは声もなく笑った。

「おれはアドービ・ウォールズで、アパッチと戦った。あれくらい勇敢な敵は見たことがない。こいつらなら殺されてもいいと思ったくらいだ。あんな戦いを切り抜けると、カウボーイだの荒くれだのを相手の射つ射たないなど、子供騙しと同じだ。おれは神なんか信じないが、あいつらは信じてる。誓ってもいい。あいつらは何百年かかろうと、自分たちの土地と家族を守るために、おれたちと戦う。勝てるかどうかはわからんが、その結果をおれたちはいつまでも讃《たた》えるだろう」

おれは沈黙を守った。

神がいるなら、なぜ先住民は土地を奪われ、殺される？　神などいないのだ。

邪悪な神以外は。

第五章　二人目の夢

1

次のカウボーイたちがやって来る前にと、おれたちは交替で昼飯を摂った。

カウボーイどもの拳銃を納めた箱を市長の経営する雑貨屋へと運び、おれとジョー・メイスンは、別のホテルのレストランへと向かった。

呆れたことに、おれの泊まっているホテルのレストランも営業を再開していた。大量失踪という怪事も、商売には勝てないのだ。メイスンも構わないというので、おれたちはそこへ向かった。

ちょうど食事時のせいもあって、何人ものカウボーイや町民たちが、ホテル内にある出入り口とは別の――レストラン専用の戸口に群らがっていた。

扉にぶら下げた黒板が注目の的らしかった。それを読んでから、みな緊張の面持ちで、店内へ進む。

読んでみて驚いた。

「本日の朝に生じた大量失踪事件現場」

とある。こんなもの出す方も出す方だが、行く方も行く方だ。自分たちの身が危ないと思わねえのか――と呆れる方が間違っているのだ。辺境の町の娯楽は、たまに訪れる劇団の芝居か、射撃大会や荒馬乗り競技会くらいで、みな時間を持て余している。そこへ降ってわいた怪事件で、町のど真ん中ときている。覗きに行かない方がおかしい。おれたちが入ったとき、店内はもう客たちで煮えくり返っていた。

　注文だけ済ませ、おれはいったんポーラの部屋へ行った
　ドアには鍵がかかっていたが、こんなものひと消し野郎には何の役にも立つまい。

　コルトを握ってドアを開くと、窓辺にシノビがもたれかかっていた。

「何処《どこ》へ行ってた？」

「ポーラさんを隠しにな」

「やっぱりお前か。何処にいる？」

「内緒だ。ズウルウの姿なき手下がうろついているかも知れない。後で連れて行く」

「無事だろうな？」

「問題ない」

　ひと息つける気分だった。

「ところで、これからどうする気だ？」

　とシノビ。

「のんびり保安官助手をやってる場合じゃあるまい。ポーラさんから三人の行方《ゆくえ》を訊き出して始末しなくてはならない」

「わかってる。成り行きでこうなっちまったが、今日中に出るぞ」

「よし。では昼食を済ませて来い。町の西の外れに赤屋根の納屋《なや》がある。そこで会おう」

　これだけ言うと、シノビは素早く窓を開けた。そこから入って来たのだろう。しかし、カウボーイたちを迎え討つために外出する前、窓にも鍵を

かけたはずだ。

おれは、おいと声をかけ、

「おまえは何処に隠れてるんだ？」

と訊いた。

彼はちらりと天井を見上げ、音もなく窓から出て行った。窓が下りた。

近づいて外を見たが、影も形もない。道行く連中も気がついた風はない。となると、天井の上――ホテルの屋上か？

おれはレストランに戻って、メイスンと昼飯を済ませた。コックは無事だったせいで、味は中々だった。

一緒に外へ出て、少し保安官事務所の方へ歩いてから、忘れ物をしたと戻った。

出来るだけ人目を避けて、西の納屋に向かった。

かなり大きな納屋だ。個人ではなく町のものだろう。

板戸には錠《じょう》がかかっていなかった。シノビが外したのだと思った。

人がいないのを確かめてから、戸を開いた。農具や消防用の手押しポンプやロープの束が並んでいる奥に、ポーラが立っていた。

「シノビは？」

「ここだ」

声は背後でした。驚きの表情を隠すのに、少し時間がかかった。一瞬前までは影も形もなかったのだ。

「おかしなことはなかったか？」

とおれは訊いた。

「大丈夫」

ポーラはうなずいて見せた。

「では教えてもらおう」

「はい」

ポーラの返事に合わせて、おれたちの間に木樽が降って来た。

隅の方でシノビが、それとは別のこぶりな樽を放り投げてよこした。

それはおれたちが跳びのいた元の位置に落ちて来た。三個だ。おれたちは、でかい方の樽を囲んで腰を下ろした。

「三人の行き先より、この人の正体の方が気にならない？」

ポーラの言葉を、おれは無視することに決めた。これ以上、おかしな奴と関わりを持ちたくなかった。それが道連れとなればなおさらだ。

「あと三人——何処にいる？」

「ひとりだけにしてもらいます」

「なに？」

おれの凝視をポーラは正面から受けて立った。

「全部の居所を話したら、あなたたちは私をお払い箱にするでしょう。それでは困ります。ルネンゴチーバは、死んでも私を追いかけて来たわ」

「無理にしゃべらせることも出来るんだぜ」

「そんなこと出来るなら、とっくにやってるはずです。本気でそうしたら、私——死にます。あの化物の生け贄にされるよりよっぽどまし」

相手は三人ばかりじゃない。コマンチ族の亡霊までいるのだ。

おれは大樽の上にメモを広げて、

「いちばん、おれたちに近いのはどいつだ？」

ポーラは首をふった。

「ひとりだけ選んで下さい。その人に関してなら」

おれは舌打ちして、メモの名前を見つめた。この中でひとり。どいつを選ぶ？

「こいつだ」

ビル・アギランス。おれは指さしたシノビを睨みつけた。

「勝手な真似をするな」

「誰でも同じだろう。迷うだけ時間の無駄だ」

「わかりました」

ポーラの声と同時に、メモの上に、色とりどりの小石が散らばった。着色した小石を占いに使うのは、コマンチのやり方だ。この女も、呪術師の片割れなのか。


得体の知れない文句が鼓膜《こまく》を震わせた。ポーラの呪文だ。

両眼を閉じたまま、ポーラは石を集めてもう一度放った。それから、石のひとつひとつにじっくりと指を触れ、両眼を開いた。

「アリゾナへ向かっているわ」

はっきりした声だった。

「アリゾナと言っても広いぞ。特定しろ」

おれはクレームをつけた。

ポーラの頬を汗の粒が伝わった。凄まじい精神集中を必要とする技なのだ。

次に口を開いたのは、がくんと首を落としてからだった。

シノビが肩を支えて、大丈夫かと訊いた。ポーラは俯いたまま、

「ええ。標的は――トゥームストーンよ」

おれは苦笑を抑え切れなかった。

よりにもよって――ダッジの次はあそこか。

シノビが小さく「HAKAISI」とつぶやいた。

奴の国の言葉で「墓石《ぼせき》」の意味だろう。そのとおりだ。

「それじゃ、今日中に発つぞ」

とおれは二人にまとめて言った。

「夕食後八時――ここで会おう。馬は各自用意しろ。ポーラはシノビといろ」

「わかりました」

「これを持っているといい。魔除けだ」

おれは、ルネンゴチーバを撃退した石棒を手渡した。

「それでは、な」

おれは二人を置いて納屋を出た。

大通りへ出て、駅の方へ向かうと、別の通りと交差する手前に雑貨屋があった。

店先にバットとアープとバセット、プラス町のお偉方らしいのが四、五人集まって、何やら話し合っていた。アープとバセットはともかく、年中馬鹿陽気なバットまでが渋面を作っている。よくよく不景気な話なのだ。

おれの姿を見て、アープが連中を押しのけてやって来た。

「何してる？　逃げようたって、そうはいかんぞ」

「そんなつもりはない」

と、おれは嘘をついた。勿論、アープは信用しなかった。

「おまえはこれからおれと組め。カウボーイどもが国へ帰るまで、おれといるんだ」

真っ平だ、と言おうとしたとき、バット・マスターソンがやって来て、アープに向かい、

「彼に任せたらどうだ？」

と言った。

「冗談じゃない。こんなおかしな奴に――」

「だが、腕は一級品だ。それに――見たところ運が頭抜《ず》けていい。何しろ、弾丸に当たらないんだからな」

「いいか、バット、こいつは何か企んでるんだ。おまえもチャーリーも市長たちも、一切手を出すな。おれに任せておけ」

「いいか、ワイアット――」


バットが珍しく真面目な表情で説得を始めようとしたとき、大通りを渡って、ジョン・H・ホリディがやって来た。フロックコートの前から、ガンベルトが見えた。歯医者は休業したらしい。

おれに目礼すると、アープに向かって、

「〝ロング・ブランチ〟で聞いた。クレイ・アリソンがやって来るんだってな」

おれは内心、ほおっと唸った。この町の法令執行官は、よくよくカウボーイたちの気に入らないらしい。

クレイ・アリソン――ベン・トンプソン、ジョン・ウェスリー・ハーディンと並んで、西部でも五指に入るガンマン――殺し屋《キラー》だ。おれの耳に入った噂でも二十人近くを〝ブーツ・ヒル〟送りにしている。

おれが耳にしたのは、〝朝飯決闘《ブレックファスト・ファイア》〟ってやつだ。自分を狙っているガンマンの存在にきづいたクレイは、ホテルで朝食を摂っている彼の真向かいに腰を下ろし、テーブルの上に拳銃を置いた。相手も理解して自分のを乗せた。ハムエッグを片付け、コーヒーを飲む。およそ胃に悪い朝飯だったろう。緊張に耐え切れなくなったガンマンが武器に手をのばした瞬間、クレイはテーブルを蹴り倒し、その角がぶつかってのけぞる相手を、もう一挺の拳銃で射ち殺したという。こいつがワイアット・アープに狙いを定めたらしい。

「そうだ」

アープは苦笑を浮かべた。バット以上の親友が、この結核病みの歯医者なのだ。

「おれもあいつの射ち合いを見たが、おまえとはいい勝負だ。五分五分なんかで殺し合いはするな」

「大きなお世話だ。藪医者《やぶいしゃ》が」

アープは罵《ののし》ったが、ドクは聞かなかった。いきなり、おれを指さして、

「願ったり叶ったりの男がいる。彼に任せるんだ」

「ふざけるな」

アープの身体は怒りで悪寒《おかん》のごとく震えた。

「この町で保安官助手を続けるつもりはあるのか、ワイアット？」

とバットが切り出した。

「当たり前だ」

「なら、保安官として命じる。クレイ・アリソンは〝シューター〟殿に一任する。おまえは町を出

ろ」

「おれは絶対に逃げんぞ」

「まあまあ」

アープがドクを怒鳴りつけるのを狙って、おれはコルトの銃身を、アープのこめかみに叩き込んだ。倒れる身体をドクとバットが支えた。持つべきものは友人《だち》だ。

2

「代理は引き受けた」

おれはアープを椅子にかけさせたバットとドクに保証した。それからバットへ、

「代わりに条件がある。もし、おれがクレイを撃退したら、その場で解任してくれ。おれのことは一切合切《いっさいがっさい》忘れてもらう。おれはダッジへ来なかった――いいな？」

「いいだろう、バット？」

ドクが後押ししてくれた。持つべきものは仲間だ。

「相手はクレイだけじゃない。おれたちを木から吊るしたがってる破落戸《ごろつき》どもは、星の数ほどいるんだ。〝シューター〟よ、あんた、クレイの仲間も大人しくさせられるな？」

おれはうなずいて見せた。

「本当に――やれるのか？」

バットもさすがに難しそうな顔になった。

「いまの条件に五〇〇ドルつけてくれ」

バットは背後の――いつの間にか近づいてい

たお偉方へ、

「いかがです？」

と訊いた。

「金で済むなら、そのくらい」

立派な口髭《くちひげ》をはやした禿頭《はげ》が認めた。

「ありがとうございます。ケリー市長」

バットは礼を言って、おれにうなずいて見せた。

「聞いたとおりだ」

おれはアープへ顔をしゃくり、

「そいつをどこかに閉じ込めておけ。それからアープと名乗らせてもらう」

「構わんさ」

バットも市長もすぐにうなずいた。

おれはバットに、

「なぜ、クレイに狙われるんだ？」

「十日ばかり前に、酒場でホイトというカウボーイが拳銃を射ちまくって暴れたので、おれとワイアットが出動した。ホイトはおれたちを射とうとした。で、ワイアットが射ち殺しちまったんだ。公務だが、カウボーイどもには通用しない」

正論だ。

「おれは見廻りに行く。クレイが来たら、知らせてくれ」

おれはバットに告げて、通りへと下りた。やることだけはやっておかなくちゃなるまい。

だが、通りの半ばまで来たとき、駿馬《しゅんめ》の足音が聞こえた。

交差する通りの左の角から、背後に二頭の馬とカウボーイを従えた、見事な毛並みの白馬と騎手が姿を現した。

クレイ・アリソンだと確信させたのは、騎手のハンサムぶりだった。ゆるやかなウェーブを保つ金髪の下に、〝アポロのような〟美貌《びぼう》が乗っている。これでブルーの瞳《ひとみ》がもう少しあたたかく、薄い口もとに笑みでも湛《たた》えれば、どんな女でもひと目で虜《とりこ》に出来るだろう。

ハイカラーの灰色《グレー》のシャツはクリーニング屋から出して来たばかりのようにアイロンがかかり、真紅のバンダナの色彩《いろ》を映していた。洒落者《しゃれ》なのは、ガンベルトを見ればわかる。細かな彫刻入りのそれは、バンダナと同じ赤だった。

クレイはまずおれを視界に入れ、胸の星章《バッジ》を確認した。馬を止めたのは二メートル手前だった。

「保安官か?」

「そうだ」

面倒なので認めた。

「おれはクレイ・アリソンだ。ひょっとしたら、ワイアット・アープか?」

「そうだ」

「そいつは嬉しいね」

クレイは馬を下りた。ひとりが手綱を取った。

「この間、ホイトってカウボーイを射ち殺したな? 覚えてるか?」

「ああ」

おれはうなずいたが、奴の右手から眼は離さなかった。抜くときは、どんな相手でも指先に電流が流れる。勝敗を決するのは、それを見分けられるかどうかだった。

「なら、これ以上の問答は必要ねえ。仇《かたき》を取らせてもらうぜ」

「取れるならな」

　板張りの歩道にも、通りの端にも、人影が溜《た》まりつつあった。ガンマンというのは、大概ナルシズムの塊だが、このハンサムも例外ではなかった。

　おれに聞かせるには不必要もいいところの声を張り上げて、

「おれは去年、ニューメキシコのシマロンでラチャロって保安官を射った。あいつが脱いだ帽子の陰で拳銃を抜こうとしたからだ。裁判にかけられたが無罪になった。今度もそうして見せるぜ」

「別の話も聞いたぜ」

　とおれは言い返した。

「歯医者の治療で、抜かなくてもいい歯を抜かれて、その歯医者の歯をまとめて抜いちまったそうだな。間抜けが。まだ痛むなら、その歯医者に代わって、いまおれが抜いてやるぜ」

　アリソンの美貌が怒りに歪《ゆが》んだ。口と鼻から怒りの火が噴き出そうな塩梅《あんばい》だった。

　全身の毛穴から凄《すさ》まじい怒気が侵入してくるのを、感じた刹那《せつな》、電流が流れた。

　アリソンは速かった。ほとんどおれと同じだった。奴のコルトが指を砕きながら吹っ飛んだ瞬間、おれの肩の肉も持っていかれた。

　通りは静まり返り、それからどよめきの坩堝と化した。

　その前におれは身を沈めて、右手を押さえるアリソン——その後方を見た。

　おれを射った奴は馬ごと走り出すところだった。アリソンについて来た二人のずっと後ろにいた男だ。

そいつの弾丸が肩を削ったのだ。〈ダゴン秘密教団〉が決して当たらずの呪法《じゅほう》を施したおれの肩を。

答えはひとつだった。アリゾナへと追う前に、別のひとりがここにいたのだ。

クレイ・アリソンなどもうどうでも良かった。

おれはバットのいる方に向かって、頼むぞ！と叫ぶや、床屋の前につないである二頭の馬に駆け寄った。右の一頭に飛び乗るや、手綱を取って逃亡者へと馬体を向けさせ、一気に走り出した。

拍手が起こった。さぞや勇敢な英雄に見えたのだろう。いつか同じことが起きたら、ゆっくりとそれにふさわしい気分に浸っていたいものだ。

二人目の仲間は、逃亡者に同調せず、その場に留まったまま、両手を上げていた。好きにするがいい。

平坦な道が続くばかりで、逃亡者の姿を見失うことはなかった。

慣れない鞍《くら》が腿《もも》の付け根に食い込んだが、気にもならなかった。

ダッジから二キロも離れたと思《おぼ》しきあたりで、道は左に折れた。二〇〇メートルばかり遅れておれも曲がった。

前方を馬が走って行く。無人だった。

左右は岩山だ。おれは素早くライフルを抜いて馬を下り、近くの大岩に寄った。

その表面が砕けてから、ライフルの銃声が大空へ広がった。

おれは岩陰へと移った。

また一発——今度は足下だった。

「名前を聞いておこう」

男の声は何処からともなく聞こえた。

天と地と――少なくとも、今はどちらもおれの敵だった。

「そっちが先だ」

「ボブ・バランだ。アリスンを放り出しておれを追って来るとなると――〈ダゴン秘密教団〉の廻し者か。いや、答えずともいい、おれの狙いがことごとく外れたことで正体はわかった」

「自分の正体はどうだ？」

とおれは声を張り上げた。バランの声はよく通るが、どこか不自然だった。位置が掴めない。

「おれの正体？　どういう意味だ？」

「まさか、ただのお尋ね者だと思ってるんじゃあるまいな？　なら〈ダゴン秘密教団〉の名前を知っているのは何故だ？」

「おれと他の何人かに、そこから膨大な賞金がかけられていると聞いたからだ。化物や呪術師を操るところだってな。どうしておれを狙うのか、正直、さっぱりわからねえ」

「おれは〝シューター〟だ。教えてやろう。出て来い」

「いいや。格別知りたくもねえ。それがわかったからって、今更生き方が変わるわけじゃねえしな。ただのお尋ね者と賞金稼ぎでいこうじゃねえか」

「いいだろう。ひとつ訊かせてくれ。おれの肩の一発――あれは狙って当てたものか？」

「狙ったのは心臓だ」

おれは納得した。さすがズウルウ様の申し子だ。おれの守護力も半分に落ちたか。何発もやられたら、いつか致命傷だ。

銃声が尾を引いた。

おれの隠れた岩が砕けた。

どういうことだ？　どう見ても弾丸《たま》が届くはずのない角度だ。

もう一発。今度は左――三〇センチほどの地面だ。真上からでも狙わなければ絶対に当たらない。

動揺しながらも、おれは右斜め前方の岩山の頂《いただき》から広がる硝煙を見届けた。距離は三〇〇メートル。いつの間にそんなところまで登ったのかと呆れるより、四発の命中箇所とは完全に無縁な位置であることが、おれを驚かせた。

五発目。帽子が吹っとんだ。

「野郎」

おれは岩陰から飛び出し、ウィンチェスターを連射した。バランの隠れた場所の近くで岩が砕けた。

岩山に近い別の岩へと走った。

飛び込む寸前、右の腿へ灼熱《しゃくねつ》が食い込んだ。

肺の空気を全部吐き出して、頭から地べたへ突っ込んだ。小石が顔にめりこんだが、痛みは感じなかった。あと一メートル。おれは地べたを這いずりながら岩陰へ入った。

どうやら本格的に防禦法が効かなくなって来たらしい。おれはボウイ・ナイフを抜くと、傷口をえぐった。

痛みで気が遠くなりかけたが、構わず弾丸をえぐり出した。急に寒くなった。

おれはガンベルトの服を裂いて、内側のポケットから緊急用の紙袋を一包み取り出した。中身は火薬だ。それを傷口にふりかけ、マッチで火を点《つ》けた。自分の肉の焼ける臭《にお》いを嗅《か》ぎながら失神するというのも中々の感覚だった。

すぐ醒《さ》めた。足に力を入れた。踏んばる。動けなくなったら、嬲り殺しを待つだけだ。よく小便を垂らさなかったものだと、我ながら感心した。

「苦労してるようだな」

バランの声は笑っていた。

「おまえの焼ける臭いがここまで届くぜ。気の毒だが、何処へ隠れても助かりゃしねえよ。おれの弾丸は、一度銃口を出たら、おれにもわからねえ軌道を描いて、相手に命中する。防ぐには周りを鉄か石で囲うしかねえんだ。おめえも特別だが、おれも特別ってこったな」

おれは昔読んだ魔道書の一頁を思い出した。

「〈妖術射撃〉について」とあった。

中世の戦場で、百発百中を誇る弓射手《ゆみいて》がいたという。その技は悪魔との契約が叶えたものだった。標的が何処に逃げようと隠れようと、彼の矢は細い穴をうねくり進む蛇のごとくに走って、その矢の直径に等しい間隙《かんげき》さえあれば、必ず相手の急所を貫いたという。ただし、そのためには、相手の顔をひと目でも見ておくことが絶対の条件であった。

バランの奴は、これを身につけているのだ。そして、彼の実父たるズウルウ――クトゥルーの魔力は、おれの防御を凌駕しつつあった。

次は危ねえな――

ライフルを構え直した途端――小気味よい響きと衝撃が手元を震わせた。

ちい、と洩《も》らした。

小さな四四口径弾頭が機関部のほぼど真ん中――装填孔《そうてんこう》の上にめりこんでいた。レバーを上げても、途中で止まった。

「そこまでだな」

いきなり、岩のすぐ向こうで声がした。

ひょいと横へ出たのは、ウィンチェスターを構えたバランだった。いつ岩山を下りやがった？

近くで見ると、どうってことはない面《つら》だ。無精髭がみっともない。赤いバンダナに茶の縞《しま》が入った緑のシャツと鹿皮《しかがわ》のベスト――その辺のカウボーイと少しも変わらない。だが、こいつの放つ弾丸から逃れられる人間はひとりもいないのだ。

「よくも、おれにその面をさらしながら、五発も無駄にさせたもんだ。それだけは褒めてやるぜ」

ウィンチェスターの銃口が上がった。

おれはライフルを捨て、腰のコルトへ手をかけた。

バランの野郎が薄く笑った。

その背後で、

「必ず命中させると言ったな」

彼は硬直した。おれはコルトを抜いたが射てなかった。

バランの背後に小柄な男が立っているではないか。シノビだ。

彼は言った。

「――では、おれを射てるか？　見たこともない相手を？」

うおお、とバランは向き直った。シノビは消えていた。またも――神速でバランの後ろに廻ったのだ。おれは射つのも忘れた。このままの状態が継続すれば、奇跡の射手といえど、永久に標的の姿を見ることは出来ない。

さらに二度、バランは廻った。信じがたい現象のもたらす恐怖が、おれさえ忘れさせたのだ。右を向くと見せて左へ——だが日本のＮＩＮＪＡを見ることは出来なかった。

「ここだ」

バランの背後から人影が跳んで一〇メートルも左方の岩に音もなく降り立った。

今度こそ、必殺の視認を求めてウィンチェスターの銃口とバランがそちらを向く。

銃声が轟いた。

3

バランは奇妙な形に身を捻って、ぶっ倒れた。倒れる前に死んでいるのがわかった。

そのベストの背に、弾痕が穿《うが》たれていた。おれのコルトだ。だが、バランを斃《たお》したのがそれではないと、おれは知っていた。

いつ岩から下りたのか、シノビが小走りにやって来て、バランを見下ろした。

無法者の額から黒いものが生えている。彼はそれをつまんで引き抜いた。ずるずると抜け出て来たのは、一〇センチほどの釘《くぎ》状の武器だった。

「——何だ、それ？」

思わず訊いた。

「鏢《ひょう》だ」

「HYOU？　一〇メートルも離れたところから命中するのか？」

益体《やくたい》もない問いだった。おれは答えを目撃しているのだ。

「これも、NINPOUか？」

「その基礎だ——誰でも出来る」

シノビは懐から黒い布を取り出して武器の血を拭い、まとめて懐中に戻した。

おれはコルトを仕舞い、ウィンチェスターを杖《つえ》替わりに立ち上がった。

腿が悲鳴を上げた。

「これで二人——残りの数も同じだ」

シノビはつぶやいた。

「残りはねえよ」

とおれは返した。

バランの身体を通して向こうの光景が透《す》けて見えた。

完全に消えるまでさしてかからなかった。何も残らない。

夢が醒めたのか、それとも本当の夢になったのか。

「ポーラはどうした？」

とおれは訊いた。

返事は、近づいて来る蹄の音がした。

ダッジの方向から、馬とポーラの姿が見えた。金髪が陽光にきらめいた。

馬を二頭引いているのを見て、おれはシノビに、

「ここまで歩いて来たのか？」

と訊いた。

「途中からな」

「おれがダッジを出たとき、おまえたちはまだ町にいたはずだ。すぐに馬で追いかけたとしても、間に合うわけがない。おまえ――」

自分の考えを、おれは口にするのが少し怖かった。

「――馬より速く走れるのか？」

シノビの口もとがかすかにほころんだような気がした。

「基礎だ」

彼は言った。

「良かった、二人とも無事ね？」

ポーラはおれたちの横で馬を止めた。

「何処が無事だ？」

おれは白い顔を睨みつけた。

「おまえが出し惜しみしなけりゃ、こんな目に遭わずに済んだんだ。さあ、ここで残りの二人の居場所も吐け」

「嫌です」

ポーラはそっぽを向いた。

「足の怪我くらい我慢して下さい。生命は残ったでしょ。これが人生だわ。さあ、行きましょう、トゥームストーンへ」

と、道の彼方を指さして、

「ひょっとしたら、途中であと二人に出食わすかも知れません。今日みたいに」

ルネンゴチーバに拉致されてしまえ、とおれは腹の底から思った。

四日目に雨と出食わした。辺境には〈丁度いい〉という言葉がない。今すぐにでも洪水とか鉄砲水が出現しそうな土砂降りだった。

ポーラとシノビはダッジを出るとき、荷物の中に防水コートも入っていたが、おれのは他人の馬だから、そうはいかなかった。

同情して、おれの分を、あたしのを、というような玉じゃない。降り出して二分としないうちに、おれは水中をほっつき歩いているような錯覚に陥った。

「危《やば》いな」

とつぶやいた。すぐに右隣のシノビがうなずき、ポーラが、

「どうして？」

と訊いた。おれは答えた。

「水だ。ズウルウは海底で夢見る邪神だ」

「でも、眠ってるんでしょ。大丈夫だわ、きっと」

「そのとおりだ」

おれは苦笑を浮かべざるを得なかった。女には常に眼の前の「現実」しかないのだ。見えるものしか信じない。

いや、たとえ、ポーラのような人間消滅を目撃したとしても、じきに「現実」という巨大なものに吸収されてしまう。自分には起こらない、と。

遥かな太古、形もままならない地球、宇宙の彼方から飛翔《ひしょう》して来た奇怪な存在たち、そのひとつが測り知れぬ深海に眠り、夢を見る。夢は「現実」となって、おれたちはそれを追っている。――どういうタワゴトだ？　おれですらそう思う。

「熄みそうにないな」

いきなり、ポーラと反対側でシノビの声がした。

「水はまずい。どこかで雨宿りしないとな」

やはり、こいつはわかっていた。

「次のキーファーの町まではあと四〇キロ。しかし木の一本もないと来た」

おれは灰色の空を睨みつけた。シノビが馬上で身を乗り出した。

右手を耳に当てた。雨音以外聞こえない茫々《ぼうぼう》たる荒野で、この日本人の耳は別の音を聞きつけたのだろうか。

「どうした?」

雨が口に入るので、あまりしゃべりたくなかった。

「銃声だ」

「そんなもの。——聞こえなかったぞ」

「まただ。——続けざまに四発。近いぞ」

ポーラもきょとんとしている。

「見て来る。後からついて来い」

言うなり、彼は馬の腹を蹴って雨の中に吸い込まれた。

「訳のわからん野郎だ、日本人が」

ジャップと吐き捨てて、おれはポーラに声をかけ、後を追いはじめた。

五〇〇メートルほど走ると、雨の中に農家らしい建物が見えて来た。雨に煙る姿は幻のようだった。

丸木を二本立てた門の前に、シノビの馬がいた。シノビの姿はない。家はそこから五〇メートルばかり奥だ。玄関口に四頭の馬がつながれていた。

成る程、弾丸《たま》は四発か。勘定は合うな。

ポーラを待たせ、おれはコルトを抜いてドアに近づいた。少し開いている。

「入れ」

いきなりシノビの声がした。足音は忍ばせたつもりだ。どんな耳をしてやがる。

内部の光景は惨憺《さんたん》たるものだった。

複数同士のカウボーイの射ち合いや騎兵隊とアパッチとの戦場などで、いくらも出食わす光景だが、一軒家の中となるとやはり凄惨《せいさん》だ。

まず硝煙の臭いが鼻を衝《つ》いた。

シノビが立っているのは居間の真ん中だった。

居間の奥に十三、四と思しい男の子がライフルをぶら下げ、そのかたわらに母親らしい女が立ちすくんでいた。シノビの周りに四人倒れていた。

気死《きし》したような母親の表情に対して、少年の顔には凜《りん》たる決意が漲《みなぎ》っている。

「こいつらは——」

おれは帽子の縁に手をやって二人に挨拶し、シノビへ眼を移した。彼は小さくうなずいた。

少年がウィンチェスターをこっちに向けた。

「小父《おじ》さんの仲間だ」

シノビが言った。それでも下ろさない。感心な餓鬼だ。

「よろしくな、坊主。〝シューター〟だ。こっちはポーラ」

ポーラがよろしくねと笑いかけると、きつい表情がやっとゆるんだ。こいつも男だ。

「おれ、ピート・マッカラン」

「ジェニーです」

母親も名乗った。

おれは母親を見た。美貌だ。厚目の唇が色っぽい。しかも、シャツの胸は砂でも詰めたようにふくれ上がっている。

「父親は所用でアビリーンに行っているそうだ。こいつらは土地を狙ってる鉄道会社に委託されて、脅しに来たらしい」

「父親がいない時を狙ったのはわかるけど、わざわざこんな雨の日に？」

ポーラが首を傾《かし》げた。言っていることは正しいが、何もわかっていない。

「こいつら——化物だ」

少年が死骸《しがい》を見下ろした。声は老人のようにつぶれていた。

「わかってる。ズウルウだ」

母子《おやこ》の視線が一斉におれを貫いた。

平然としているのはシノビだけだった。ポーラもきょとんとおれを見つめた。

「顔を見ろ」

おれは死骸の方へ顎をしゃくった。

「わかってるわよ。何か凄い悪相ね」

「インスマス面《づら》だ」

どいつも異様に平べったく、両眼は並の倍以上も左右に離れて、鼻はないに等しい。そのくせ、唇だけは蛙《かえる》みたいに分厚い——いや、全体が両生類のようだ。

「何ですの、それ？」

母親が訊いた。おれは答えず、

「こいつらは、鉄道会社の雇い人じゃない。近所の人間ですか？」

「マーシュ牧場のカウボーイです」

一〇キロほど東にある牧場で、この辺の顔役だと言う。鉄道敷設の話が持ち上がって以来、キーファーの町の銀行や町長とつるんで、近隣の農家の追い出しに精を出しているそうだ。

「この子は私を守ってくれたんです。彼らは町長の代理で交渉しに来たと言って、ドアをあけるといきなり、あたしを――」

ジェニーは顔をそむけた。

「おれも殴られたんだ、それで――」

「大した度胸だな。それに勇気がある。当然のことをしたまでだ」

坊主――ピートの表情には昏《くら》さが棲みついていた。正当防衛と言っても、四人も殺してしまったのだ。無我夢中だったと自分に言い訳しても通るまい。

「――でも保安官に届けたら、ピートは――。彼も町長の言いなりなんです」

「死体は雨が上がり次第、マーシュ牧場に運ぶ。話はそれでつく」

おれの言葉に三人は眼を剥いた。

「そんな――いくら何でも」

「事情は後で話すが、こいつらは人間じゃない。別の世界に属するものだ。ちゃんとした名前も出生地も両親もいるだろうが、両親の片方、或いは両方とも人間ではない。彼らはやがて、自分を産んだものの血に従って、海底深く泳ぎ去るはずだった。見たところ、あと一、二年のうちに」

もっとわからなくなったという顔が、おれを見つめていた。

「マーシュ牧場には、おれが話を通す。心配しないで」

それから、おれたちは強いコーヒーをご馳走《ちそう》になって身体を温めた。おれとシノビは死体を納屋まで運んだ。居間の血も拭き取った。それが終わると、ピートを呼び、

「よく見ろ」

突っ立っている少年の眼の前で、おれはコルトを抜いて、死体の頭部に一発ずつ射ち込んだ。

「とどめを刺したのはおれだ。いいな？」

ピートはうなずいた。射殺の意識から解放されるかどうかはわからない。それでも、少しは楽になったと表情は伝えてきた。

母屋《おもや》へ戻った。

「奥の部屋に着替えを用意しました。お風呂も沸かしてます」

長雨に打たれた身には最高のもてなしだ。旅人のベッドは納屋と相場は決まっている。

シャツを着替えて居間へ戻ると、ポーラとジェニーがいた。

「坊やはどうした？」

と訊くと、もう寝ましたとの返事だった。化物とはいえ、大の大人を四人まとめて射殺した後、安らかに眠れるとは大物だ。

ジェニーが新しいコーヒーを入れた。一杯飲み終えると、

「インスマスって何でしょう？」

とジェニーが切り出した。

第六章　南洋からきた牧場主

1

おれは出来るだけ簡潔に説明した。

インスマスとは東海岸——マサチューセッツにある古い港町で、三十数年前は精錬所の煙突から立ち昇る煙が途切れる日はないというほど栄えた。だが、町の有力者——というより支配者ともいうべき一族の何代目かが、南洋貿易を始めた頃、衰亡《すいぼう》の一途を辿り始めた。

何代目か後には、不気味な運と宿命が取り憑《つ》いた。南海の孤島で、彼は海底深く眠る邪神の配下〈深き者たち〉の交易、婚交《こんこう》を行う原住民たちと知り合い、その子供たちを連れ帰った。〈深き者たち〉は奇妙な品々や生物を海岸沿いの倉庫へ搬入し、海底の大墳墓ルルイエに眠る邪神を復活させる準備を整えているらしい。彼らと人間との混血児は、年月をけみするにつれて、次第に奇怪な風体風貌《ふうていふうぼう》を備えてくる。いわゆるインスマス面だ。

「あの四人のようにな。彼らはやがて半人半魚の存在となり果て、海底の都に去る。そして、彼らの総統ともいうべき邪神とやらが、ズウルウ——或いはクトゥルーと呼ばれるものだ」

耳の奥で雨の音が鳴っている。

「さらに、インスマスを奴とその眷属どもに提供し、人類抹殺の企てに加担している一族とは

――」

「マーシュの家ね」

ジェニーが眼を閉じた。

「そうだ」

「でも――海底深く眠る邪神を奉る人たちが、どうして〈辺境〉の地へ？」

「〈深き者たち〉の血を受け継いだ子供たちが、南北戦争に参加したからだ。〈辺境〉にも川はある。地下水の流れもある。水はすべて海へと注ぐ。乾き切った土地にもズウルウの信徒は集うということだ。恐らく、鉄道も〈ダゴン秘密教団〉の支配下にあるのだろう」

「マーシュ牧場の一角で、奇怪な儀式が執《と》り行われ、それが〈ズウルウ〉を甦《よみがえ》らせるためのものだということは知っていました。私たちも信徒になれと言って来たのです」

「ふむ」

「でも、射殺した人たちを送り届けて、本当に大丈夫なのでしょうか？　やはり保安官のところへ……」

「理由は言えないが、安心して任せろ」

おれは保証した。

「でも、マーシュ牧場には、さっきの四人みたいに乱暴で気味の悪い人たちが沢山いるんです」

おれは自然にシノビの方を見てしまった。気味の悪さなら、どんな人物だってこいつには敵《かな》わない。

「心配するな」

答えてから、おれはどうするつもりなのだろうと思った。

雨は降り続いていたが、黎明《れいめい》のかがやきを止めることは出来なかった。

マーシュ牧場は、キーファーの町の西南五キロの地点から、青草に満たされた一万エーカーの土地を広げていた。

母子をシノビとポーラに預け、おれは二頭の馬に四人の死体を乗せて、牧場に向かった。昨日よりマシなのは、防水コートと日中だというだけだ。

街道から外れた敷地の端に木の門がそびえ、四本の植木を組んだ天井部に牛の骨が打ちつけられていた。その下に渡された厚板には、赤ペンキで「マーシュ牧場」とあった。

そこを通り抜けて五〇〇メートルほど進むと、またも木の門がそびえていた。そこから左右に柵と鉄条網《てつじょうもう》が果てしなくのびている光景が、理由もなく虚《むな》しいものに感じられた。

閂《かんぬき》のかかっていない門を押し開け、前方二〇〇メートルほどに煙る人間の集落へと続く細道を辿った。

集落は二階建ての大邸宅と左右に点在する使用人小屋、何棟《とう》もの家畜置場と納屋と二つの櫓《やぐら》から成っていた。

櫓の上に人影が見えたから、おれの来訪《らいほう》をカウボーイどもに告げたのはそいつに違いない。邸宅のポーチへ上がる階段まで一五、六メートルというところで、ガンベルトとライフルを手にした防水コートの男たちが、小屋から飛び出して来て行く手を塞いだ。六人いる。全員がウィンチェスターの狙いをおれの心臓と腹に定め、うちひとりが引いて来た馬に駆け寄って死体を調べた。

「ボブ、ライリー、デューキンズにレリックだ。死んでる」

男の声に、残る五人の中のリーダー格らしいのが、

「おまえの仕業か？」

おれは答えず、

「オーベット・マーシュはいるか？」

と訊いた。

水しぶきを上げる男たちの間に波紋が広がった。

「〝シューター〟が来たと伝えろ。それでわかる」

おれの声に含まれる自信が、ひとりを邸宅のドアに走らせた。

一分後、おれは黒人の執事に案内されて、マーシュ邸の広大なロビーの真ん中に立っていた。コートは別の召使いがドア横のコート掛けにかけた。

五分とかけずに黒人の執事を先頭に、白髪白髯《はくはつはくぜん》の老人がやって来た。

黄金の握りがついたステッキを見て、おれはバット・マスターソンを思い出した。バットはぶん殴るだけだが、この老人なら反抗者の頭を叩き割りかねない。

温和な顔立ちだが、凄まじい光りを湛《たた》えた両眼が、彼らの正体を物語っていた。

「〝シューター〟さんかね？　オーベット・マーシュだ」

自分から右手を差し出したが、おれは放っておいた。

「利《き》き手は人に預けんか――これなら今日まで生きて来られたわけだ」

執事に下がれと命じて、マーシュは皮張りの長椅子を勧めた。別の召使いが酒とグラスを運んで来た。コーヒーもついていた。

まずコーヒーを飲んだ。

「インスマスの本部から話は聞いている」

とマーシュは切り出した。

「幾つ眼醒めさせたのかね？」

「二つだ」

「それは凄い。正直、ひとつも駄目だろうと思っていたよ。わしの方でも、実は人を集めていたのだ」

「適任者がいたか？」

「三人見つけた。クレイ・アリソンとベン・トンプソン、それとベル・スターだ。ウェス・ハーディンも加えたかったが、去年、テキサス・レンジャーに逮捕され、二十五年の実刑をくらって収監中だ」

大したメンバーだ。この三人にちょっと水を向ければ、おれが西部一の早射ちだとその場で殺し合いを開始するだろう。ベストの選択に違いない。ただし――人間相手なら。

「役に立つと思うか？」

と訊いてみた。マーシュはあっさりと首をふった。

「西部から最も凶悪な拳銃使いが三人消えてなくなって終わりだろう。だが、彼らには密儀を施すつもりだ。それで君と同じになる」

「おれは、教団の正式な会員だ。だが、こいつらは違う。いい加減な転化の密儀は、危険な結果をもたらすだけだぞ」

「その前に、いい結果を出してくれるはずだ」

「だといいが。依頼はもう済んだのか？」

おれはダッジの射ち合いを思い出しながら訊いた。

「まだだ。だが、その日は近い。君とバッティングしないよう祈ろう。ところで、外の死者も見たが、事情をお話し願おうか」

「マッカラン家から手を引いてくれ」

「そうはいかん。あそこを立ち退《の》かせるだけで、百万単位のドルが転がりこむのだ」

「金なら腐るほどあるだろう」

「我々の目的はわかっているな、同志〝シュータ〟よ」

マーシュの口調が変わった。迷える下々の者たちに神の国の存在を説くような荘厳さが波打っていた。

「海底の大墳墓ルルイエに眠るクトゥルーの復活こそ我らの使命だ。それには途方もない労力と生け贄と金が必要になる。恐らくその時は、世界中の信者の財産と支部の資金を結集しても足りるかどうか。公民に渡り多額の借金も必要となるだろう。性質《たち》の悪い高利貸しの金にも頼らなくてはなるまい。それを考えたら、道に落ちている一セントでも金袋に仕舞いこまねばならんのだ」

毒のある眼つきがおれを貫いた。

「なぜ、あの一家に手を貸して、うちのカウボーイを殺した？」

「おれじゃない」

「信じられんな。そうか、あの女房に惚れたか？」

卑《いや》しい笑いへ、おれはこう叩きつけた。

「ミスター・オーベット、あんたも並の人間だな」

彼はおれの右手が動きかかるのを見たに違いない。苦虫を噛みつぶしたような表情には、怯えが滲んでいた。

「とにかく、あそこを手放すことは出来ん。鉄道を通すくらいのささやかな金額でも、遠大な野望を持つ我々には大金だ。イア・イア・クトゥルー・フタグン」

いつか、と思っていた言葉が、大牧場主の口から洩れた。いや――

「南洋の原住民から教わったとおりか、オーベット・マーシュ？」

彼はにんまりと笑った。

あらゆる災いの導火線に火をつけた男にふさわしい、黒い笑いだった。

そうだ。全てはこの老人から始まったのだ。東海岸の古い港町が衰亡の極に達したとき、南洋の島で海底の魔物と契りを結んでいた原住民と出会い、文明の地に彼らの密儀を持ち込んだのは、大西部の牧場主なのだった。

彼はシャンペンを手ずからグラスに注いで、一気に空けた。

「これはパリから取り寄せた品だ。勿論、我がマーシュ海運の船を使ってな。そして、特別な味がする。潮の香りだ」

「西部でこんなものを嗅ぐためにここにいるんじゃあるまい？」

「砂漠のど真ん中で、海の香りを嗅ぐのがなぜ悪い？」

　マーシュは緑色の瓶を持ち上げて、しげしげと眺めた。

「わしは十五年近く前、南北戦争《シビル・ウォー》に参加した。我が故郷よりの出征者《しゅっせいしゃ》たちが、いかに勇敢に戦うか見届けるためだ。あにはからんや、奴らは戦場に着く前に、殆どが朋輩《ほうばい》の手にかかって殺害されてしまった。その顔と言葉と行動が、あまりにも異常だったためだ。戦争が終わったとき、生存者は何故か故郷へ――インスマスの街へ帰ろうとはしなかった。太陽と蒼空《あおぞら》と砂塵《さじん》の大地は、彼らにとって大いなる関心と興味をそそられる新世界だったのだ。わしは、インスマス独自の通信網を使って彼らを集め、この地で牧場を開くことに決めた。わしもこの大西部で生きることに、故郷とは違う魅力を感じているのだよ。生きるには大変だが、まことに魅力的な土地だ。〈ダゴン秘密教団〉はこの地で新たな繁栄のときを迎えるだろう。

　正直、わしの役目は南洋のあれらをこの国へ連れ込み、初めての子供を産ませたところで終わったと思っている。後の発展は一族の者が担う。いま、教団の信者どもは世界中におる。わしなしでも十分にやっていける。だが、わしはここに新天地を見た。偉大なるクトゥルーのお導きによってな。見るがいい、〝シューター〟よ。わしはこの不毛の荒野に新たな信者の楽土を建設してみせるぞ。クトゥルーがこの地に蘇るのをおかしいと思うか？」

　やはり狙いはそれか。マーシュは続けた。

「だが、クトゥルーはなおも深海で夢を見る。そして、その夢は形をとる。かつてのこの星の覇者として、現在の支配者どもを憎悪し抹殺する夢をな。その結果がある国では大量虐殺の指導者、別の国では戦争推進の大軍人、そしてこの国では四人の無法者だ」

「スケールが小さいな」

「その代わり、放っておけば彼らは永久に生き続ける。ひと月に三百人殺せるなら、年に三千六百人、その気になれば一万人も可能だ。残る三人がこれをやってみたまえ。南北戦争の死者は四年間で四十六万四千五百十一人——一年当たり十一万六千人になる。彼らはざっとその四分の一だが、これを生み出すのが三人だけと考えたら、少ないとはいえんだろう。そこまで成果を挙げなくても、大殺戮《さつりく》王の名は彼らの頭上にかがやく。その正体がクトゥルーとつながる存在だと知られてみたまえ。世界は手をつないで我が教団を抹殺《まっさつ》せんとするだろう。我々がいかに強固な組織を作り上げていたとしても、これでは抗《あらが》いようがない。大いなるクトゥルーの復活は、万年単位で遅れを取るやも知れん」

ここまで言って、マーシュは凄惨な表情になった。恐ろしい記憶が甦ったとでもいう風に、彼は中空に眼を据えた。

「いいや」

と続けた声は、これから地獄へ落ちる罪人《つみびと》のようだった。

「それだけではない。違う。これは誰にも伝えておらんが、わしはテキサスのある町に極秘で〈ダゴン秘密教団〉の支部を作り、そこの支部長に命じて、彼らのひとりを招き、歓迎の宴を催させた。百人近い信者を派遣したよ、しかし、彼は――誰だかわからんが、有無を言わせず、全員を殺害してのけた。理由は不明だ。明らかなことはひとつ、彼らは我らにも害をなす毒蛇ということだ。彼らを抹殺しなければならぬ真の理由はここにある。彼らが偉大なるクトゥルーの魔力を我々に向ける。我々を抹殺する。それだけは防がねばならんのだ。君はそのために選ばれた暗殺者だ。〈攻撃魔術〉も〈防禦魔術〉も最高のレベルで下賜《かし》されておる。あんな農家のことなど忘れて、任務を果たしたまえ」

おれは血の滲んだバンダナで縛った左の肩を押さえた。

「これは、あんたのところのカウボーイに射たれた傷だ。オーベット・マーシュの飼い犬のしたことだ、じゃ済まさんぞ」

2

「言いがかりに近いな」

マーシュは重い声で言った。確かにそのとおりだ。

「その代償に、全てを諦めろというわけか」

「無茶だが、そういうことだ」

「教団本部から授けられた君の能力については、私のところへも報告が来ている。弾丸の方でよけてくれるはずだ。それが作動しなかったというのは、君が故意に力を消したとしか考えられない。

あの一家——今は母親と伜《せがれ》だけだが、何故そこまで入れ込む？」

「手を引いてくれ」

「断る」

「わかった」

予測通りの結果だった。では次の予定通りに行動しなくてはならない。

おれはバンダナに手を置いた。

「これの借りは返すぜ」

マーシュはおれを見つめ、

「おまえの代わりはいくらでもいるんだぞ」

歯ぎしりが聞こえてくるようだった。

「いない」

おれは静かに、勿体《もったい》をつけて言った。

「おれを選んだのは、教団の最長老の選択儀式だ」

「貴様」

「あんたには傷はつけねえ。だが、鉄道会社と銀行の頭取は別だ」

「……」

「かすり傷ひとつの代償にしちゃ高すぎると思うかい？　あんたもこいつらの生命なんか、毒トカゲ《ギラ・モンスター》程度の代物とも思っちゃいないだろ？」

おれは立ち上がった。

マーシュがシャンパンの瓶のそばに置いてあった黄金の呼び鈴を鳴らした。

おれの入って来たドアと左手奥のドアが開いて、男たちが入って来た。都合十人。うち四人がインスマス面だが、変貌《へんぼう》に時間がかかる奴もいる。みな同じ穴のムジナだろう。

「気を変えろ。虫けらのような開拓民のために、生命を捨てるつもりはあるまい？」

「重ねて訊くが、おれの代わりを探せるのか？」

「しばらく、うちに留まっていてもらおう。二日でよろしい。その間に、一家を立ち退かせる」

「あれはあれで手強いぞ。四人を片づけたのは伜だ」

「今度は十人でいかせるよ」

何故かおれは笑ってしまった。その十人全部がインスマス面してたとしても、何が出来ると思ってるんだ。相手はシノビだぞ。

「納屋へ連れて行け」

「よせよ」

おれは意図的に凄味を利かせた。歩き出そうとした男たちが停止した。

「もうおまえたちの弾丸は当たらねえ。おれは抜いた相手に容赦はない」

マーシュを見つめた。

「――あんたは標的じゃないが、降りかかった火の粉《こ》は払い落とす」

「それはそれは」

爺《じい》さんは白い髯を震わせて笑った。

その顔が急に輪郭を失った。おれはよろめいた。手足の感覚がない。

「わしもコーヒー好きだが、今日はやめておいた。悪戯《いたずら》好きのコックが、痺れ薬を入れると言っていたのでな。本部の調剤局が開発した新製品だそうだ」

最後まで聞き終えてから、おれは闇に包まれた。

気がつくと納屋の内部《なか》だった。動けない。両手両足が木の椅子に縛りつけられていた。

五〇センチほどの山刀《マシエーテ》を手に椅子にかけていたインスマス面が、じろりとおれを見て、

「眼が醒めたか？」

と訊いた。

「ああ、よく寝たぜ。何時だい？」

「いま、ここへ来たばかりだ。三時間は眠ると聞いていたが、薬に対する耐性も与えられているのか」

体調からすると違う。本部から与えられた能力が、薬を中和する方向に働いたのだ。

「待ってろ、いまマーシュさんを呼んで来る」

そいつは立ち上がって、一〇メートルばかり右手の出入り口へと向かった。なおも降り続ける灰色の雨の世界に呑まれて消えた。

シノビがいるんじゃないかと期待したが、そんなはずもなかった。左右の壁にはロープや農器具や鞭《むち》がぶら下がり、すぐ下に古い椅子や、バケツや防火用ポンプが並んでいた。

じきにマーシュが、山刀野郎他五人のカウボーイを連れてやって来た。黒人の召使いに傘をさせている。彼はすぐに去った。

マーシュは、珍獣でも見るみたいな眼付きでおれを眺め、

「これからマッカランの農場へ小旅行だ。こういう話は早いところ済ませるに限る。君はここで待て」

「あんたも待った方がいいぜ」

おれは本気で言った。それは爺さんにもわかったようだ。

「どういう意味だね？」

「向こうには、遠い国からやって来た、おれ並みの用心棒《ガンスリンガー》がついてるってことさ」

どう出るかと思ったが、悪い方へ進んじまったようだ。

マーシュの眼に凶悪な光が点《とも》った。彼はベルトにはさんだボウイ・ナイフを抜いて、おれの背後に来た。

「その用心棒とおまえの関係は知らんが、鼻と耳を見ればとっとと逃げ出すんじゃないのかな。それとも、より結束が強まるのか？」

冷たい刃が鼻先に当たった。

カウボーイどもが、ケケケと笑った。

いや、ゲゲゲだ。揃《そろ》って分厚い唇の間から涎《よだれ》がこぼれ落ちた。

刃が食い込んだ。鋭い痛みが――

そこで止まった。ナイフを持った爺さんの手は、ぴくりとも動かなかった。

「な、何だ、これは？　肘《ひじ》が胴にくっついた。巻きついているのは何だ？」

おれは内心、にやりとした。来たのか、シノビ。

カウボーイが二人駆け寄って、問題を解決しようと努めた。

「これは――髪の毛だ。一体、どうやって!?」

「いま切ります」

右方のカウボーイが、ナイフを抜いた。その首に唸りをたてて巻きついたものがある。ロープだ。それは二階から投じられていた。

マーシュが――右腕を固定したまま――二階を向いて、

「射て！」

と絶叫した。喉をつぶされたインスマス面は、前のめりに倒れている。

コルトとウィンチェスターの銃声がロープの端に集中した。そこには確かに人影が見えたのである。

弾丸は二階の床と天井を貫き、破片をまき散らした。

おれは床を蹴ってうつ伏せに倒れた。

いきなり、残ったカウボーイ二人が苦鳴《くめい》とともにのけぞった。背中に鎌《かま》が食い込んでいる。

しかし、これだと投げた場所は背後の壁になる。二階とは逆だ。

「こっちだ！」

マーシュの叫びに銃口がふり向き、弾丸が集中する。木片を砕く響きに金属音が混じった。

鉄製品にでも当たったのだろう――と思った刹那、またも二人がのけぞりかえった。失神したも、今度は右横の壁からだ。残るひとりとマーシュは完全に混乱した。

無茶苦茶に射ちまくり、たちまち弾丸は尽きた。

「何処にいる？」

「出て来い！」

男がおれを立ち上がらせ、喉元に山刀を突きつけた。

「さもないと、こいつを――」

「よせ！」

マーシュが叫んだとき、男の右手がいきなり横へ引かれた。身体もつづいた。ロープが巻きついている。

地面に引き倒されながら、男は夢中で起き上がった。

ロープを外してその左右の端へ、憎悪の眼を向けた。

西の壁の前にシノビが立っていた。

「貴様」

獣の唸《うな》り声を男は上げた。

「ここには色々道具がある。試しに使ってみろ」

流暢《りゅうちょう》な英語が男とマーシュの顔に驚愕《きょうがく》の相《そう》を走らせた。

それも束の間、男が突進した。

その足下でロープが波の形を描いた。端はシノビが手にしていた。おれの眼には、男が勝手に波形の中に入ったように見えた。

つんのめった男が狂気の風に吹かれたように立ち上がると、シノビはロープを捨てた。

男が前進し、一メートル足らずの距離を置いて対峙《たいじ》した。構え方、腰のすわり方――拳銃《けんじゅう》よりナイフが得意と見た。

「これで七人殺した」

男は分厚い唇を歪《ゆが》めた。

「メキシコ人とアパッチどもを除いてな。それも入れると十二人だ」

前へ出るなり、男は山刀を振った。

シノビは動かない。斬られた、と思った。確かに刃先が届く距離なのに、シノビの衣装は傷ひとつついていなかった。

続けざまに男は凶器を振るい、ことごとく躱《か》された。躱したシノビは、少しも動いていないように見えた。

「畜生《ガッデム》め」

男は素早く数歩後退し、凶器を振りかぶった。

風を切って飛来したそれを、シノビは右手のひと振りで止めた。柄を握っているのを見て、マーシュが驚きの声を上げた。

男が肩から突っ込んだ。闘志は損なわれていない。シノビとぶつかる寸前、その身体が小さく弧を描いた。頭から壁に激突した身体は、跪《ひざまず》くように地面に落ちて、もう動かなかった。

奇怪で一方的な戦いの間、おれはマーシュがコルトの弾丸を入れ替えるのを見ていた。

最後の手下が動かなくなる前に、彼はコルトをシノビに向けて撃鉄《ハンマー》を起こした。

シノビは男のほうを向いていた。誓ってマーシュの方を見てはいない。

その瞬間、二人をつないだものは、コルトの弾丸ではなかった。

発射状態でコルトは落ちた。二本の指と奇怪な——鉄の棘《いばら》を絡み合わせたような塊が後に続いた。

シノビが細釘《ほそくぎ》をひん曲げている光景が脳裏に浮かんだ。あれが、これか!?

「マキビシ《MAKIBISI》だ」

いつの間にか、おれとマーシュの間に立っていた日本人は、小さくつぶやいた。

「普通は地面に撒《ま》いて追跡者を足止めするが、ナイフの代わりにも使える」

「NINPOUか！」

「基礎学習だ」

3

シノビは右手を押さえたマーシュに近づき、

「こいつをどうする？」

と訊いた。

「殺っちまえ」

「待て」

マーシュは蒼白《そうはく》な顔で叫んだ。

「あの一家からは手を引く。誓約書《せいやくしょ》を書いてもいい。この件はこれでおしまいだ」

「そうはいかんな」

おれは立ち上がった。シノビが後ろに来て起こしたのだ。

「誓約書を書かなきゃならんような奴を、あんたなら信用するか、オーベット・マーシュ？」

「わしは――教団の創設者だぞ。指一本触れてみろ。世界中の教団員がおまえをつけ狙う。夜も眠れんぞ」

「世界中のお尋ね者がおれの敵だ。それに不眠症だと知ってたか？」

マーシュの顔は苦痛と恐怖にまみれていた。指二本を失い、あとの三本も親指以外は皮一枚でぶら下がった右手は、この瞬間も血をしたたらせている。

「こうなっちまった以上、どちらかがくたばるしかねえ。ここで見逃せば、あんたは任務完了次第おれを始末するよう、教団本部に命じるだろう。左手でコルトを抜け」

マーシュは立ちすくんだ。射ち合いでおれに勝てるはずはない。しかも、おれに弾丸は当たらないのだ。

死相と化した顔へ、

「安心しろ。ハンディをつけてやる」

とおれは話しかけた。

「おれも左手を使い、弾丸除《よ》けは封じる。三つ数えるまで待つから、おまえは最初のひとつで射て」

マーシュの眼に希望の色が湧いた。このハンディなら生の天秤《てんびん》は彼の方へ大きく傾く。

「ほい」

シノビがコルトを放った。ずしりと受け止めて、手廻しのいい野郎だ、とおれは感心した。

「いいな？」

どちらもホルスターに入れず、コルトを左手にぶら下げて、おれたちは相対した。

「シノビ——数えろ」

外では雨が激しさを増した。

「ワン」

シノビは無表情に数えた。

マーシュがコルトを上げた。だが、あわてた指は撃鉄を起こし損ねた。

「ツー」

カチリと上がった。

「スリー」

おれはマーシュの額を狙った。ぴたりの位置に黒点が開き、後頭部から脳漿が噴出する。

海底のものと結び、人間として初めてこの世界への挑戦に加担した男の、呆気ない最期だった。

「一八七八年五月——オーベット・マーシュ死亡。雨降る西部の地で」

おれがつぶやいたとき、納屋の外で足音が生まれた。こちらへ向かって来る。残りのカウボーイたちだろう。

「どうする?」

シノビが訊いた。あわてた風はない。相手が百人いても、この男は難なく処理してしまうだろう。

「逃げるか?」

おれはNOと答えた。

「いま逃げてもだ、お尋ね者として追われる。あの息子も迷惑だろう——金庫を開けられるか?」

「ああ」

おれは笑い出したくなった。

シノビに耳打ちすると、彼は音もなく二階へと舞い上がった。まるで鳥だ。それからどうしたかわからない。

正面の出入り口から、コルトを手にしたカウボーイたちが押し入って来た。

インスマス面が十一人、普通のが四人——おれは両手を上げて、

「話し合いだ」

と言った。コルトは捨ててある。

二人がおれにコルトを向け、後は倒れている仲間の状態を調べはじめた。

「貴様——ボスを殺したな?」

「ああ」

否定しても始まらない。

リーダーらしい普通顔が後ろを向き、

「保安官のところへ連れていく必要はない。吊るす用意をしろ」

と命じた。

「そら、まずいですよ、バートさん」

インスマス面のひとりが、ぱくぱくと口を開閉しながら異議を唱えた。顔はおかしくても人間性は残っているらしい。

「うるせえ。ボスを殺した奴だぞ。いちいち法律の手を借りる必要なんてあるもんか。昔からのやり方がいちばんだ」

「おれも反対です」

普通のカウボーイが割って入った。残りの連中は動きを止めて耳を澄ましている。

「何だあ、スピーシャ？　おれに文句を言うとは偉くなったもんだな」

「もう私刑《リンチ》の時代じゃないんです。法は守らないと。彼を吊るして、保安官や判事にどう言い訳するんです」

「そんなことしねえよ。おれたちはみいんな思い思いのところへ逃げてる。ボスが溜めこんだ金を頂戴《ちょうだい》してな」

「バートさん、何てことを」

スピーシャが呻いた。バートと呼ばれた男は、何十年もの間、マーシュや仲間たちの信頼を受けて働いて来たに違いない。それが一瞬のうちに崩壊し、何かが現れたのだ。別の何か――いや、本物のバートだったのかも知れない。

「おいおい、スピーシャ、それからおまえたちも。いい加減、化物どもを仲間だと言い聞かせながら生きていくのは限界じゃねえのかい。マーシュさんがいればこそ、なんとかまとまって来たが、おれはもうご免だ。牛を追うときなんざ、馬に乗るたびにこのまま逃げちまおうと思ったもんだ。同じ格好してたって、人間は化物と一緒には暮らせねえ。さあ、これからあの母屋《おもや》へ行って金をとってくるぜ。おれは旦那《だんな》が開けるのを一度見たことがある。鞄《かばん》二つ分くらいの現金が入ってた。少なく見積もっても二百万は下らねえ。いや、その前にマーシュさんの仇討ちだ」

バートは凄《すさ》まじい眼つきでおれを見た。

「よく考えてみたら、いちいちロープで吊るす手間なんざいらねえな。これ一発で、後は火でも点けりゃあいいんだ」

コルトがおれを向いた。撃鉄が上がる。

銃声が轟いた。バートは思いっきり上体をのけぞらせてから、崩れ落ちる前に、裏切り者の方を向いた。

続けざまにコルトが咆哮した。十一人のインスマス面が、普通人に発砲したのである。

広い納屋を黒煙が埋めた。四人が倒れてもインスマス面は射ち続けた。シノビに倒された連中にも容赦はなかった。どいつも顔面を狙っている。おれは納得した。

気が済むまで射ち続け、ようやく撃鉄が空薬莢の尻を叩く空しい響きが上がりはじめた。

十一人がおれを取り囲んだ。みな、訳がわからないという面持ちだ――と思う。

おれを狙った弾丸は、ことごとく周りの地面に吸い込まれたのだった。

「あんた――何者だ？」

インスマス面のひとりが不気味そうに訊いた。

「あんたたちの仲間さ」

一同は顔を見合わせた。狂気が消えた。

「提案がある」

とおれは片手を上げた。

「その前に――これからどうするつもりだ？」

「ここを発《た》つ」

年配――と見えるひとりが死体を差して、

「彼らがおれたちを嫌っていたように、おれたちも彼らを憎んでいた。ここでの生活もだ。おれたちの棲《す》むべき場所は海だ。オーベットの旦那はおれたちも新しい世界に住みたがっていると言っていなかったか？」

「言ってたな」

「あれは嘘だ。おれたちは戦争が終わってからすぐ、マサチューセッツへ帰るつもりだった。しかし、旦那は西部に新しい復活の儀式の拠点を築くと言って、強引におれたちをここへ連れて来たんだ。牛飼いも牛の輸送も、吐き気がするほど合わない仕事だった。それにこいつらがいる。いつかは殺して、この忌まわしい乾ききった土地を離れていただろう。思ったより早くその機会が来たようだが」

「少し待て」

おれは出入り口の方へうなずいて見せた。

シノビが立っていた。左手に皮鞄を下げている。飽食したみたいにぱんぱんだ。

「彼らにやれ」

シノビは何も言わず、インスマス面たちの足下にそれを放った。

リーダーは身を屈《かが》めて蓋《ふた》を開け、眼を丸くした。

「金庫のありったけだ。持って行くがいい。あんたたちが稼いだ金だ」

「あんた、マーシュ旦那の仲間だと聞いていたが――いいのかい？」

「構やしねえよ。海へ帰るまでだって、金はいる。ただ、出かける前にひとつ頼まれてくれんか？」


二時間後、奇怪なご面相の男たちは、雨の中に消えて行った。最後はリーダーだった。敷地の端で彼はこちらを向いて、片手を上げた。

おれはうなずいた。

馬上の影が雨に溶けた。何もかもこういけばいいのだが。

おれも馬の上にいた。隣のシノビは裸馬《はだかうま》である。

「大丈夫だな？」

と訊いた。

シノビは黙って、防水コートの下から、もうひとつ皮鞄を取り出して見せた。コートは少しもふくらんでいなかった。どうやって隠してたんだ？

「幾らだ？」

と訊いた。

「百十二万ずつだ。ただし、屋敷の使用人たちの給料五千ドル分は引いてある」

「おい、あいつらは海へ帰るんだぞ。それに百万も」

「公平だ。向こうは人数も多いし、海まで何が起きるかわからん。それに、マーシュ殺しの口止め料も入ってる」

少し間を置いてから、

「おまえＮＩＮＪＡより、市会議員の方が向いているぞ」

と皮肉を効かしてやった。

「それはどうも」

効かなかったらしい。

おれは馬首を巡らせた。眼の隅にマーシュの邸宅と納屋が入って来た。使用人たちには暇を出した。千ドルずつ手に入れた黒人たちは、一も二もなく感謝し、何も訊かずに出て行った。

本来彼らに給料を手渡すべき男は、三キロばかり離れた牧草地の真ん中——一〇メートルの穴の底に、部下とともに眠っている。おかしな顔をしたカウボーイたちの掘った穴だ。この結果がどう出るかはわからない。多分、カウボーイたちの犯行で決着《けり》がつくだろう。

馬の膝を蹴って走り出したとき、

「〝主人は冷たい土の中に〟か」

おれはある歌の文句をつぶやいた。

「海の中の方が似合うがな」


百万ドルの札束を並べられて、ジェニーは倒れた。軽い貧血だ。倒れる前にシノビが支えてソファに寝かせた。

マーシュはもういない、とおれは告げ、この家には何もなかった、とつけ加えた。最初の四人組もおれたちも来なかった。マーシュ家で起こったことなど何も知らない、と。

「だが、鉄道がこの土地を欲しがっているのは本当だ。いくら抵抗しても終《しま》いには国の力を使ってでも追いたててくるだろう。ぎりぎりまで粘って、出来るだけ金を毟《しぼ》り取ってやれ。でないと怪しまれる」

かたわらの悴の方を見て、母親は大きくうなずいた。

昼すぎに、空気は光を帯びて来た。

別れを告げて外に出た。ジェニーはお昼をと言ったが、寄らなかった家に、いつまでもいてはまずい。知らぬ間に痕跡を残す場合もある。

母子は戸口までついて来た。

「まるで——風だわ、あなたたち」

「そうかい」

「昨日の夜、あの四人に襲われて射ち倒した時、私もピートも闇に包まれました。先には何も見えなかった。真っ暗だったわ。そこへ突然、あなた方三人が来て、ひと晩泊まっただけで闇を追い払ってくれた。もう道が見えます」

「良かったわね」

とポーラが微笑した。ジェニーはうなずいた。

その隣りで、ずっと押し黙っていたピートが、もう行っちゃうのかい？　と訊いた。

「ああ」

「もう会えない？」

「ああ。さよならだ。この国はでかすぎる」

少年はこっくりとうなずいた。最初からわかっていたことなのだ。

「ママはおまえがいれば、元気に生きていける。それを忘れるな。大きくなったら、おまえがママの面倒を見るんだ。約束できるな？」

「出来るさ」

「あばよ」

鈍色《にびいろ》の光の下を、おれたちは歩き出した。

街道へ出た。母子《おやこ》はまだ玄関でおれたちを見送っているに違いない。

おれはポーラの視線に気がついた。

「何を見てる？」

「意外と善人ですこと」

「うるせえ」

次はシノビだった。

「マーシュはあんたの所属する教団のトップだぞ」

と日本人は指摘しやがった。

「あの母子のためとはいえ、よく殺す気になったな」

ある母子がいた、とおれは応じた。

子供が七歳のとき、近所の男たちがやって来て、母親を犯した上に絞め殺した。母親は評判の美人で寡婦《かふ》だった。男たちは酔っていた。子供は保安官に訴えたが、男のひとりが有力者の息子で、事件は有耶無耶にされた。子供は男たちと保安官を射ち殺して旅に出た。

「アリゾナか」

とシノビは言った。

おれは記憶の中の物語をやめて、

「そうだ」

と言った。

アリゾナ。

あと三人——三つの夢を求めて。

ところで、夢とは、何と数えるのだ？

第七章　幽霊町《ゴーストタウン》の決闘

1

平穏な十二日間が過ぎた。

途中、小さな町で水と食糧を補給したが、マーシュ家やマッカラン一家、おれたちに関する噂は何も入って来なかった。

とりあえず目的地はニューメキシコの〈ラスベガス〉だった。丁度、アリゾナの南部で銀の鉱脈が発見され、山師や賭博師、無法者がアリゾナへ押しかける前、準備を整える拠点になっている。

ひょっとしたら、この中にネッド・モンティラゲートがいるかも知れない。おれたちはまだ荒野の只中にいた。

「ここはどの辺なの？」

ポーラが訊いたのは、まだ高い陽が、南北の岩山の頭上に留まっているときだった。空は澄み渡っている。

「あと一時間と少しで、『ブラック・ギース』だ。今夜はそこで泊まりだな」

「いいホテルがあるといいわね」

しみじみしたポーラの言葉に、おれは首を振った。

「ホテルはある。昔はいいホテルだった」

「え？」

「七、八年前に、この辺は鉱山師のメッカだった。

金の鉱脈が見つかってな。町が幾つも出来、住民も集まって来た。だが、金が出たのはわずか一年だった。それから半年もしないうちに、町は見捨てられ、住民は別の鉱山を求めて去った。今の『ブラック・ギース』は幽霊町《ゴースト・タウン》だ」

「先住民はいるか？」

いきなりシノビが訊いた。

「ああ。シャイアンの居留地が近くにある。それがどうかしたか？」

「町はどっちにある？」

おれは少し考え、西南の方を指差した。

「そっちに狼煙《のろし》が見える」

「何い？」

「え？」

おれとポーラは同じ方角へ、細めた眼を向けたが、何も見えなかった。

「長いすじが一本——二本、短く——四本、まっすぐに長く一本——それから短く——四本、また長く一本——それから短く二本、間を置いてまた二本」

「シャイアンだ。〝白い兵隊がいる。地の下から近づけ〟だ」

とおれは翻訳した。

「それから——〝殺せ〟」

「居留地の先住民は大人しいって聞いたわ」

ポーラの言葉に、おれは首を振った。白人の見解だ。

「今の今まで何もかも取り放題だった自分たちの土地へ、ある日白人がやって来て、野牛《バッファロー》もいない、農作物も乏しい土地へ追いやり、一生そこで過ごせという。大人しく従う奴は玉無しだ」

「下品な言葉はやめて下さい」

「失礼。少なくとも見えない狼煙を上げている奴と受けた奴は男だということだ。しかし、出来れば会いたくねえな」

「騎兵隊がいるわ」

「あっちはもっとご免だ。特にこの辺の奴らはゴロツキ揃いだと聞いている」

「道を変えるか？」

シノビが訊いた。

「それには五〇キロも戻らなくちゃならん。狼煙までどれくらいだ？」

「約五〇キロ」

「なら、『ブラック・ギース』のずっと先だ。勝手に騎兵隊と戦うだろう。町は安全だ」

「ポーラさんはどうだ？」

この日本人は実に嫌な手を使いやがる。根性悪め。

「私は——行きたくないわ」

シノビはおれへ得意げにうなずいて見せた。

「決まったな。彼女を危険な目に遭わせては、元も子もなくなるぞ」

「てめえら——グルか？」

そう罵《ののし》ったとき、おれはシノビが別のものに注目していることに気がついた。やって来た道の方だ。

「どうした？」

「馬車が一台——この走り方は追われている。しかし、追手の音はしない」

こいつの言うことは、半分以上が理解不能だ。

ところが、後でぴたりと辻褄《つじつま》が合う。いない何かに追いかけられる馬車――あってもおかしかねえ。

　待てよ。

「おい、シャイアンか？」

　シノビは、コマンチだ、と応じた。ポーラが息を引いた。

「ルネンゴチーバめ。まだうろちょろしてやがる。隠れろ。放っとくぞ」

「あいつの狙いは、おれたちだ。馬車の連中は通りすがりに、おれたちを脅かすよう利用されてるだけだ。放ってはおけまい。じきにここへ来る」

「いいか、リーダーは、お、れ、だ」

「女の声がする」

　ポーラははっとし、それから、おれを睨みつけた。

　おれは渋々うなずいた。二対一になるのだけは避ける必要があった。

「――わかった。だが、どうする？」

　シノビはやって来た方角へ眼をやり、

「仕方がない。先に『ブラック・ギース』へ行け。後はおれに任せろ」

「よっしゃ」

　おれは手綱を取って馬首を巡らせた。

「待て」

「どうした？」

「追手が消えた」

　おれたちは、やって来た方を見つめた。

　馬車が来た。二頭立ての荷馬車と後ろに替えがもう二頭――馬車の手綱を握っているのは初老の男だった。隣りに先住民の女が乗っている。

「ほお」

「待ってみよう。すぐに来る」

おれたちを認め、みるみるスピードを落とし、眼の前で止まった。シャイアンなど影もない。最初からいなかったようだ。

「どうした？」

おれは後ろを眺めている男に訊いた。

彼が自分を納得させて、他人と意志を疎通させるのを受け入れるまで、三秒ほどかかった。

「いきなりシャイアンの群れに襲われて――もう駄目だと思ったら、急に――消えてしまった。ありゃなんだ？」

「夢でも見たんだろ」

「そんは筈はない。馬車には矢が刺さってる。おれも右の肩を――」

そこで、ようやく間違いに気づいた。

「矢がない。肩の傷も……。一体、どうなってるんだ？」

「痛むかい？」

「――いや」

「だから、夢だったのさ。この辺じゃ、よく見るらしい」

おれも少し、この二人をからかってやりたくなった。しかし、片方はそうはいかなかった。

「やっぱり」

両手を膝《ひざ》に押しつけた娘がおれの興味を引いた。片言だが、何とかわかる英語だ。

「おまえは――シャイアンか？」

「いえ、アパッチよ」

ポーラが眼を閉じた。数ある先住民族の中でも、コマンチと並んで最も血の気の多い好戦的な連中だ。

「やっぱりてのは、どういう意味だ？」

しゃべるのはいま一歩だが、聞く方はいいらしい。

「私には——幻だって——わかってたわ。でも、わかってない人に——言っても——無駄。それに——幻の矢でも刺されれば、すぐに幻が消えない限り、死んでしまう」

おれは思わずシノビを見た。この娘と何処か似ている。先住民の中には、日本人の血も流れているんじゃないのか。

「そのとおりだ」

シノビは肯定した。

「幻の矢でも刺されれば人を殺せる。ズウルウの力を借りれば、な」

「おれは〝シューター〟って賞金稼ぎだ。こっちはシノビとポーラ。旅仲間だ」

おれはきょとんとしている男が、おれたちにおかしな疑いを抱く前に名乗った。

「ブライアン・ハットン。宝捜し屋《トレジャー・ハンター》だ。こっちは女房のティハナ」

ようやく男は笑顔になった。

「宝捜し？　金鉱と違うのか？」

「自然に出来たものに興味はない。おれの目的は、かつてこの地に生きていた連中が隠したものだ。先住民よりずっと古い種族の宝石や金銀細工だな」

「ここにそんなものがあるのか？」

「ああ。言い伝えだがな」

それ以上は秘密の範疇《はんちゅう》に入るのか、ハットンは口をつぐんだ。

「この先には本物のシャイアン族がいる。帰った方が身のためだ」

おれの意見に、ハットンは鼻を鳴らした。

「ここまで来て戻れるか。じきに『ブラック・ギース』だ。その名前を特定するのに、何年と幾らかかったと思う？」

「生命《いのち》よりは安いぜ」

とシノビが言った。

「黙っておれ、先住民の仲間めが」

ハットンが一喝した。やはりそう見えるらしい。突然、彼は自分の行為の被害者がひとりではないことに気がついた。

「済まん」

小さく詫びた表情は、まともな夫のものであった。ティハナは無表情のままだ。

「とにかく、おれたちは『ブラック・ギース』へ行く。会えて良かった。――ティハナ」

馬車と馬は走りだした。夫婦はおれたちをふり向こうともしなかった。

見送るおれたちの足下から、鈍く重い響きが伝わって来た。

シノビの身体が宙に躍った――と見るや、その姿は確かに馬よりも速く、もと来た道の彼方へ走り去った。

きょとんとしたポーラの表情が普通に戻る前に、彼は風のように戻って来て、

「この先で五〇メートルに渡って道が陥没して

いる。深さも同じくらいある。本物だ」

「ルネンゴチーバか？」

おれは少しも緊張せずに訊いた。シノビがうなずくのがわかっていたからだ。シノビは多分、と答えた。

「どうしても、おれたちを『ブラック・ギース』へ行かせたいらしい。コマンチの呪術師の呪いに乗ってやるか？」

おれはシノビとポーラの顔を交互に見つめた。ポーラは返事をしなかったが、シノビはうなずいた。忌々しいことに、ポーラもそれに続いた。

三十分としないうちに、おれたちは幅広い通りの左右に廃屋の建ち並ぶ幽霊の町に辿り着いていた。シノビとポーラの他に、途中で合流した。ハットン夫婦もいる。

「とりあえず、休むところを探そう」

おれの言葉に、ハットンが反発した。

「おれたちのことは気にするな。お互い自分の道を行こう」

女房を促して、中央通りを前進して行った。

「先住民のお宝か――金《かね》の亡者め」

こうは言ったが、おれはハットンに悪意を抱きはしなかった。長い間捜していたお宝がいよいよ眼の前に、となれば誰でもああなる。

おれたちも後について行き、ホテルの前で止まった。

シャイアンの過激派に加えてコマンチの亡霊がうろついている以上、まとまっていないと危険だ。かといって狭苦しい場所は真っ平となれば、ここしかない。ラウンジへ入った。幸い椅子もテーブルも隅にのけてある。おれたちは毛布を用意し、その前に丸テーブルを倒した。いざというときの弾丸《たま》除け、弓矢除けである。

勿論、ルネンゴチーバの呪いにはまず役に立つまい。あっちはズウルウとつるんでいるのだ。

「おれたちをここへ追い込んだのは成功した。次はどう出る？」

「シャイアンを使うでしょう」

とシノビ。ポーラもうなずいて、

「私もそう思います。彼らに攻撃させ、どさくさに紛れて、私をさらっていく気だわ」

「常道ならそうだろう」

おれは周囲を見廻した。

着のみ着のままで打ち捨てて、といっても金目のものは持っていく。カウンターの内側の酒棚は空っぽ。グラスもトレイもない。

「腹ごしらえを」

と言ったとき、シノビが、

「来たぞ」

と外を見た。

まるでタイミングを合わせたように、騎馬の足音が通りを突っ込んで来た。

窓の向こうを青い制服が次々に通り過ぎていく。

騎兵隊だった。

2

「止まれ」

指示がとんだ。つないである馬に気づいたのだろう。

すぐにスプリング・フィールド小銃《ライフル》を構えた兵士が四人入って来た。荒い足取りがわざとらしい。

「ニューメキシコ騎兵第三連隊第四中隊のクリント軍曹です。あなた方は――」

温かい眼つきが、シノビを見た途端、険しいものに変わった。

「こいつは――中国人ですか？」

「日本人だ」

とおれが答えた。

「シャイアン族に似てやがる」

眼に憎悪の光があった。宿敵の仲間、というわけだ。

「おれたちは旅の者だ。アリゾナまで行く。彼はおれの荷物持ちだ」

シノビがじろりと睨んだが、ポーラが腕を掴んで止めた。おれも気にせず、

「どうやら、とんでもないところへ来てしまったらしいな。シャイアンが暴れてるのか？」

「そうです。百人ばかりが居留地から脱走して、近隣の農場や牧場で略奪を繰り返しながら、カンサスの方へ向かっています」

そこへサーベルをつけた将校がやって来た。精《せい》悍《かん》で育ちの良さそうな顔立ちは、三十代初めだろう。

「マスターズ中尉です」

ポーラとシノビにも敬礼して、

「シャイアンはこちらへ向かっています――ここは広い。負傷者もいます。司令部にしたいと思います。ご協力願えませんか」

返事をする間もなく、続々と怪我人が入って来る。たちまち九人を数えた。ほとんどが矢を受けているが、銃創もあった。

「手伝うわ」

ポーラがシャツの袖をめくり上げた。

「助かります」

中尉が相好を崩した。、ポーラを見る眼に感謝と欲情の光があった。他の兵士は後の方だけだ。軍隊というのは基本的に男所帯だ。まして、辺境勤務となれば、女とはまず縁がない。彼らのねぐら――砦に女が来れば、どんな醜女《しこめ》でも、その日のうちに求婚者が現れるという。目下のポーラの状態は、餓狼《がろう》の只中に据え置かれた生け贄に等しい。

テーブルを並べて手術台とベッドが作られ、軍医が切開に取りかかった。余った負傷兵には、慣れた奴がナイフを振るう。

室内には肉を裂く音と悲鳴と血臭《けっしゅう》が渦巻いた。

「引っ越すぞ」

二人に告げて荷物をまとめようとしたところを、中尉がとめた。

「一緒にいた方がいい。シャイアン――というが、あいつらは普通の先住民とは違う」

背筋に緊張が走った。ポーラが拳《こぶし》を口に当てて悲鳴を抑えた。

「どう違う？」

「軍曹」

おっとり刀で駆けつけた巨漢へ、

「シャイアンについて話してやれ」

と告げて出ていった。外はもう薄暗い。軍曹はおれたちを部屋の隅に連れていき、こう話し出した。

「あいつらとは昨日の昼すぎに、ここから北へ五二キロの地点で遭遇した。確かに岩に映る影を見、別の影が地面を走る音も聞いた。しかし、実体は確認できず、追跡しているうちに、隊はいつの間にか盆地にいた。誘いこまれたんだ。そこへ四方から矢の雨が降って来た。応戦したが、敵の姿は何処にも見えず、岩の間を移動する人馬の影だけがあった。何とか逃げ出したとき、人数は三分の一に減っていた。そして、休みなく行進を続け、ようやくここへ辿り着いたんだ。だが――」

ここで歴戦の勇者らしい巨漢は、おれから眼をそらしてひと息ついた。

「追ってくるんだな？」

とおれは訊いた。

「そうだ」

死人の出す声というのがあるなら、これだ。

「生き残りは何人いるんだ？」

「十六人だ」

「ここに負傷兵が九人。残り七人で持ちこたえられるのか？」

「何とかなるさ。負傷兵にも戦える奴はいる」

正直な男らしいが、軍人であることも忘れていない。弱音は厳禁なのだ。

「わかった。じきに日が暮れる。気をつけるこった。それと――アパッチの女とその亭主に出食わさなかったか？」

「いや――何処にいる？」

「わからん。この町にあるお宝を捜しに来たらしい。おれたちを残して何処かへ行っちまった」

「女房がアパッチなら何とかなるだろう。どうして今日に限って、みんなこんな町に集まるんだ？」

おれは肩をすくめた。

軍曹は、比較的軽傷の兵を三人連れて、ハットン夫婦を捜しに出て行った。

「幻のシャイアンが、まだいるらしいな」

おれは声をひそめてシノビに話しかけた。

「そうらしい。だが――」

「だが？」

「あの二人を嬲《なぶ》っていたのは、おれたちを脅かすためにルネンゴチーバが生んだコマンチの幻だ。騎兵隊と戦ったのは――」

シノビは眼の前の負傷兵を見渡した。

「別の化物《ファントム》がいるのか？」

彼は即席ベッドに近づき、抜いたばかりの矢を拾って眺めた。

「この矢は本物だ。その傷も。先住民をひとりでも射殺したか？」

シノビに訊かれた負傷兵はそっぽを向いた。軍医が代わった。

「ひとりも斃《たお》せなかった。気配と影と足音ばかりで、姿が見えないのだ」

シノビは
「ハットンを探して来る」

と言った。

「どうしてだ？」

「あの女房は額と手に護符《タリスマン》らしい刺青《いれずみ》があった。呪術師と関係があるかも知れん」

言うなり、戸口へ向かった。

「おれも行くぞ」

ポーラは兵隊たちといれば、とりあえずはば安心だ。こんな状況でおかしな気を起こす奴はいまい。おれを見て、うなずいた。

外へ出ると、闇にはまだ青が残っていた。

しかし、捜すといっても、何処へいけばいい？

シノビは歩道から下りると、何のつもりか、右の耳を地面に押しつけた。

すぐに顔を上げ、西だと言った。

「わかるのか？」

正直、おれはうんざりしていた。あまりに常識外れの技を見せつけられると、次のに無感動――というより莫迦《ばか》莫迦しくなってくる。

「少し遠いが、二人は少人数のものだ。騎兵隊ではあるまい」

「シャイアンかも知れんぞ」

「だったら、運が悪かったと思え」

シノビは音もなく、前方へ歩き出し、次の角を左へ折れた。


十分ほどで、西の外れに出た。

こんな時刻にどうして？　と言いたくなる場所だった。荒涼たる墓地だ。

この町の寿命は、ざっと一年半。短いが、墓石の数は十やそこらではきかなかった。

ずっと奥——森の手前に小さな炎と馬車が見えた。炎の周りにティハナが両膝をつき、その背後にハットンが立っている。下から炎に照らされた顔は、何か別のものに見えた。アパッチの娘が何やら口ずさんでいる。途切れ途切れの言葉は、おれには呪文としか聞こえなかった。

シノビは構わず進んだ。足音が立たない。おれはたちまち離された。

シノビがあと二、三メートルというところまで来たとき、ティハナが不意に顔を上げた。おれは左右の墓石の陰に飛び込んだが、無駄なのはわかっていた。

ティハナが手にした散弾銃《ショットガン》をこちらへ向けた。

「何をしに来た？」

シノビが立ち上がって、

「シャイアンが近づいている。騎兵隊を追って来た」

シノビの説明に、宝捜しは大笑いした。

「それじゃあ——逆だぞ。へっぽこ騎兵隊が。安月給分の仕事も出来んのか」

「町へ戻った方がいい」

とシノビは言った。生真面目《きまじめ》な声だった。ハットンがウィンチェスターを下したのもそのためだろう。おれには気がつかなかったようだ。

「シャイアンがいるのはわかってるわ」

ティハナが老婆みたいな声を出した。

「でも、ここへは近づけない。この町へ侵入したのは、〈影の戦士〉たちよ。邪悪な力を授けられたが故に、私の力で敗北させられるわ」

「なら結構だ」

シノビが小さくうなずいた。

「おれは戻る。しっかり宝を捜せ」

と翻した背中へ、

「待って――あなたが、日本人ね？」

と来た。

シノビがふり向いた。

それからの会話はおれにはチンプンカンプンだった。ほとんどは女がしゃべった。シノビは時折うなずき、短く何かを言った。おれにはわからないそれが、女には通じたに違いない。いつの間にか女は涙を流しはじめていた。

これは気になった。

「おれにも聞かせろ」

シノビは拒まなかった。

「彼女の名前は近藤多恵《たえ》。五年前、日本からサンフランシスコへ着いた」

そこから一家とオレゴンの開拓村へ向かう途中でコマンチに襲われ、彼女だけが殺されずに酋長の妻にされた。二年後に酋長は騎兵隊と戦って死に、彼女はそのとき騎兵隊のガイドをしていたブライアン・ハットンに引き取られたのだった。

彼の行為には、理由があった。多恵＝ティハナが呪術師の手ほどきを受け、古代先住民の隠匿した宝物の在《あ》り処《か》を捜し出せると耳にはさんだからである。

「現に五年の間、四カ所を適中させたそうだ。残念ながら、伝説の秘宝というのは、錆《さ》びた装身具だの、今では使えもしない当時の通貨ばかりだった。今回もどうなるかわからない」

「ご苦労なことだ」

おれは笑いたくなった。シャイアンの刺客はじきにやってくる。負け戦の騎兵隊の士気は泥沼に浸かって、どう頑張っても勝てそうにない。いくらアパッチの女呪術師がいるといっても、元は日本人だ。しかも、アパッチとシャイアンは不仲だ。十全の守護神にはなり得ない。

「宝捜しをしてる場合じゃない。騎兵隊のところへ行ったらどうだ？」

これはシノビからハットンへだ。

親父はまたウィンチェスターを取り上げた。

「女房の力がいちばん発揮されるのは、これからだ。場所さえ特定出来れば行く。それまでは梃子《てこ》でも動かんぞ。邪魔したらこれだ」

ウィンチェスターの銃口が上がった。

どう出るかと思ったが、シノビがティハナの方を向いて、

「どのくらいかかる？」

と訊いた。

「あと少し——七、八分かしら」

「わかった。それまで付き合おう」

「おいおい。おれは戻るぜ。ポーラが気になる」

「シャイアンは本物か？」

シノビの問いが足を止めた。

すぐにティハナが、

「本物よ。でも、魔力は使っている。騎兵隊は大部隊に遭遇したと考えていない？」

「そのとおりだ」

「実数は二十人足らずよ。この人数なら〈影の戦士〉はひとりきり」

「ほお」

「でも、彼のイミテーションは四体まで作れるわ」

「イミテーション？」

「彼と同じことが出来るけど、そのレベルが低いの。本物が音もなく水の上を渡れるとすれば、イミテーションは足音を立てるわ」

「〈影の戦士〉とは？」

「わからない。私はアパッチよ。でも、不気味な力を持っていると聞いています」

「シャイアンは全員で来るか？」

「いえ。〈影の戦士〉とイミテーションだけよ。騎兵隊が五十人いても、それだけで始末できる」

「斃すことは出来るのか？」

「弾丸が当たってもナイフが刺さっても死ぬわ。ただし、当たれば、ね」


「シノビ——先に戻るぞ。後から来い」

おれは町へと取って返した。

ホテルのラウンジは緊張と恐怖が詰まっていた。中尉たちはいない。

ポーラは椅子に腰を下ろしていた。疲れ果てた表情だ。

「しんどそうだな？」

「これくらい。治療する相手が変わったけれど」

コマンチから白人へ、か。

「おい——あいつはどうした？」

負傷兵のひとりが、荒っぽい訊き方をした。シノビのことだ。

「宝捜しの片棒を担いでいる」

冗談とでも思ったのか、負傷兵は、ケッと吐き捨て、

「シャイアンどもに、おれたちのことを告げ口しに行ったんじゃねんだろうな？」

「ベンソン——口を慎め」

と軍医が止めた。負傷兵は唇を歪めてそっぽを向いた。

「何人戦える？」

「銃を持てるのは、自分を入れて四人だ」

しっかりやってくれ、とおれは胸の中で言った。こっちもポーラとおれ自身を守るので精一杯だ。シノビも同国人との邂逅《かいこう》で頭に血が昇ってる状態じゃ、万全の働きは期待できそうにない。

おれはポーラを部屋の隅に呼んだ。

「いつでも出られるようにしとけ」

と言った。

「逃げるの？」

「そうだ。どうやら相手はただのシャイアンじゃねえ。ルネンゴチーバが使いそうな化物に近い。戦闘は騎兵隊に任せて、こっちは早いとこおさらばするぞ」

「——お断りします」

「何だと？」

眼を剥くおれの前で、ポーラは負傷兵へ視線を投げた。

床に寝かされた連中の中に、若いのがひとりいた。右の肩と胸に包帯を巻き、青息吐息《あおいきといき》だ。入隊して半年も経ってはいまい。

「若すぎる。放っては行けません」

「あいつらは戦うのが仕事だ。死ぬも生きるも神の御心《みこころ》のままさ。とにかく、シャイアンの攻撃が始まる前に出るぞ。用意しろ。おれたちと行くと約束したはずだ」

　ポーラは怨みのこもった視線をおれの顔に当てた。が、すぐにうなずいた。

「わかりました」

　そのとき、銃声が轟き、それが連続する間に悲鳴が入り乱れた。さして遠くでもない。

　クリント軍曹が、

「ライデン、ドリスコル――偵察に出ろ」

　と命じた。二人は蒼白の顔を見交わし、しかし、命令に従った。

「残りは武器を持て。テーブルを盾にするんだ。急げ」

　がたつき出した店内から、おれは外へ出た。もうシャイアンは町の中にいる。脱出は不可能だ。やるしかない。

　つないである馬のライフルケースからウィンチェスターを抜いたとき、軍曹が追って来た。

「何処へ行く？　危険だ、中へ入れ」

「中も外も同じだ。まだ仲間が外にいる」

「ひとり付けよう」

「要らん」

　にべもなく拒否したとき、おれの肩越しに後ろを見ていた軍曹の顔が喜びに歪んだ。

　闇の中を男たちがやってくる。先頭はライデンとドリスコル、後はマスターズ中尉と残りの兵だ。みな腰を屈めている。

　出ようとする軍曹を、おれは押しとどめた。

「何をする？」

「先頭はいちばん偉い人のはずだろ」

　おれはウィンチェスターを肩付けした。初弾は薬室に送り込んである。引き金を引けば飛び出す。

五メートル先で全員の足が止まった。

ラウンジの照明がかろうじて、血の気を失った顔を照らし出す。どいつの眼もまばたきしてないことに、おれはすぐ気がついた。

「中尉どの」

軍曹が声をかけると同時に、全員の喉がきれいに裂けた。我先にと血が噴き出る。おれのライフルは必要なかった。全員がその場に崩れ落ちてしまったのだ。

「何事だ？　みな首を刺されたのに、どうやってここまで？」

「奥へ入れ」

とおれは軍曹の胸を押した。よろめくその肩へ、風を切って一本の矢が吸いこまれた。衝撃でのけぞる巨体へ、

「行け！」

と叫んで、もう一度ラウンジの方へ押し戻し、おれは闇の中へ飛び出した。

周囲を矢が走り、一本が耳をかすめた。それだけだ。

〈防禦〉は得体の知れない矢にも効果がある。おれはその飛来した方角へ向かってウィンチェスターを射ちまくった。

声は上がらなかったが、攻撃は熄んだ。

「野郎、何を企んでやがる」

つぶやいた刹那、足下の死体が跳ね上がった。中尉だ。抜き放ったサーベルをおれの頭へ振り下ろす——寸前、彼はのけぞって、それから前のめりに地面へ突っ伏した。

おれは眼を見張った。中尉の背中に、人影がひとつへばりついている。シャイアンだ。それが痙攣するのに合わせて、中尉の身体も瓜ふたつの動きを示していたが、支配者の動きが熄むと、これも静かになった。

同時に倒れていた兵士の身体が次々に痙攣し、これも動かなくなった。

おれは闇の空を見つめた。

「こっちだ」

声は背後からした。

愕然とふり返った眼の前に、シノビが立っていた。

「どうして、前から出てこねえんだ!?」

叫びながら、おれは人影と兵士たちの首すじに食い込んだマキビシを眺めていた。奴らの背中

——つまり、おれの遥か前方から打ち込み、自分はおれの背後に現れる。何なんだ、こいつは？

「後ろが好きでな」

シノビは右手を上げた。二つの影が身を屈めて歩道を走って来た。ハットン夫婦だ。

ティハナが騎兵隊員の死体を見下ろして、

「影を殺せば本体も死ぬ。そこの兵隊と同じ奴のシャイアンがいま死んだ」

ティハナの台詞《セリフ》は、むしろ不気味だった。

「彼女には影の憑《つ》いた連中が見分けられるそうだ」

とシノビが、ラウンジの方へ顔を向けた。

「中へ入れ。じきに新手が来る」

シノビの提案に一も二もなく、おれは乗った。

ラウンジ内へ入った途端に、銃声が轟いた。

おれの隣りでシノビがよろめいた。ポーラのそばの兵士――あの若いのが、コルトを構えていた。シノビを見てシャイアンの仲間だと思ったのか、或いは似ているというだけで引き金を引いてしまったのかも知れない。さらに撃鉄を起こしたところを、ポーラが横面をはたいた。

「無事か？」

おれの問いにシノビはうなずいた。

「心臓に当たっていた。あんたのおかげで肩で済んだ。軍曹のときと同じだ」

見てやがったのか。軍曹の心臓を貫くはずの矢は、おれが近くにいたおかげで肩へと方向を転じたのだ。

「来る」

低い女の声が、ラウンジを沈黙の塊に変えた。

ティハナである。そのかたわらにシノビが寄った。右手の細い刃物で、肩の傷をえぐっている。

おれが注目しているうちに彼は刃物を戻した。血まみれの傷口から赤い粒が飛び出し、床に落ちた。弾丸《ブリット》だ。おれより遥かに早い上に、顔色ひとつ変えてねえ。個人的外科手術か。おれは呆れ返った。

「何処にいる？」

シノビが懐《ふところ》から取り出した布切れを傷口に巻きながら訊いた。いつもと変わらない声と口調だった。

ティハナは両眼を閉じていた。緊張と戦慄に塗り込められた世界で、この二人の周りだけが尋常な雰囲気を保っていた。

突然、ティハナが眼を開いた。

「そこ！」

指さす先で、倒したテーブルの影の中から、人影が宙へ躍った。真横の兵士に吸いつく寸前、シノビの放ったマキビシが斜め下から頸部を貫いた。影は空中で消滅した。

「そこ！」

浅黒い指がさしたのは、おれの足下だった。負傷兵の影がのびている。そこからもうひとつ跳んだ。おれは右へ回転した。

「構うな！」

と叫んでウィンチェスターを放り、腰のボウイナイフを抜いた。

近くに幾つもの影が落ちている。テーブル、カーテン、椅子――そのどこかに敵は潜んだのだ。

おれは呼吸を整えた。一度、サンアントニオで、同じ目に遭ったことがある。夜の山中で、アパッチの戦士がひとり、声もなく忍び寄って来た。こちらが緊張しているときは静観し、気を抜いた途端に襲いかかって来た。心の中を読まれているような気がした。傷を負わせると、アパッチは深入りせずに闇に溶けた。二度繰り返され、胸と肩を刺された。

何とか切り抜けたのは、アパッチが実体だったからだ。耳を澄ませば足音はやはり聞こえたし、冷静になれば気配も感じられた。三度目に呼吸とタイミングを測り、飛びかかって来たのをコルトの一発で仕留めた。

だが、今度は幻に等しい。おれは五感を極限まで研ぎ澄ましたが、知覚することは出来なかった。

シノビがこちらへ来た。細い刃を握っている。

おれは素早く立ち上がり、いないぜ、と告げざま、ナイフを振りかぶった。シノビの首筋へと振り下ろした刃は空を切り、一瞬遅れて背中に鋭い痛みが走った。何かが剥がれかかっている。身をよじった。背中から黒い人型が床に落ち、あっという間に見えなくなった。

おれは呆然とナイフを見つめ、

「もう憑いていたのか？」

と訊いた。百歳の爺さんみたいな声で。

「そうだ。あんたを傷つけずに切り離すのがひと苦労だった。シャツは勘弁しろ」

そう言えば、すうすうする。

「しかし――おまえはおれの前にいた。どうやって背中を斬ったんだ？」

答えず、シノビがふり返った。負傷兵が二人ばかり、こちらへやって来るところだった。右手にコルトを下げている。

シノビがやや腰を落とした――と見る間に、自分から兵士たちの方へと走り寄り、二人がコルトを上げたときは眼前から消えていた。

恐らくは、おれたちの数倍の速さで後ろに廻ったのだ。ふり返るまでもなく、兵たちはのけぞり、すぐに夢から醒めたように、シノビを見つめた。

シノビが身を翻した。

右手が閃き、負傷兵たちの影を続けざまにマキビシが縫った。そいつは軍医の影から走り出た。

溶けこむべき影を求めて床を走る。

シノビが追った。人影が床から壁へと移った。

シノビも壁へと走った。ぶつかる、と思った瞬間、彼は垂直に駆け昇った。全員が驚きの声を上げた。シノビの体術ばかりではない。シャイアンの人影が天井近くで二つに分かれたのだ。そいつらはシノビの右側をすり抜けて床へと移動し、もうひとつは——シノビの影の中へ。

ふたすじの光が走った。同時にシノビは床へと跳んだ。壁にはシャイアンの影が残って——消えた。

おれは視線を移動させた——シノビのマキビシはティハナの影を縫っていた。

「外れよ」

ティハナが身を沈めた。右手のナイフが刺したのは、隣りの——ポーラの影だった。心臓が固まった。そこから湧き出た人影は、みるみるシャイアンの姿を取って動かなくなり——消えた。

「これだけよ」

ティハナが床からナイフを抜いた。おれは少し胸が楽になった。

「大したものね」

ティハナが笑いかけた。

勿論、左肩に血を滲ませながら立つシノビに与えた賛辞だ。声もなく彼を見つめる兵士たちの顔にも心境の変化が——感嘆の色が敷きつめられていた。

「あなた忍者ね」

「そうだ」

「私が小さい頃、うちの藩《HAN》にも忍者がいたと聞いたわ。でも、あなたみたいに凄かったとは思えない。御庭番《おにわばん》——とも違うわね」

「伊賀《いが》の山猿《やまざる》だ」

「だとしたら、子飼いのたるんだ連中とは訳が違う。ひょっとしたら、あたしたち助かるかも知れないわ」

どよめきが負傷者たちの間を渡った。

「伏せて！」

ティハナが叫んで身を屈めた。

疾風が窓ガラスを砕く音がした。それは壁と床とテーブルと負傷兵の身体を貫き、おびただしい数の矢に化けた。

第八章　山中の異界

1

悲鳴は断末魔に近かった――。十本二十本ではない。壁も床もまるでヤマアラシだ。不運な負傷兵は五、六本射込まれ痙攣するたびに血を吐いた。

ポーラはテーブルの陰、シノビは柱の向こうに隠れて無事だった。おれには例によって命中しなかった。

「あなた!?」

呪詛のような叫びを上げて、ティハナが駆け寄った床の上に、ハットンは二本の矢を胸と腹部に受けて倒れていた。

シノビが走り寄って、その体を奥へ引っぱり込んだ。テーブルを倒して盾にする。おれとポーラも駆け寄った。もう一つテーブルを倒して、

「どうだ？」

シノビに聞いた。返事はティハナがした。

「もう駄目よ」

口調の冷たさが、おれの眼をティハナに吸いつけた。シノビもポーラも同じだ。ティハナは気にもせず、土気色の夫の顔へこう語りかけた。

「随分前に、あたしの願いは自分を殺すことだろうって言ったわね、覚えてる？　私は黙ってた。今教えてあげる。答えはＮＯよ。私の望みはあなたを殺すことじゃない。苦しみ抜いて死ぬのを、

こうやって笑いながら見ていることだったのよ」

ハットンの因業《いんごう》そうな顔がひと呼吸《いき》で急変した。

子供には絶対に見せたくない表情というのがあるとしたら、これだ。驚きが含まれていたらまだ救われたろう。だが、皺深《しわぶか》い顔に広がったのは、どす黒い憎しみと怒りだけだった。

この爺いも、女房との関係を理解していたのだ。だから、次に出た声は、

「この腐れ牝《めす》犬め——宝は渡さんぞ。荒野の果てで、灰になれ。お前の身体は、コヨーテに食われ、両眼は禿げ鷹《たか》についばまれるだろう。地獄は——」

その口を、ティハナの唇が塞いだ。

ハットンの身体は一度だけ激しく震え、すぐに大人しくなった。

「別れの挨拶の途中で逃げてしまったわ」

哀しげな日本人の顔を、おれはしげしげと眺めた。

「来るぞ！」

シノビが鋭く言った。

テーブルが震え、床と壁を新たな数十本の矢が貫いた。

「おれたちが死ぬまで、射ちこむつもりか」

おれは負傷兵たちの方を見た。物音は一切しなかった。ひとりか二人のうめき声——それだけだった。

「軍医」

声をかけた。返事はない。

おれはティハナに、

「何人いるかわかるか？」

と訊いた。眼を閉じた女はすぐ、

「二人」

「――おい。これだけの矢だぞ」

「呪術師がいるのよ」

眼の隅で、シノビが動いた。

「何処へ行く？」

「始末しに」

「この量の矢だぞ。外にいたら格好の的だ」

「射ってるのは二人だ」

「おれも行こう」

「足手まといだ」

声だけが残った。ガラスを失くした窓から、影のようなものが飛び出したように見えた。シノビは消えていた。


隣りで、また立ち上がった。

ティハナ、とポーラが叫んだ。止める間もなく、コルトを手にした日本人の女はドアを抜けた。

どいつもこいつも勝手な真似ばかりしやがる。

追いかけたかったが、ポーラを残しては行けない。待つしかなかった。

十分ほど過ぎたとき、歩道のきしむ音が鼓膜を震わせた。近づいて来る。二人だ。おれはコルトの撃鉄を起こした。足音は閉じたドアの前で止まった。ポーラの荒い呼吸音が、ひどく近くで聞こえた。

ドアが開いた。頭から突っ込んで来た。

ひとりは三歩と進まぬうちにおれのコルトが空中で捕捉した。後頭部から脳漿が噴き出た。即死だ。

もうひとりも左肩を押さえた。ポーラの弾丸だった。そいつは身体をひねって床にたたきつけられ——闇に呑みこまれた。こっちが呪術師に違いない。

「ちぃ」

おれはポーラの周りの矢だらけの床に三発射ち込み、自分の足下に銃口を向けた。

おれの影から矢を撥《は》ねとばして躍り出たシャイアンは、おれの倍もありそうな大男だった。憑依する力はないらしい。コルトの引き金を引く前に、そいつは右手の手斧《トマホーク》を振り下ろした。

夢中で身をよじった。顔の左の床にぶ厚い鋼の食いこむ音がした。

おれは呪術師の腰にコルトの銃身をめりこませて引き金を引いた。そいつは痙攣しながら手斧を振りかぶった。もう一発。壁みたいな上半身が前へのめり、しかし、すぐ持ち直すや凶器を振りかぶった。

危《やば》い、と胸の何処かがつぶやいた。

そいつの顔が柘榴《ざくろ》のように弾けた。一瞬動きが止まった。巨体がおびただしい数の矢をへし折りながら床に倒れたのは、間一髪、おれが下から脱出した後だった。

ドアの前に立っていたのはティハナだった。両手で構えたコルトは硝煙を噴いている。わずかに遅れて、シノビが駆け込んで来た。

「無事か?」

シノビの問いに、おれは、何とかね、と応じて、

「これで全部か?」

と訊いた。

シノビはうなずいた。

「すぐに見つけるつもりが、隠形《INGYOU》の術にかかったらしい」

おれには意味不明だったが、その厳しい表情を、かたわらのティハナが、うっとりと見つめていた。

負傷兵たちたちは、うめき声をたてるのも忘れていた。

ポーラが突き刺さったままの矢を踏み折りながらそちらへ向かった。

死者たちの前で立ち止まり、ある一点を見つめた。おれのところからは見えながったが、シノビを射った若者の位置だったかもしれない。

少しそこに立ってから、ポーラはシノビの方を向いた。右手が上がった。コルトが握られたままだ。

撃鉄の上がる音を一番早く聞いたのは、ティハナだったに違いない。銃口は彼女の眉間を狙っていた。

このとき初めて、おれはポーラが涙を流していることに気がついた。

「コマンチにさらわれたとき、あたしには弟がひとりいたの。名前はグロスター・レイモンド、この一等兵と同じよ。顔立ちもそっくり」

「よせ」

これが生き別れた弟との再会だったのだ。ポーラは誰を射つつもりもなかったに違いない。逆に言うと、誰でも良かったのだ。

シノビが二人の間に入った。

数瞬の間、ポーラはコルトを維持し、それからゆっくりと下ろして、かたわらのテーブルにもたれかかった。

「そうだ。誰のせいでもない」

シノビの声には哀しみが揺れていた。それを聞くものは、おれたちしかいなかった。

「出ようや」

とおれは言った。夜はもう少し長く深い。それを過ごすのは、別の場所にしたかった。

外へ出て、おれはふり向いた。シノビとティハナしかいない。おれは溜息をついた。死者の中で過ごす夜は、おれたちのより、ずっと暗く長いはずだった。


翌朝早くから昼にかけて、おれたちは穴を掘って騎兵隊とシャイアンの死体を埋めた。浅いが仕方がない。次の街で近くの砦《とりで》へ連絡するつもりだったし、すでに別の隊が捜索に向かっているかも知れない。

おれも女たちもへたばりかけたが、シノビは平然としていた。こいつのシャベルの使い方はおれたちと違うらしく、ひとすくいで倍から三倍近い土が地面にばら撒かれた。おれたちはさんざん水を呑んだが、こいつは一度も口にしなかった。

こういう奴をみなＮＩＮＪＡというなら、リー将軍の下にＮＩＮＪＡが百人もいたら、白旗を揚げたのは、グラントの方だったろう。死体を放り込むのはおれも手伝ったが、土をかけるのは彼ひとりの仕事になった。

午後も大分遅くなってから、ティハナが、

「宝捜しを手伝わない？」

と訊いた。

「また穴掘りか、真っ平だ」

とおれは答えた。ポーラも同意した。これ以上、死者の町になどいたくなかったのだ。正直、宝自体も怪しいものだ。

シノビはそう思わなかったらしい。

「宝とは何だ？」

と訊いた。ティハナは白い歯を見せた。

「ずうっとずうっと昔に海の底に沈んだ大陸で崇め奉られてた古い神さまの護符よ。値段がどうこうよりも、それを持つと神さまと意思の疎通が出来て、願いを叶えて貰えるらしいわ」

「その大陸は、この下にあるのか？」

自分でも愚かな質問だと思った。

「いいえ。でも、世界はひとつでしょ。何処かでつながっているらしいわ」

よくわからなかったが、

「力を貸そう」

とおれは言った。

神さまがクトゥルーとは限らないが、まず間違いあるまい。それとツーカーの仲になり、願いも聞いてもらえるとなれば、多少の労力の提供と廻り道は仕方がない。

「おれもだ」

シノビも同意した。

こいつも同じことを考えたのだろう。

「ひとりで沢山だと思うけど、お願いするわ。だけど、約束して頂戴。決しておかしな事をやらかさないって」

「誓おう」

おれは右手を上げた。シノビも真似をした。

ティハナは子供のような笑みをシノビに与え、おれには苦笑して見せた。

「こっちよ」

五十歩ほどで、おれたちは同じ墓地の敷地内――昨夜、ティハナと亭主が炎を見つめていた一角に辿り着いた。

二人のテントも馬車もそのまま残っていた。二頭の馬は草を食《は》んでいる。

昼間見ると、古い墓石が土から覗いていた。表面に奇怪な、しかし何処かで見た覚えのある文字が刻まれている。〈ダゴン秘密教団員〉にしか記憶にない文字が。

「この墓よ」

ティハナが土を蹴った。

「こんなに簡単に見つかったのか？」

おれは石板を見つめた。

「いえ、夫の――ハットンの術の力よ。海底からここまで上がって来たの。私に呪術を仕込んだアパッチは、一族の中でも特別な存在だった。太古の古い神々と交信が出来たのよ。そのせいか、私が一族に加わったときはもう、半ば発狂していたわ。そして、半年と経たないうちに狂死。最後の三カ月は水しか飲まず、神々の言葉を聞くんだと、テントに閉じこもっていた。人間には無理だったのよ。それを可能にするために、彼の周囲には奇怪なことばかりが起こったわ。不気味な地鳴り山鳴りは定番だったし、部族の者がみな、何かおかしなものが周りにいると騒ぎ出し、そのうち、男女を問わず人が消えはじめたの。そして、ある匂いが野営地中に漂い出した。私にしかわからなかったけど、それは潮の匂いだった。この乾いた、風と砂埃だけの大西部に、海の底にいるものがやって来たのよ。その匂いに包まれて眼を醒ますと、野営地全体が、雨も降らないのに水浸しってことがよくあった。水？　いいえ、それは海水だったのよ。今まで消えた連中は、みんな泥の中に吸い込まれ、海底に眠る太古の神の生け贄にされてしまったんだわ。狩りに出ても獲物はいなかった。野営地を訪れた白人猟師の話によると、ここへ辿り着く前に、野営地の森から、おびただしい動物が走り出しては、平原の彼方へ去るところを見たそうよ。まるで、何かに怯えて逃亡するように見えたって。その代わり、飢えが極まる寸前、必ず天から魚が降って来たの。一族の者には未知の魚だった。海の魚とわかったのは私だけよ。それでも、見た覚えのない形と色のものも沢山混ざっていたわ。私たちの知らない、深い深い海の底で生まれた魚たちよ。あるものは眼球が飛び出し、あるものは口から内臓を吐き出していたわ。それでも焼けば美味しかったけどね。呪術師に尋ねると、やはり太古の神の贈りもので、神はそうやって、色々な島の人間たちや漁師たちを籠絡し、人間たちを生け贄に捧げさせていたのよ。でも、神は直接人間たちと取引したりはしないの。人間の前に姿を現し、交わり、子供を産ませるのは、神の従者——ダゴンとハイドラ、その下僕たる〈深き者たち〉。でも、私も一族の者たちも、それらのただひとり——或いは一匹も目撃したことはないわ。そうこうしているうちに、失踪する者の数は次第に増え、牛や馬も減っていった。何もかも三分の一になったとき、呪術師が終わったと叫んだわ。神は我々の願いを聞き届けた。直接、交信するための品を与えてくれたのだ。これにより、我々は白人に奪われた祖先の地を取り戻し、前にも増して豊かな大自然の恵みを受けることが出来るだろう、と。でも、そうはいかなかった。誰かがその神は邪な神だ、と言い出したのよ。生け贄を見返りにその望みを叶えてくれる神が、真の豊かさ、正しい宇宙の規律に守られた大自然を返してくれるはずがない。それは偽りの恵みだ。我々はあくまでも、この地球にいる我々の神を信じ、それによって与えられる運命を甘受すべきである。その果てが一族の滅亡であっても、それが正しい神の御心ならば、抗うことはない。アパッチはまだ正しい精神を持っていたのよ。自分たちの呪術師が勝手に崇めていた神が、この世界を統べる大いなる大地の神と異なるものだと知ったとき、彼らは呪術師に歯向かった。けれども、彼はその邪神のための秘儀を、こっそりある人物に伝えていたの。それが私。

私の実家の近藤家は、陸奥《MITINOKU》の某藩で神事《SHINJI》をよくする家柄だった。私はその直系のひとりとして、生まれつき不思議な力を持っていたわ。他の人々には見えないものが見えたり、聞こえない声や音が耳に入って来たりした。アパッチの呪術師はそれを見抜いて、夫の酋長には内緒で私に術を仕込んだのよ。ここの宝についても詳しく教えてくれたわ」

シノビが訊いた。

「それを掘り出したら、どうするつもりだ？」

「何も」

ティハナは首をふった。笑っているように見えた。それから、

「トリアエズハネ」

と言った。

日本語だろう。

2

風が出て来たようだ。

日本人の女は熱っぽい眼でシノビを見つめていた。

「一緒ニ帰ロウ」

と切り出した。

「コノ宝ガアレバ、何デモ出来ル。神ト話セルノヨ。世界中ノ富ト力ガ私ダケノ物ニナルワ。二人デ日本ニ帰ッテ神ヲ喚ビ醒マスノヨ。偉大ナルCTHULHUヲ」

おれはコルトを抜いた。

「シノビ――何と言っている？」

「日本へ帰りたいそうだ、おれと一緒に。そして――」

「クトゥルーを喚《よ》び出そうってか？　大体のところはわかるぜ。おまえと二人して、世界を牛耳ろう――どうだ？」

「正解だ」

「おまえはどうする？」

「おれの仕事はひとつだ」

「ほお。そいつは助かる。なら、そこを離れな」

「どうするつもり？」

ティハナがおれを睨みつけた。

「正直、どうしたもんか迷ってる。おれの仕事には直接関係ねえとそっぽを向いてもいいんだが、おかしな真似をしでかして、教団に迷惑をかけられるのも困りもんだ。後でバレたら大目玉だろう。ここで始末するのがいちばんいい。しかし、それも酷《こく》って言や酷だ。どうだ、手ぶらでここを去れ。そして、もうクトゥルーのことは忘れろ――そうすりゃ命だけは助けてやる」

いつの間にか、ティハナは俯いていた。安堵したのかと思った。

シノビが離れろ！　と叫んでも、すぐには反応が出来なかった。

「何処かへ行け」

ティハナの声がそう言った。

最後の意識は、突然吹きつけられた風が背と腰に巻きついた、との知覚であった。

しかし、すぐに我に返った。心臓がひとつ、どんと鳴った。周りの光景がまるで違う。見渡す限り――いや、前方の岩山を除いて茫々たる平原だ。墓地じゃない。勿論、シノビも二人の女もいなかった。

左方を一本の道が走っている。そこまで行くのに歩いて五分もかかったが、身体に異常がないのは確認できた。

道は前方の岩山へ吸い込まれていた。轍《わだち》の跡がはっきりと残っている。駅馬車がここを通るのだ。

辿れば何処かの宿駅《しゅくえき》に着く。いつかは不明だが。

身につけていた品は、全て揃っていた。逆に言うと水も食糧もない。ふり仰ぐと、太陽の大きさと陽射しが、昼遅めの時刻――午後三時頃だと教えた。

「何処だ、ここか？」

口に出しても返事はない。何が起きたのかは――何となくわかっていた。おれの脅しに怒った、ティハナが何か術をかけやがったのだ。確かに、おれはあの女の台詞どおり「何処かへ」飛ばされてしまったのだ。

しかし、歩き出さないと、腹が減るばかりだ。おれは岩山への道を辿りはじめた。

歩きながら考えた。ティハナがおれをここへ送り込んだ理由は、特にあるまい。

「何処かへ行け」

そのとおりだ。とにかく人のいるところへ辿り着き、状況を確認することだ。手を打つのはそれからだった。

水も食糧もないが、その分、身軽だ。宿駅にも一日か二日歩けば着く。先のことは気にせず、おれは歩き出した。辺境を旅するのに明日はないのだった。

岩山へ入ると、左右から岩塊がのしかかって来た。それだけで通行人がつぶれちまいそうな圧迫感がある。

五〇〇メートルほどで広場に出た。おれが強盗ならここで待ち伏せる。

同じことを考えた奴がいたらしい。

駅馬車が止まっていた。

殺られたな、と思った。皆殺しだ。でなければ奪《と》るものを奪った強盗は、馬車を行かせて自分も逃亡する。馬車が残っているのは、最悪の証明だ。

馬がいない。強盗が連れて行ったのだ。

馬をつないだロープと軛《くびき》が地面に落ちていた。ロープの先を見て、おれは眉を寄せた。

馬が倒れている。いや、こんなに平べったいはずがない。

思わず口を衝いた。

「これは――皮だ」

判断は正確だった。まぎれもない生皮だけが六頭分地面に広がっていた。

眼窩《がんか》は黒い穴で、口には歯も――いや、骨も内臓も丸ごと抜き取られている。広げて調べたが、傷ひとつなく、どこにも一滴の血も付いていないときた。あの臭いが鼻を衝いた。海だ。

悪寒《おかん》が襲い――すぐ熱に変わった。間違いない。ほんの少し前、クトゥルーの血を受けたものが――形を持つ夢が、駅馬車を襲ったのだ。

おれとしたことが、ようやく駅者台《ぎょしゃ》に、これも皮だけの駅者と護衛《ショットガン》を見つけた。服を着けてるだけに、馬よりも気味が悪い。皮だけの指は、手綱と散弾銃《ショットガン》をそれぞれ握りしめていた。

馬車の内部《なか》を覗いた。客は五人――状況は駅者台と同じだ。乗車したときから、いざという場合のホールドアップは覚悟していただろうが、金目のものの代わりに身体の中身が持って行かれるとは考えもしなかったろう。

おれは馬車近くの足跡を調べたが、発見できなかった。

こうなったら、次の町へは反対側から入らなくてはならない。いずれ捜索隊がやって来る。そのとき、駅馬車と同じ方角から来た旅人など疑惑の最右翼だ。

乗客のひとりが膝に乗せていた鞄から、ウィスキーの瓶がはみ出していた。旅の酒商人らしい。はみ出た一本を頂戴し、立派な身なりをした男の上衣《うわぎ》から財布を抜き出して、十二枚入っていた百ドル札のうちの一枚を拝借した。こっちはスッカラカンだ。神も許してくれるだろう。どの辺の神かは知らねえが。

馭者台の下から、たっぷり水の詰まった水筒と固いパンの塊とチーズが出て来た。

まとめて頂き、おれは前よりずっと力の入った足取りで歩きだした。

半時間ほどで岩山を通り抜けるつもりが、道に迷ったと悟った。他人《ひと》に出食わしたくなくて、横道へ入ったのがまずかったらしい。

おれは、ますます巨大化と奇形化を増す岩塊の間を縫い進み、街道から遠去かっていくのを感じた。

しかも、真っすぐに進んでいるはずが、堂々巡りに陥っているような気分が抜けない。坂を上がれば沈んで行く。下れば上がって行く。右へ曲がったと思えば左で、前進するはずが、いつの間にか後退に励んでいるのだった。

この岩山では、空間が歪んでいるのだ。

これでは死ぬまで人里にでられないかも知れない。不安の翳がさしたとき、頭上から、

「動くな」

野太い声が命じた。

道が右折する地点で真正面に当たる岩上に、ごついスペンサー・ライフルを構えた男がおれを見下ろしていた。野牛狩《バイソン・ハンティング》り用の五〇口径だ。単発だが、この距離なら十分だろう。

「何者だ？　どっから入って来た？」

鹿皮をなめして粗っぽく縫い合わせたようなシャツとズボンを身につけた、いかにも山賊らしい感じの大男だ。熊みたいな髭が凶悪な印象をさらに強めている。

「街道からだ。名前は〝シューター〟」

「賞金稼ぎだな!?」

おれは眼を閉じた。名前が売れるのも良し悪しだ。

「あんた――お尋ね者か？　そう言や、どっかで見た顔だな」

「セス・ボーダーってんだ。十年前に土地争いでひとりぶっ殺したことがある」

記憶が閃いた。

「思い出したよ。確かそんな名前の男がいた。とっくに捕まったと思っていたが、こんなところに隠れていたのか？」

「そんなつもりはなかった」

男――セス・ボーダーは悲痛な声をふり絞った。

「怖くなってここへ逃げ込んだが、すぐ自首するつもりだった。ところが、こっから出られなくなっちまったんだ」

おれは内心、ああと嗟嘆《さたん》した。

「もう十年もこの岩山の中にいる。幾ら出ようとしても、同じところへ戻っちまうんだ。女房や子供とも会えねえ。獣が獲《と》れるし水場《みずば》もあるから生きてくことは出来るが――あんた、どうやって入って来た？　おれを連れて行け」

おれはふり返って、

「いいや」

と返した。

「道はもう閉じている。おれも同じ境遇だ」

ボーダーはライフルを下ろしかけ、すぐに取り出して訊いた。

「おれを殺しに来たんじゃねえのか!?」

「済まんが、名前も忘れかけていた。他に迷い込んだ奴はいないのか？」

「いや、他にも二人見たことがある。ひとりはおれと同じ運の悪い迷い込みだが、もうひとりはわからねえ」

「わからない？」

「ああ。そいつはちゃんとした家持ちなんだ。いつもきちんとした服装《なり》で、行ったり来たりしてる――と言っても、何度も見たわけじゃねえが、確かにおれたちとは違う野郎だ。あのな、年齢《とし》を取らねえのよ」

来た。

「近くで見たわけじゃねえし、しゃべったこともねえが、この十年で四度見かけた。少しも変わっちゃいねえんだ。十年だぜ、おい」

「どうして話さなかった？」

「向こうが無視しやがるのさ」

「名前は――わからんか？」

「残念だがな。もうひとりの奴はどうか知らんが。そうそう、こいつは女だ」

「女？」

「そうだ。初めて見たのは四年くらい前だ。ひどく遠くで声をかけても届かなかった。すぐ見えなくなっちまったしな。殊によったら、死んだか逃げ出せたのかも知れん」

「出られるのか？」

「その、おかしな野郎はな。七、八年前に一度だけ、食料らしい袋を別の馬の背に積んで戻って来るのを見たことがあるぜ」

3

「買い出しか」

その光景を想像して、おれは笑いたくなった。

クトゥルーの夢が、遠い町の雑貨屋に出かけ、パンやチーズや小麦粉を買い込んで、皺くちゃのドル札を払う。釣りも貰うだろう。そして、また何キロも馬を駆って、最後はとぼとぼとこの岩山へ戻ってくる。

「訳がわからねえな」

「あんた――その男を追ってきたのかい？　にしちゃ、随分と軽装だな。馬はどうした？」

「食われちまったよ。中だけな」

ボーダーの頭の上に、？マークが点《とも》った。

「よくわからねえが、久しぶりに会った人間だ。おかしな真似をしねえと誓うなら、うちで一杯やるか」

「是非、頼む」

「よっしゃ――来な」

　ボーダーはスペンサー・ライフルを下ろした。元は野牛狩人《バッファローハンター》かも知れない。

　おれはボーダーの待つ岩場へ上がった。もう消えているのではないかと思ったか、彼は岩に影法師を落としてそこにいた。

　岩棚を歩き、三十分程で到着した家は、小さくはあったが、頑丈そうな無駄のない作りだった。後方には深い森が広がっている。迷宮にある家とは信じられなかった。森からは鳥の鳴き声も聞こえた。

「昨日のシチューの残りがあるが、食うか？　鹿だ」

　ボーダーの申し出に、俺は一も二もなくうなずいた。シチューも飽きたので、新しい獲物を捜しに出かけておれを見つけたのだと彼は言った。

　固めの鹿肉も、倍も固いチーズも、十倍難儀なパンも、俺にはご馳走だった。

「美味《うま》そうだな」

とボーダーが驚いたくらいである。

「何だか、自分に自信が湧いて来たぜ」

「ああ。大したもんだ」

　おれはフォークとナイフを動かす手を休めずに言った。

「ここを出られたら、料理人の修業を積みな。一年かそこらで、パリのレストランでも通じる腕になるだろう」

　本音だった。鹿の肉には独特の臭みがあって苦手とする連中も結構いるが、ボーダーの料理は見事にそれを消している。しかも肉汁の味が絶品だ。

「そ、そうか」

満更《まんざら》でもなさそうだ。十五年も人間社会から隔絶していれば、自分を見つめる機会は十分にある。

「それに、この椅子も机も棚も手作りだな。家具職人でも一流になれるぜ」

おれはすわり心地が抜群なくせに、頑丈さも伝わってくる椅子の具合を確かめながら言った。

「へへ、家もおれが建てたんだぜ」

「いま、それも言おうと思ってた。大工でも十分に通用するだろう」

ボーダーが身悶《みもだ》えして歓喜を表した。辺境をさすらう人間に必要なのは、まず乗馬と銃の腕だ。後はつけ足しでいい。土地争いで殺人を犯したのなら、彼は農民だろう。ひとりで山男のような暮らしを続けていくうちに、別の才能が開花してしまったのだ。

「何か、あんたと話してたら、急にここを出たくなっちまったぜ。いずれはひとりで死ぬんだと覚悟してたのによお」

彼は食器を置いて、窓の外を眺めた。

「ああ、故郷へ帰りてえ。あの小麦が金色に波打ってたオレゴンの畑と家族のとこへよお。なあ、おれはどうしてこんなところでひとり暮らしをしてるんだ？」

石の筋が皺を作っているようないかつい顔を、涙が伝わった。

「ご馳走さん」

俺は膝上のパン屑を払い落として立ち上がった。

「何処へ行くんだい？」

ボーダーは素早く涙を払った。

「あんたの言ってた、おかしな奴の家へさ。ひょっとしたら、おれが捜してる相手かも知れん。だとしたら、そいつさえ片づければ、おれもあんたも、もうひとりの女も故郷へ帰れる」

「そいつが違ったり、あんたが殺られたりしたらどうする？　おれはまたひとりぼっちで暮らさなきゃならねえ。駄目だ。せっかく相棒が出来たのに、絶対に行かせねえぞ。あんたはここにいろ、見てきた町や女のことを聞かせるんだ」

ボーダーは膝上のスペンサー・ライフルを構えようとした。

だが、引き金に指をかけたところで、おれの銃口は彼の眉間に狙いをつけていた。

「悪いが、おれは行かなきゃならん。そいつ以外にも追いかけてるんでね。そいつの家まで案内してくれんか？」

「嫌だ、あの家はしょっ中、居所《いどころ》を変える。ひと月前は西の岩上にあったかと思うと、今日は東の森の中に移ってるんだ。今は最後に見たのと別の土地にあるかも知れねえ。それによ、あんたが殺られたら元も子もねえ。里心なんかつけやがって、その責任も取らねえで勝手なことを言うな。おれは絶対にしゃべらねえ。知りたきゃ、おれを射ち殺して、死体に聞くがいいぜ」

コルトが咆哮した。

ボーダーは右の耳を抑えて身体を半回転させた。手と耳の間から鮮血がしたたり落ちて、ジーンズと床を染めた。

「耳たぶだが、痛いだろう。左も失くしてみるか？」

おれは撃鉄を上げた。相手を怯えさせるのは、弾丸の痛みよりも、それを射ち出す人間の精神《こころ》だ。ボーダーは一も二もなく屈服した。

「あそこだ。まだ在《あ》ったな」

ボーダーの指さす先に、おれは彼の家の倍も大きい丸太小屋を確認した。おれたちがいるのは、そこから一〇〇メートルほど離れた岩の上である。彼の馬に二人乗りで二時間。岩山の中の開けた土地であった。

家自体は、ボーダーのものと五十歩百歩だが、おれは首を傾げた。家全体が妙に歪んで見える。右方に傾いているのかと思えば左に歪み、屋根の傾斜も瞬《まばた》きのたびに変わる。

おれは眼を閉じた。めまいに襲われたのだ。間違いない、ここはクトゥルーの夢の棲み家なのだ。

「ここで別れよう」

おれはボーダーに告げた。

「世話になった。何とかやってみる。耳のことは済まん」

ボーダーは首をふった。

「いいさ。それより、うまくやりな。おれを家族のところへ帰してくれ」

おれは答えず岩場を下りた。たかだか一〇〇メートルでも、岩場を歩いていくと汗まみれになった。

家の前に馬をつないでない。納屋にもいなかった。留守か。

ドアには鍵がかかっていなかった。無用ではなく、盗っ人などいないのだ。

一歩入ったあと、またもめまいがおれを襲った。天井は傾き、床が沈む——と思えば、その片端が持ち上がって廻りはじめる。

目を閉じた。これがまずかった。意識が暗黒に吸い込まれていく。

閉じ込められる。

おれは遠くで、ある呪文を唱える自らの声を聞いた。インスマスの〈ダゴン秘密教団〉本部で教えられた心霊防禦法のひとつだ。

いあ　いあ　ゆるばるがいいあ、んずりはいそる
衝撃が全身を打った。床の上にひっくり返っていた。倒れたのではない。この衝撃は——落ちたのだ。どうやら、本当に何処かへ持って行かれるところだったらしい。

「とんでもねえ家を建てやがって」

おれは必死に吐き気をこらえた。

家の内部は外見と同じく、どこにでもある作りだった。椅子とテーブル、食器棚、窓には鹿の皮をなめしたカーテン。ベッドが隅にある。どれも人間用だ。台所はない。不要なのだ。

奥のドアがおれを引きつけた。納戸のようだ。近づいて耳を当てた。かすかに音がする。

おれはノブを掴んで引いた。

ひい！　と声が上がった。

窓ひとつない、闇の這う床の上に、ドアからの光が後ろ手に縛られた裸の女を照らし出した。ロープは両足首に食い込んでいた。乳房といい尻といい、ひどく肉感的な女だった。部屋の隅に衣

服が放ってある。

埃にまみれているが、肌の艶と張りからして、まだ二十代だろう。かなりの別嬪だ。欲情している暇がないのが残念だ。

恐怖にすくみ上がった顔と身体がおれを認めた途端に溶けた。裸など気にする風にも見えない。必死の表情で、

「あいつの仲間じゃないわよね。助けて」

「あんた誰だ？」

とおれは訊いた。

「サマンサ・パーカー。この——と言っても、ここが何処だかわからないけど、岩山の近くにある牧場の娘よ。四年前、急に隣町へ行く用事が出来て、危ないと思ったけど、岩山を抜けたのよ。そしたらこんなところへ。あいつに捕まったのは一昨日よ。ねえ、早く助けて。あいつ、じきに帰って来るわ」

「何処へ行った？」

「わかんない。きっと餌捜しでしょ。ねえ、早く連れ出して。あいつが帰ってきたら、あたしまた食われるのよ」

「食う？」

改めてサマンサを眺め、おれはすぐ言葉の意味を理解した。

娘の胸は右の乳房がなかった。代わりに白っぽい袋みたいなものが貼りつけてある。なぜもっと早く気づかなかったのか不思議だった。皮だけ残してきれいに消えているではないか。

脳裡に何が浮かんだかは言うまでもなかろう。あの駅馬車の馬と乗客の名残りだ。ここの住人は、

この娘を少しづつ食っていいる――吸い取ってぃるのだ。

「痛みは？」

と訊いてみた。

「ないわ。あいつが口をつけると、そこから中身が――あたしのお乳の肉が、すっぽりと吸い取られてしまったのよ。吸い取ったとき、あいつは言ったわ。次は左だって」

疑問が湧いた。

駅馬車の乗客は、一遍に中身を吸い取られた。なのに、この娘はまず胸だった。おれの顔を見て、サマンサもそれに気づいたらしかった。

「おまえを少しづつ食うのは、美人だからだって言ってたわ。その間は他の女たちを食うって」

おれはサマンサの前にしゃがみこみ、その顎に手をかけた。

「助けて欲しいか？」

「え？」

「おれはおまえに用はない。助けてやってもいいが、おまえが食われても何も感じない。だから、助けて欲しければ、ひとつ役に立て」

サマンサは虚ろな表情になった。救世主が突然、冷酷非情な通りすがりの男に化けた――その変貌が理解できなかったのだ。おれは構わず掴んだ顎に力を加えてゆすった。

「わかるな、おれの言ってることが？　返事をしろ」

「え、ええ」

「よし。大したことじゃない。このまま、奴が帰ってくるまでそうしてろ。おれが来たことは一切しゃべるな。奴の好きにさせるんだ。奴は多分、言葉どおり、おまえの残った乳を吸い取りに来る。黙って吸わせろ。奴は必ず油断する。そのとき、おれが仕留める。後は家まで送ってやろう」

「やだ、いやよ。おっぱいをもうひとつ、あんな風に吸い取られるなんて」

「あんな風?」

「ううん、じっくりとやるの。何分もかけて」

サマンサの眼から涙がこぼれた。歯がガチガチと鳴った。そのときの光景を思い出したのだ。

「辛いだろうが我慢しろ。二秒とかからない。それだけでおれが後ろからやつを射ち殺す。二秒だ。それで生きて家へ帰れるんだ。耐えろ」

「でも……でも……」

「嫌なら、縄をほどいてやる。今すぐ出て行け。だが、この岩山からは脱出出来んぞ。そして、すぐ見つかっちまう。そうしたら、もっと残酷な食われ方が待っているだけだ」

「嫌だ……どっちも嫌だ……助けてよ……あんた男でしょ。女になんてことさせるのよ?」

「女にも色々あってな」

おれは、涙目のサマンサに嘲笑で報いた。立ち上がり、部屋へ戻ると、椅子の上に放り出してあった品を手に取って、また女のところへ行った。

ガンベルトとコルトだった。真珠貝《パール・シェル》の銃把《グリップ》なんて、男は使わない。

撃鉄を上げ、押さえたまま引き金を引いて、そっと戻した。

「撃鉄《ハンマー》も引き金《トリガー》もひどく滑りがいい。撃鉄に鑢《やすり》をかけて、指がひっかけやすくしてある。こんな物をぶら下げて歩くのは、農場の娘じゃなくて、プロの拳銃使い――殺し屋だ。おまえが誰でもいいが、お涙頂戴の芝居はここまでにしろ」

サマンサの表情が、悪魔の形相に変わった。

これで眼が赤く染まったら本物の悪魔だ。

「いいわよ、協力してあげる」

声も嗄《しわが》れ声に変わって、

「その代わり、しくじったら承知しないわよ。あいつに頼んで、必ずあんたを吸い殺してもらうわ。一週間もかけて、少しずつね」

「好きにしな。じゃ、いいんだな？」

「任しときなさいよ」

保証した女の顔は、憎しみに歪んでいた。

そのとき――外で馬の鳴き声がした

第9章　墓石の町へ

1

「頼むぜ」

おれはサマンサにそう告げて、素早く納戸を出た。ガンベルトとコルトをもとの位置に戻し、ドアを閉めて、床を一瞥した。靴跡は残していない。

蹄の響きと馬の呼吸音が前庭へ入って来た。

納戸の横に裏口があった。そこを抜けて、ドアを閉じ、おれは窓のところへ行って、室内の様子を窺った。

一分もせずに。鞍を下げた男が入って来た。ひどく痩せているせいで、長身がより高く見えた。賭博師みたいな派手なチョッキを着て、上着は金ボタン――腰のガンベルトは真っ赤で、銃把は象《ぞう》牙《げ》で出来ている。賭博師としか思えなかった。

口笛が聞こえた。

「寂しい草原に埋めてないでくれ《OH, BURY ME NOT ON THE LONE PRAIR》」だった。もとは英国の水夫の歌だったと聞いている。海も草原もひとりで眠るには寂しすぎるというわけだ。

男は鞄をテーブルのそばに置くと、サマンサを放り込んだ納戸の方を見て、にやりと笑った。おれの背すじに冷たいものが走ったほど不気味な笑みだった。

帽子をテーブルに置いたが、ガンベルトは外さなかった。用心深い野郎だ。ボーダーのことを気にしているのかも知れない。二キロを超す武器弾薬を腰に巻いたままで家ん中をうろつくのは、大層しんどいはずだが、外そうという気配もない。疲れなど感じていないのか。

男は真っ直ぐ納戸へ歩み寄って、ドアを開けた。サマンサの怯えた声が上がる。

おれは素早く玄関の方へ廻った。コルトを抜いてさっきと反対側の窓から覗いた。

男はサマンサを抱き上げ、軽々とテーブルの前の椅子に座らせた。

「今日はいい餌が見つからなかった。昨日はたっぷりとありついたが、それでもおまえの乳ほどじゃなかった」

男は舌舐《したな》めずりをした。

それを睨みつけて、サマンサは、

「変態」

と叩きつけた。それは男の笑みをさらに不気味で好色なものに変えた。

「その勝気なところがたまらんのだ。約束どおり、残りの乳をいただくとするが、もっと口汚く罵って、私を昂《たかぶ》らせてくれ」

「ええ、いくらでも言ってあげるよ、このど助平《すけべえ》、変態エロ爺い、毒蛇野郎。この手が自由になったら、いますぐその玉を抜いてやる」

「おお、おお、そう来なくてはな。もうおまえを吸い尽くしたくて、下半分が疼《うず》いている。まるで夢から醒めそうな気分だ。では——いただくとしよう」

男の両手がサマンサの胸のあたりで動くと、縄がずれ、残った乳房が剥き出しになった。

ずっしりと重そうなそれを、男は右手ですくい上げるように持ち、恍惚《こうこつ》と顔を近づけた。

ぺろりと乳首を舐めた。サマンサの顔が歪む。

男の手が肉光りする下半身へとのびた。腿の間を割ろうとして、

「おっと、これではいかんな」

身体をずらして足首のロープに手を触れた。たちまちとけた。サマンサが拒絶する間もなく、ごつい指が股間に吸い込まれた。

「あ、あーっ」

身悶えするサマンサの反応を確かめ、男の濡れた唇が乳首に吸いついたとき、おれは家の中へ入った。

「あ……あ」

サマンサがのけぞった。

おれは男の後ろ姿――後頭部に狙いをつけて撃鉄を起こした。

その音が男の背を凍らせた。

サマンサが思いきり身をよじって、男の忌まわしい口から逃れた。

「これは――」

男が言いかけた瞬間、おれは引き金を引いた。後頭部から突入した弾丸は、男の眉間から脳漿と一緒に抜けた。一部がサマンサの乳房にかかり、悲鳴を上げさせた。

男の身体は衝撃で前へのめり、頭だけ戻って身体は椅子からずり落ち――なかった。

両足を踏んばり、男は立ち上がった。おれはその心臓を射った。確かに命中したにもかかわらず、男はよろめいただけで、こちらを向き、正面切って対峙《たいじ》したときは、全身に力を漲《みなぎ》らせていた。

胸の出血と眉間の弾痕が消えているのをおれは見届けた。

「おれはネッド・モンティラゲートだ。警告もなしに後ろから射つとは賞金稼ぎか?」

「〝シューター〟ってもんだ」

おれは次に打つ手を考えながら名乗った。

「噂は聞いている。おれを狙っていたのか?」

「ボブ・バランもだ」

「ほお、生命知らずだな」

モンティラゲートがにやりと笑った。わずかに口の中が見えた。真っ赤だ。

おれはもう一発、顔面に叩き込んだ。

血が飛んで――空中にあるうちに掻き消えた。

「おれはどうやら、何かの力で守られているらしい。幾ら射たれても、痛くも痒《かゆ》くもないんだ。今まで百人以上とトラブったが、みな射ち殺した。そのくせ、博打《ばくち》になると、おれは西部一イカサマの下手な賭博師だ。親を怨むぜ。不死身なんぞより金儲けの才能が欲しかったよ」

　モンティラゲートが拳銃を抜いた。レミントンM1858だ。今どき、こんな雷管式拳銃を使う奴というのも珍しい。それで、ガンベルトに弾丸ではなく、輪胴《シリンダー》を嵌《は》め込んであるわけだ。おれが使うコルトは金属薬莢《メタル・カートリッジ》式だから弾頭《ヘッド》と火薬《パウダー》と雷管《プライマー》をひとつにまとめた薬莢《ケース》を一発ずつ輪胴にこめるのだが、このレミントンは別々に輪胴に押し込めなければならないから、装填に時間がかかる。ただし、たやすく二つに分解出来るコルトの雷管式《パーカッション》と違って、このレミントンは一体型のソリッド・フレームを採用したため、遥かに頑丈で精度もよく、南北戦争当時は支給されたコルトよりこちらを好み、私費で購入する将校が多くいた。

　問題の装填時間に関しても、おれのコルトは弾丸を一発ずつこめなければならないが、このレミントンはを心棒を抜いて下方のローディング・レバーを倒すだけで、輪胴が外せる。つまり、重量とかさばり具合に耐えて、装填済みの輪胴を何個も携帯していれば、コルトより遥かに素早く次の射撃に移れるわけだ。

　ローディング・レバーの角度のせいで、全体に三角形を構成する1858は、でかい銃口をおれの鳩尾《みぞおち》に向けて静止した。

　おれはモンティラゲートの顔を見ながら、

「親と言ったな。あんた親の顔を知ってるのか？」

と訊いた。おれにも興味津々《しんしん》たる問題だったからだ。

困惑が賭博師の顔をかすめた。それはすぐ、驚きに変わった。

「貴様――おれの親について何か知ってるのか？」

「ああ。少しな」

「話せ。聞かせてくれ。おれの両親は何処の誰なんだ、今は何処にいる？」

「やはり――忘れてるのか」

本当は、無いのだ。最初から。教団によると、彼らは成人の姿で夢となり、実体化した。そのため、それ以前の記憶は持ち合わせていないのだ。

「聞かせて欲しけりゃ、それをよこせ」

とおれは交渉に移った。

モンティラゲートはちらと1858を見つめ、銃口を下に向けた。しめた。また上がった。

「駄目だ。おまえは危険だと、おれを守ってくれているものがささやく。両親のことは、いつか別の奴から聞く。おまえはここで死ね」

いきなり室内に雷鳴が轟いた。三度ずつ。おれを見つめたまま、モンティラゲートは、きょとんとした表情でまばたきを繰り返した。胸には三個の弾痕が開《あ》いている。

「こいつは面白い。おれのは三発とも貴様を外れて、後ろの壁にめりこんでいる。どうやら、おれと同類か。となると――お互い、殺し方を捜さなければならんな」

「そういうこった」

おれはコルトを上げた。賭博師のレミントンも銃口を起こす。どちらも扇射《ファニング》ちだった。暴発よけに六連発には五発しか込めない。残り二発ずつ。おれの弾丸《だんがん》は命中し、彼の弾丸《たま》は外れた。

おれはコルトをホルスターに収めるや、床を蹴った。

モンティラゲートは両手を顎の両脇に構えて動かない。左フックと見せかけ、おれは右のストレートを放った。

賭博師の顔がすっと遠去かり、眼の下を黒い閃光が走った。こめかみの衝撃が、おれを暗黒で包んだ。気がつくと左膝をついていた。

モンティラゲートは左足を浮かせて、晴れやかに笑った。

「おまえは当たらない術をかけられているが、おれは当たっても死なん」

「セントルイスで、何処かの東洋人から習った技だ。ムエタイとか言っていたが。弾丸はよけられても、拳は駄目らしいな。なら、勝敗は決まりだ。東洋人を怨むがいい」

左足が真っすぐ来た。ブロックした両手が痺れた。ぐらついたところへ右足がこめかみに激突した。今度は何とかこらえた。間一髪で頭をずらしたらしい。だが、両膝がふらつき、おれは前のめりに倒れた。

モンティラゲートがどうやっておれを始末するつもりだったのかはわからない。長靴の踵《かかと》で顎骨を踏み砕く――こんなところだろう。だが、そうはいかなかった。窓の外で下腹に響くような大口径ライフルの銃声が轟き、窓ガラスが砕け散った。

夢中で顔を上げると、モンティラゲートは砕けた窓から壁の方へ移動していた。

窓の方を見てからおれに、

「仲間がいるのか。だが、外れたぞ」

と言った。

「そうかしら」

彼は声の方――納戸の方へと身をよじった。

黒煙を火花と銃声が突き破った。

二発とも賭博師の鳩尾に当たって、彼を後退させた。窓のところへ。

もう一度、スペンサー・ライフルの重い轟きがおれの下腹をつぶし、モンティラゲートの頭を西《すい》瓜《か》のように四散させた。傷は塞がっても、首は生えて来ない。

だが、おれが立ち上がると、モンティラゲートの胴体はふらふらとゆれながら蹴りを放って来た。ボディに一発食らわせた。首無し賭博師は呆気なく身体を折っておれに抱きついた。それが最後だった。痙攣のひとつもせず、すぐに滑り落ちて動かなくなった。

生命の恩人が入って来た。

肩付けした五〇口径スペンサー・ライフルは、まだ硝煙を噴いている。

おれはボーダーの髭だらけの顔へ、

「ありがとうよ」

とうなずいて見せた。

「帰りかけたが、どうも気になってな」

ボーダーは床の死体と、奥のサマンサに眼をやって、

「なんで後ろを向いている？」

　と訊いた。

　背中で縛られた白い右手はコルトを握っていた。驚きがおれを捉えた。この女は自分のコルトを抜き、後ろ向きのまま、モンティラゲートを窓際まで射ち飛ばしたのだった。やはりプロだ。

「めまいがしないか？」

　とおれはボーダーに訊いた。

「いや、全然」

「なら、もう平凡な世界だ。家へ帰れるぞ」

「おお」

　彼は眼をかがやかせ、

「考えたんだが、コックよりは大工の方が合ってると思うんだ」

「何でもいいさ。どっちを選んでも、あんたは一流になれる。ここでの十年――無駄にはならなかったな」

「だといいがね」

　おれはサマンサのところへ行って、手首の縄をほどいた。コルトを取ろうとしたが、放さなかった。

「やるなあ」

　本気で言った。

「今頃、わかったの？」

　こう言って、女は納屋へ消えた。滑らかな動きだった。

　納屋にあった衣裳《いしょう》を身につけ、ガンベルトを巻いて現れた姿は、おれにある記憶を呼び起こした。

「思い出した。手配書で見たぞ。おまえは確か――」

「本名は、マイラ・メイベル・シャーリー・リード・スターよ」

貫禄《かんろく》さえ感じさせる姿であり、声であった。

「あんたが只者じゃないと思って偽名を使ったけれど、確かあたしにも千ドルの賞金がかかってる。どう、稼いでみる？」

「やめとくよ」

とおれは応じた。

「おっぱいがひとつしかねえ女を射っても始まらないからな」

「何ですって」

おれと女ガンマンの間に膨れ上がった狂気を、

「そこまでにしろや」

ボーダーが中和させた。

「ようやく自分の家へ戻れるんじゃねえか。岩場を出るまでは仲良く帰ろうや。馬も一頭しかねえ。三人で相乗りだ」

「いいえ、あたしが貰《もら》うわ」

マイラ某はコルトをボーダーに向けた。

「あんたには無駄ってわかってるけど、逆らうと生命の恩人が死ぬことになるわよ。さ、どいて」

おれは従った。モンティラゲートが死んだ以上、この岩山の狂気も終焉《しゅうえん》したに違いない。町まで歩いて行けるだろう。

家を出るとき、おれはモンティラゲートの死体をふり返った。跡形もなかった。外には夕暮れが迫っていた。

「さよなら。もう会いたくないわね」

鉄蹄《ていてつ》の響きが遠去かってから、おれはボーダーと別れた。別れ際、彼は、あの女は誰だい？　と

マイラ・メイベル・シャーリー・リード・スター
ことベル・スター

眉をひそめた。

「女ジェシー・ジェームズ、走る馬の上から飛んでいる蜂《はち》を落とした女。クァントレル・ゲリラの女卒業生」

ボーダーは少し考え、それから限界まで眼を見開いた。

「あれが、そうか。えーと、何とかスター」

「ベル・スター」

と、おれはつないだ。

2

おれは三日後にトゥームストーンへ入った。駅馬車の乗客から失敬した金で、途中の宿駅で水と食料と農耕馬を鞍付きで一頭買えた——というより、半ば脅して譲り受けたという方が正しい。

トゥームストーン——墓石とはおかしな名前だが、この一年前灌木だらけの丘陵《きゅうりょう》地帯でトンン当たり二万ドルの銀床を見つけたエド・シェフリンという男が、

「そんなところをうろついたって、てめえの墓石を見つけるだけさ」

と、駐屯軍の士官たちに言われたのを思い出して、命名したという。だから、二つある新聞社の片方は、「墓碑銘《エピタフ》」という。

鉱脈があれば、金が動く。金があるところには人が集まる。この道理に従って、トゥームストーンは喧騒《けんそう》の雲に包まれていた。鉱夫、カウボーイ、娼婦、賭博師、流れ者、保安官、そして町民どもが砂塵《さじん》にまみれてうろつき、ひっきりなしに揉め事《トラブル》を引き起こしては拳銃沙汰で決着をつけた。このため保安官事務所の監獄はいつも満員で、外に作られた特別留置場もひっきりなしに人の出入りがあった。

新興の町《ブーム・タウン》の歴史が、銃声と血で飾られるのは西部の慣《なら》わしだが、トゥームストーンが周辺のチャールストンやハーシュー、フェアバンクスなどという野営地ともども、ダッジやデッドウッドなどにもひけを取らぬ暴力の町となったのは、アリゾナ准州《テリトリー》の知事ジョン・フレモントのせいだとされている。

知事の役目が、住民の安寧よりも個人的蓄財と政治的野心の達成にあると信じているフレモントは、アリゾナの住民母体が民主党だと知ったと

き、まず、彼らを手なずけることを考えた。彼は共和党員だった。こうして、地方政治家や小役人の椅子は、破廉恥な欲張りどもが占め、州政治は汚職と買収が横行することになったのである。

知事のお墨付きを得た悪徳政治家たちは、子飼いの無法者どもに献金政策を実行させ、駅馬車強盗、鉱山収入の横取り、家畜泥棒、酒の密売などが、白昼から大手をふって行われた。

たった一年で、トゥームストーンは西部一の無法地帯に成り上がってしまったのだ。

おれが入ったとき、町はまだ建造の途中だった。通りの両側には空き地が幾つも転がり、多くの建物は建築中だった。完成し、賑《にぎ》わっているのは、酒場《サルーン》とホテル、それらと一体化した賭博場だけだった。


ホテルの前で馬を止めたとき、銃声が轟いた。通りを行く連中が素早く身を屈めて物陰――と言っても何もないから横道――に隠れる。

銃声の発生源――二軒先の銀行から、二人の男が飛び出して来た。手にしたコルトで二発ずつ射ち、止めてあった馬に走り寄る。ひとりは肩から金の袋を担いでいた。

もうひとりが、馬のそばでこちらを向き、おれと眼が合った。

莫迦が。コルトを向けやがった。面白半分か、自分でも何をしているのかわからないのだ。

どっちでも、おれは構わなかった。奴の狙いが定まる前に、抜き射ちで射った。奴は胸を押さえて前のめりになり、地面に倒れた。

金袋を持った方が、馬上で一発射ったが、おれは気にしなかった。ほら、外れた。そいつは拍車を馬の腹に叩きつけて逃走に移った。反対側の歩道から銃声が上がったが、命中はしなかった。

おれはコルトを持ち上げ、大体の見当で引き金を引いた。

多分、背骨を砕いたはずだ。そいつはのけぞり、袋ごと馬から落ちた。鐙《あぶみ》にかけた足が外れるまで、五〇メートル以上引きずられながらも、そいつは金袋を放さなかった。

おれはコルトを収め、鞍を外してホテルへ入った。足音とざわめきが背後から追って来た。

フロントでおっかなびっくりの係に交渉し、部屋の鍵を貰ったとき、保安官とライフルを持った男たちが乗り込んで来た。自警団の連中だろう。

「今、外で銀行強盗を片づけたのはあんたか？」

と錫《すず》製のバッジが訊いた。体重一〇〇キロを超すでぶだ。顎は三重だが腹は出ていると、しかわからなかった。

「人違いだ」

「よしてくれ。おれが見てた」

とライフル男のひとりが苦笑した。

「おれは保安官のマイケル・コールだ。凄い腕じゃないか。この町へ何をしに？」

保安官の声には、恫喝《どうかつ》と媚《こび》が入り混じっていた。

「旅の途中に寄っただけだ」

「とにかく、射ち合いには慣れてるな。仕事が決まっていないなら、少し手伝ってくれんか？」

「……」

「ここにいるのはおれの助手だ。チーフになってくれ。給料は月七十五ドル。逮捕者ひとりにつき、二ドル。いや三ドル出そう。挙動不審の奴は幾らでもいる。言いがかりでもいいから、捕まえれば三ドル払う。この町は法の施行を早急に、徹底的に行わなくてはならない」

「やめとく。おれは〝シューター〟、賞金稼ぎだ」

男たちは顔を見合わせたが、保安官はびくともしなかった。

「この際だ。モグラだろうと構わん。これからトゥームストーンには金目当ての色んな奴らが来る。ならず者も知らん顔でやって来るだろう。助手をやっている間に目をつけておき、やめたら捕まえろ。バッジを取ったら即、賞金稼ぎだ。そっちの仕事を片づけたら、また付ければいい。とにかく人手がほしいんだ。それも頼りになる奴がな」

「嫌だと言ったら？」

「今すぐ町を出ろ。賞金稼ぎなどトラブルの素《もと》だ。市民二名を射殺した罪で、判事が来るまでぶちこんでもいい。公判が開かれのは、ひと月後だがな」

「わかった」

町を出るというつもりが、こう応じてしまった理由《わけ》は不明だ。勘が働いたのかも知れない。どんな勘かは見当もつかないが。

「よし」

満面の笑みがうなずいた。三重顎は喜びにゆれた。

ボケットからバッジを取り出し、フロント係に、聖書を出せと命じた。

おれの胸を忌々しいブリキで飾ってから、聖書に手を当てさせ、

「保安官助手として、この町の平和と秩序を維持するために働きます、と言え」

従う他はなかった。

「ようし。ではホテルで埃を落としてからオフィスへ来い。すぐ仕事にかかってもらおう」

してやったりとばかりに笑う邪悪な面へ一発叩き込んでやりたかったが、勿論、抑えた。

シノビとポーラがアリゾナを目指していれば、必ずこの無法の町に行き当たる。それまで約二カ月、正反対の職業で食っていくのもいいだろう。ダッジの延長だ。


その日から、おれは保安官助手として活動しはじめた。


確かにこれで稼ぐにはいい町だった。こんな時期にやって来る連中の大半は、鉱夫やその稼ぎ目当ての賭博師、娼婦たちだったから、ありとあらゆる盛り場に、トラブルが詰まっていたと言っていい。酔えば殴り合い、博打に負ければ射ち合いで、おれはほぼ一日中、酒場と賭博場を廻り、荒くれどもの頭をコルトでどやしつけて歩いた。大概は血を噴いたが、これくらいやらないと、血の気の多い男どもは鎮まらない。その代わり、そいつの仲間が何十人も押しかけたり、当人が翌日、罰金を払って釈放されるや、ガンベルトを巻いて決闘を挑んで来るなど日常茶飯事だった。

そういう場合、おれは真正面から受けて立ち、容赦なく射ち殺してやった。半月もすると、おれに関する噂があちこちの野営地まで浸透しはじめ、喧嘩を売ってくる莫迦は極端に少くなった。

いくら射っても当たらない男というのは、悪魔に守られているというのである。

これはおれが意図的に仕組んだものだった。おれが追っているクトゥルーの夢が噂を聞きつければ、必ず真偽を確かめにやって来るはずだからだ。

もっと早くやって来たのが、クラントン一家とその取り巻きどもだった。

あと二日で一カ月というとき、午後の巡回に廻っていたおれを、八頭の馬と騎手が取り囲んだ。

「射たれても死なねえ保安官助手てな、あんたかい？」

白髪白髯《はくはつはくぜん》の老人が声をかけて来た。

「当たらねえんだよ」

とおれは返してやった。

「どっちにせよ、不思議な話だ。で、どうだい？　いまここで試させちゃくれねえか？　おれはオールドマン・クラントンって者《もん》だ。こっちは息子の――」

アイク・クラントンはごつい身体つきの、顔もごつい男だった。

フィン・クラントンはやや太り気味で、手の甲まで剛毛に覆われたところは熊を思わせた。

ビリー・クラントンはまだ十代半ばくらいの若者で、ひとりだけとまどい気味の笑顔を見せた。

「ジョン・リンゴーだ」

灰色の瞳がおれを映している。端整《たんせい》な容貌は役者を思わせるが、最も手強《てごわ》そうな印象をおれは抱いた。

「カーリー・ビル・ブロシャス」

メキシコ系の精悍な顔が、名前を呼ばれると嚙み煙草をやめて、

「後ろから射っても、当たらねえのかい？」

と言った。蛇のような眼付きは単なる荒くれというより、人殺しが好きなだけに違いない。ライフル・ケースに散弾銃を入れているのは、この男だけだ。

「フランクと――トム。マクローリイ兄弟だ」

他の連中はシャツ姿だが、この二人は上衣を着ている。どちらも気が短そうで、修羅場を踏んだ数は、この中で一、二を争うのではないかと見えた。


「〝シューター〟だ」

おれはクラントン親父《オールドマン》の眼を貫くように凝視し、

「試してみるのはいいが、武器に手をかけたら射ち返す。おれの銃は当たるぞ」

と宣告した。

人数分の殺気がおれの全身を貫いたが、あまり気にもしなかった。何十発弾丸が行き交っても、死ぬのは奴らだった。

ひとつだけ――カーリー・ビルの散弾銃だけは気になった。この距離で十八発の鹿弾《バックショット》を食らったらどうなるか、さすがに全弾外れの自信はなかった。

夏の陽射しの中を風と砂塵が走り、あらゆる動きが停止した。時間さえ止まったように感じられ

た。

3

「冗談だ」

クラントン親父が身をゆすって笑った。

「いくら何でも、バッジを付けた男を町の真ん中で射ったりはせん。ひと気のないとこなら別だがな」

眼は笑っていない。

「何処で射っても同じさ」

おれは親父の笑いを凍らせてから、

「とっとと行け。通行の邪魔だ」

と言った。丁度、でかい五〇〇ガロン（一ガロン＝約三・八リットル）入りの水売りのタンク車がやって来たところだった。

一同が酒場へ入るのを確認してから、おれはオフィスへ戻った。

オフィスの前で、これも巡回帰りのコール保安官と出食わした。

クラントンの話をすると、

「総出か。おまえも人気者になったな」

と抜かした。

「もう知ってるだろうが、あいつらがこの地方一帯の悪《ワル》の元締めだ。親父《オールドマン》はテキサスの出で、トラブルを起こした挙句、あちこち渡り歩いてアリゾナへ潜り込んだ。根拠《ねじろ》にしている牧場《ランチ》はチャールストンの近くにある。ここから一五キロのところだ。金になるなら何でもやる連中だから、この町の建築用木材や水の運搬、ウェルズ・ファーゴの駅馬車運行にも首をつっこんでるらしい」

建築用木材や水の運搬というのは、トゥームストーンを含むこの辺り一帯の土地が、台地の上に存在するという事実に関わりがある。要するに、銀鉱で賑わうここは、それ以外に水も木もロクにない荒野なのだ。さっきの水入りのタンク車は、遠いサンペドロ川の水を汲んで、一ガロン一ドルで売っている。建築用木材ときたら、遥か南のワチューカ山脈から切り出された品で、本来は南のドラゴン山脈の方がずっと近いのだが、悪いことにアパッチの活動拠点のため、軍の砦が配置されたワチューカ近辺が選ばれたのである。

コール保安官の話だと、クラントン一味は双方の運搬を独占しようと試みたが、水の方は手間がかかりすぎるので、木材運搬の方に食いこもうと、軍関係者に運動中だそうだ。

共和党勢力を伸ばしたいフレモント知事は、二百数十名を動かせるならず者の手腕に眼をつけ、こちらも砦の騎兵隊の懐柔《かいじゅう》に取りかかったという。

ドル札が乱れ飛ぶ話だが、おれの関心は別のところにあった。

「大体のところは知ってる。あいつらの中で、いちばんの早射ちは誰だ？」

「リンゴーだ」

と保安官は即答した。

「普段は物静かで、教養もあると言われてるが、酒が入ると人が変わる。おれが手がけた一件では、酒場で知り合った三人に酒をおごったら、自分はウィスキーなのに彼らはビールを頼んだという理由で射ち合いになった。現場にいたバーテンの話では、三人が先に拳銃を抜いたのに、一発も射たないうちに全滅させられちまったらしい。

拳銃騒《ガン・ファイト》ぎに慣れてるのが、フランク・マクローリイだ。慣れてるってのは、度胸があるってことだ。あんたも知ってるだろうが、射ち合いの現場では早い遅いよりも、こっちの方がずっと重要になる。それに正確さじゃリンゴーより上だとみんな言う。あとは五十歩百歩だな。気をつける必要があるのはカーリー・ビルだ。相手をやっつけるには正面切って射ち合うより、後ろから射った方が早いと広言するような奴だ」

「あの若いのはどうだ？」

「ビリー・クラントンか？　あいつはいい若者《キッド》だ。兄貴は二人《ふたり》とも生まれついてのごろつきだが、あれだけは違う。出来れば、旅にでも出てほしいよ。おれの勘だが、あいつらが好き勝手をやらかしていられるのも、ここ何年かだ。いつか皆殺しにされる」

「例によってだが、おかしな拳銃使いの話を聞かなかったか？」

「いいや」

コール保安官は首を横にふった。

銃声が飛び込んで来たのは、そのときだ。

「バーだな」

おれはテーブルの上に置いておいたコルトを掴んで立ち上がった。


辺境の新興町を幾つか廻ってみればすぐわか

るが、射ち合い、殴り合い等のトラブルは、十中八九、酒場で起こる。今回も駆けつけたら、いかにも労働者って格好のおやじが、ビリー・クラントンと向かい合っていた。

二人とも右手にコルトをぶら下げている。どちらが射ったにせよ、弾丸は外れたに違いない。ホルスターから直接抜いて射つのは、プロ以外は時間もかかるし、しょっちゅう銃身の上の照星が引っかかったりして、みっともない。平気でコートのポケットに入れたり、ベルトに差し込んで決闘の場に臨むのが大半だ。眼前の二人のように抜いておいてから射ち合うという形も多い。

二十歳にもならぬ坊やと、拳銃なんかロクに持ったこともない労働者のおっさん——やるべき勝負じゃなかった。現に、二人とも汗にまみれ、決死の表情だ。

よせ、と声をかける前に、

「やっちまえ、ビリー」

とけしかけた奴がいる。背後にいる仲間たちのひとり——カーリー・ビルだった。

「もう一発で決着《けり》がつく。野郎はもうビクビクだ」

確かに労働者の後ろ楯たちは、みなおろおろだった。当人も震えている。荒っぽい仕事に従事していても、射ち合いを見るのと、当事者になるのとは全く別ものなのだ。

「よせ」

おれは二人の間に割って入った。

「おや、こいつは面白え」

カーリー・ビルが嬉しそうに叫んだ。

「不死身の保安官助手どのだ。ビリー、構うことはねえ。どうせ当たらねえんだ。試しに一発射ってみろ」

「二人とも銃を下ろすんだ。ビリー、まずお前からだ」

「どうして？」

ビリーが呻くように言った。乾ききった声だ。

「おまえの方が射ち合いに慣れているからだ。相手は素人だぞ。自慢になるのか？」

「最初に向こうが殴りかかって来たんだ」

おれはふり向かず、

「本当か？」

と訊いた。背後のおっさんが答えた。

「あ、ああ——こいつが隣で、おれの女を口説いてたもんだからよ」

「おめえの女と誰が決めた!?」

ビリーが真っ赤になった。

おれはふり向いて、

「とにかく先に手を出したのは、おまえだな？」

と労働者に訊いた。

「そうだ」

おれはふり向きざま、コルトを抜いて彼の横っ面を殴りつけた。

鉄の塊だ。どちらもひっくり返った。唇が切れている。ごつい方の鼻面へコルトを押しつけ、

「文句があるか？」

と訊いてから、撃鉄を起こした。

男は首をふった。

「いいや」

「よし——ビリーもこれで良しとしろ。女の取り

合いに拳銃なんか取り出すな」

若者は凶暴な眼差しをおれに注いでいたが、すぐにコルトをホルスターに戻した。

「よし」

とうなずいたところへ、

「どうしたんだよ、ビリー？　駆け出しの助手なんかに言いくるめられていいのか？　やっちまえ、やっちまえ」

銃声が挑発の声を悲鳴に変えた。

おれの射った弾丸は、カーリー・ビルの右肩をかすめて壁にめりこんだ。

「な、何しやがる!?」

「人殺しを止めただけだ。わかるな、親父さん《ミスタ・オールドマン》？」

仲間のうちでひとりだけ席から立ち上がらなかった老人は、探るようにおれをねめつけていたが、すぐにうなずいた。

「ああ、いい判断《ジャッジ》だ。おめえさん、賞金稼ぎより今の方が向いてるよ。さ、行くぞ、ビリー」

老人は立ち上がると、テーブルへドル札を置いて、出入り口へと歩き出した。他の連中もあとに続く。カーリー・ビルだけが、おれの方を睨みつけたまま出て行った。只じゃ済まねえ、と悪鬼の表情が告げていた。

連中がいなくなってから、おれは労働者の方をふり返った。二人とも、もう立ち上がっていた。

おれはコルトを突きつけた男へ、

「頬は大丈夫か？」

「これくらい何ともねえさ」

男は苦笑を浮かべて、吐き捨てるように、ありがとうよ、と言った。

すでに賭博場のルーレットは回転し、人々のざわめきやオッズを伝える声が飛び交いはじめていた。

店を出ようとすると、経営者がやって来て、あんたの射った弾丸で破損した壁の修理代を払ってくれと請求書を突き出した。

あのとき、カーリー・ビルを射たなかったら、ビリーと労働者の射ち合いで、もっと大きな被害が出たぞとおれは言い返し、請求は被害を助長しようとしたカーリー・ビルにしろ。おまえは正式な保安官助手に不快な支払いを強要した罰で、巡回判事が来るまでの拘留と店舗の営業停止、或いは罰金五百ドルのどちらかを選べと命じた。経営者は後者を選んだ。

店を出ると、荒野の夕風が通りを吹き渡っていった。

青に闇を滲ませはじめた空は雲に埋め尽くされ、おれは奇怪な生物のひしめく海を、海底から見あげているような気がした。

その深夜、ホテルに戻ってすぐ、二名の訪問者があった。あの労働者と酒場にいた女だ。

若いが眼から鼻にかけての線が妙に色っぽい。これならトラブルの元になるだろう。

「今日はおかげで助かった」

と労働者は礼を言った。

「おれはハーパーっていう。拳銃を射ったことはあるが、人を射ったことはねえ。そうなったら、死ぬまで苦しんだろう。ま、万にひとつも勝ち目はなかったがね」

おれは久しぶりにいい気分になった。

「——で、あのあとバーテンから、あんたがこの近辺におかしな奴がいないか捜していると聞いてな、この女——ミリーってんだ——の話を思い出して、連れて来たってわけさ」

男——ハーパーに促されて、ミリーは話し出した。

彼女の実家はチャールストンの東にあるのだが、近くにサンペドロ川が流れている。魚獲りや筏を使って材木を運ぶ連中の集落も多い。

彼女が故郷を出てカリフォルニアへ向かったとき、川沿いに二十軒ほどの集落があった。それがひと月ばかり前に帰郷した途中に覗いてみると、すべて廃屋と化していた。

「それが変なのよ。どの家も、まるで夕食を摂っている最中みたいに、料理やコーヒーがテーブルに残ってたの。どれも冷え切ってたから、何日か前、夕食のときに、人間だけが急にいなくなったとしか思えない。そうだ、椅子の上や下に、変なものが残ってたわ」

「何がだ?」

訊いてはみたが、想像はついていた。

ミリーは何かをつまみ上げてるように両手を持ち上げて、顔の前で広げて見せた。

「服を着てたけど、中身はこんな白いものだった。あれ——皮よ」

「まさか」

ハーパーが笑った。これくらい虚しい笑いも珍しい。

「それはどうした?」

「置いて帰って来たわよ。あの感触と色——思い出すだけで、総毛立って来るわ」

どうやら、その辺にいるらしい。

これからでも行ってみるか、と思ったが、ミリーの話は終わっていなかった。

「二日前――ホントに偶然だけど、昔馴染がひとり、店へ来たのよ。それで、奥の部屋で思い出話をしているうちに、消えた連中の話になって――彼、ワチューカ山脈の森の中で、集落の連中のひとりと出食わしたっていうの」

第十章　憑かれた者

1

翌日、おれは保安官オフィスの前で通りかかった若いのを捕まえ、三日間三十ドルで強引に保安官助手に仕立て上げた。それからコール宛てに、彼のことと、お尋ね者の居場所が判明したから三日ばかり留守にするという走り書きを残して町を出た。

ポニー・エクスプレス並みに飛ばしに飛ばして、翌日暁闇時《ぎょうあんじ》には、ミリーの昔馴染みが失踪者をみかけたという森に到着した。

深山幽谷《しんざんゆうこく》というのがぴったりの、鬱蒼《うっそう》たる巨木の間に、掘っ建て小屋が一軒眠っていた。

馬を進めて、おれは間違いないと確信を深めた。

小屋の周りは柵で囲まれていたが、その間から所構わず鋭い木の杭が敵意を剥き出しにしているのだ。柵といっても高さは二メートルもない。その気になれば子供だって乗り越えられる代物だ。そんな無駄をあえてせずにはいられないくらい、小屋の住人は怯え切っているのだった。

乗り越えようかと思っていると、いきなり小屋の扉が開いて男がひとり飛び出して来た。散弾銃を構えている。

いきなり、ドカンと来た。

十八発の鹿弾《しかだま》は柵の扉にぶち当たり、何発かは跳ね返って残りは隙間を通過、おれを無視して何処かに消えた。

「安心してくれ、ギルゼンさん」

おれは鞍袋《サドルバッグ》から取り出した布袋《ぬのぶくろ》を振り回して叫んだ。

「トゥームストーンの保安官助手だ。〝シューター〟という。オーガスト・ライナーからあんたの話を聞いて、食料を持って来た。話をしようじゃないか」

オーガスト某《なにがし》はミリーの昔馴染《なじみ》の名前だ。トゥームストーンに送る材木の切り出しをやっていた彼は森の奥まで入りこみ、その小屋と玄関前に立つギルゼンを認めたのだ。

男はしかし、散弾銃を捨てるやコルトを抜いた。

「騙されねえぞ、この化物。なんで鹿弾を食らっても倒れねえ？　おれの家に来るな。とっとと失せろ。おれは水ん中には行かねえぞ」

「弾丸は外れたんだ。当たってねえ。それより、これはどうだ？」

おれは袋の口を開いて、柵の向こうへ放り投げた。男の一メートルばかり先に落ちた袋から、ベーコンやコーヒー豆、パンの塊が散らばった。

ライナーが語ったという、

「柵の外にいるのを見つけて、少し話をしたが、ひどく怯えていて、すぐに家ん中へ入っちまった。飯も食ってねえ様子だった」

の言葉が考えつかせた戦法だ。何かに怯えたギルゼンは川を離れ、食うものも食わずに山小屋に閉じこもっている。そんな精神の門と眼の前の本物をこじ開けるには、これが一番だ。

ギルゼンはコルトを向けたまま、おれと袋の中身を交互に眺め、ようやく、

「本当に保安官助手なんだろうな？」

と訊いた。死人のような声だ。

「勿論さ。この星章をみてくれ」

おれはバッジを外して柵の上に掲げた。錫の安物は陽光を反射し、銀色の輝きを放った。少し置いて、ギルゼンが叫んだ。

「わかった。今開ける。その前に武器を柵の上から放り込め」

言われたとおりにすると、男は柵の扉に寄って閂を外した。コルトはおれに向いている。おれが入るとすぐに扉を閉めて、閂をかけ直し、食い物を取って来いと命じた。ムカついたが仕方がな

い。

　こうしておれは家の中に入った。嗅ぎ慣れた匂いが鼻孔に襲いかかって来た。この近くにも海があるらしい。咳こむところを何とかこらえて、おれは室内を眺めた。椅子とベッド――それだけだ。だが、空気はひどく湿っぽく、眼を凝らすと、床も壁もうっすらと濡れて光っている。

　テーブルをはさんで椅子にかけた。尻が冷たい。水っ気が染み込んでくるようだ。

「何を怯えてるんだ？」

　とおれは訊いた。

「あんた、サンペドロ川沿いに住んでたそうじゃないか。ところが、ひと月ばかり前に、住人はみな消えているのが――」

「やめろ！」

　ギルゼンが叫んだ。顔中の筋肉がひきつり、笑っているように見えた。

「おれは何も見ていない。だから、追いかけて来ないでくれ。ここには川なんかないんだからな」

「川じゃない」

　とおれは言った。

「――水だろう」

　不意にギルゼンは激しく震えはじめた。止めろという声は、もう糸のように細く、秋の蚊のように弱々しかった。カタカタと小刻みに耳障りな小打音《しょうだおん》が耳を打つ。テーブルに乗ったコルトの銃身が立てる響きだった。

「おまえは、川から出現したものが、水辺の住人を消滅させるのを見たんだ。親しい連中が、次々に消されていくのをな。こんな山の中に暮らしているのも、水辺を恐れるあまりだ。何が出て来た？　おまえひとりが助かった理由を聞かせてもらおうか」

「う、うるさい」

　ギルゼンはコルトを持ち上げようとしたが、震えが邪魔をした。おれはテーブルに置いたパンの塊を投げつけた。こんな場合を想定した武器代わりだから重い。

　ごん、と顔面を直撃するや、ギルゼンはのけぞり、数歩下がって尻餅をついた。

　鼻血を押さえながら立ち上がったときには、コルトはおれに引ったくられ、眼の前に小さなペンダントを突きつけられていた。

　血走った眼がそれに吸いついている。まるでこの中に飛び込みたいと願っているかのような表情で見つめ、ギルゼンは、

「……これは……」

　と呻いた。

「覚えがあるか？」

　とおれは訊いた。

「……ない……しかし……わかる……近所の連中を……中身だけ吸い取ったのは……こいつの……仲間……だ」

　ギルゼンの瞳の中で、狂気の光に包まれた小さな、しかし圧倒的な妖気に包まれたクトゥルーの像が、彼の震えに合わせて揺れていた。教団員に配られた品だ。

　ふた月以上前、ギルゼンは所用があって、一キロばかり離れた川沿いの町を訪ねた。住宅数が二十軒でも町は町である。途中、小さな峠を越えね

ばならなかったが、その頂《いただき》から見下ろす町の情景が、ギルゼンは気に入っていた。

狭い通りを行き来する女たち、水辺で遊ぶ子供、煙突からは煙が立ち昇る。こんなちっぽけな集落でも、人間《ひと》は生きているのだ。

だが、その日、見下ろした視線がまず捉えたのは、子供たちの遊び場にしゃがみこんだひとりの男だった。

帽子とガンベルト——カウボーイの流れ者だ。水の打ち寄せるぎりぎりのところで、じっと手もとに眼をやったきり動かない。

その姿に何か異様なものを感じて、今日はここまでかと馬首を巡らせかけたとき、そいつは現れた。

かなり速い流れの中から、鞭状のものが出現したのだ。二十本を超えるそれを前に、水辺の男は立ち上がり、両手を高々と掲げて何やら絶叫した。数秒を要したそれは、ギルゼンの耳には切れ切れにしか届かなかったが、状況からして呪文か祈りではないかと思われた。

「そしたら、その鞭みてえなものが、蛇そっくりに先っちょを後ろへ引くと、もの凄い速さで、家の中へ飛び込んだんだよ。中で何があったか、おれにはわからねえ。外で起きたことはよく見えた。多分、同じことが起こったんだ。鞭みてえなそれは、家の外にいた女と子供たちに触れた。突然、そいつらはヘナヘナって地面に倒れちまった。いや、その——布切れみてえに崩れてしまったんだ。気がつくと、おれは峠を下ったところだった。どうしてこっちへ眼の前にその町の入り口があった。

来たのかは皆目わからねえ。おれはそのまま、町の中へ入っちまったんだ。

通りには、みんなが峠から見たとおりの格好で横たわっていた。近づいて眺めると、おかしな倒れ方の理由がよくわかった。

服を着た皮だけだったからだ。

家の中も見た。どこも同じだった。あの鞭のようなものだ。あいつが、男の叫びに応じて川の中から飛び出し、みんなをこんな目に遭わせたんだ。皮一枚残して中身をみぃんな吸い出してしまったんだ。

おれは逃げ出した。あの男と鞭が何処までも追っかけて来るような気がした。家へ帰って荷造りを済ませ、丸三日かけてこの森に着いた。ここなら川も流れていない。二度とあんなものを見たくはなかったからだ」

「その、絶叫してた男ってのは何処の誰だ？」

「ああ、トゥームストーンへ飲みに行ったとき、見かけたことがある。酒場で仲間と一緒に、旅の者に絡んでやがった。――アイク・クラントンさ」

その名前を、おれは胸の中で繰り返した。

アイク・クラントン――あいつが最後のひとり、ビル・アギランスか。

そう結論を出すには、決定的な反対要因があった。それまでの相手は、親兄弟や係累に無縁の単身《ひとりみ》だった。だから、比較的簡単に見つかった。

ところが、アイク・クラントンは、クラントン一家の長男という確かな歴史と立場がある。

何かの間違いじゃないのか。

「それだけ聞けば十分だ。達者でな」

おれは自分のガンベルトを取って、さっさと小屋を出た。実際、もう用はなかった。

「待ってくれ」

ギルゼンが追って来た。

「おれは――おれはどうしたらいいいんだ？」

「あんた次第だ」

とおれは返した。

「一生、ここに閉じ籠るのもいい。別の土地で別の生き方をするのもいい。どっちも出来ずに、今ここで頭を射ち抜くのもいいだろう。決めるのはあんただ」

柵の前に来た。閂を外そうとしたとき、

「おれは――見ちまったんだ」

女の金切り声のようだった。

おれは手を止めて、

「何をだ？」

と訊いた。

「途方もなくでかいものだ。それが川の中から現れて、空いっぱいに広がったんだ。丸い頭、顎から生えた何百本もの鞭みたいなもの――あれが町の連中から中身を吸い取ってしまったんだ。背中には小さな――あの図体に比べてだが――小さな翼がくっついていた。そして、あの緑色の眼――あれには確かにおれが映ってたんだ。あいつはじいっとおれを見てやがった。だが、あいつのいるところから見えるはずがねえ。大空と言ったが、実は海の底だとわかった。あいつの周囲には、山くらいもある巨大な石柱が立ち並んで、その間をちっぽけな、水掻きをつけた奴らが泳ぎ廻ってるんだ。そいつらは、沈んだ漁船なんかも運んでくるらしく、あのでかい奴の足下は、そんな難破船で、びっしり埋め尽くされてるんだ。いいや、足下だけじゃねえ、見渡す限りずっとだ。そこへ別の一隻が運ばれて来た。でっけえ軍艦だった。見ているうちに、おれは震え上がった。その軍艦はどう見ても、傷ひとつついていない新品だったからだ」

少し経って、

「沈んだ船だけでなく、船も沈めるのか」

とおれはつぶやいた。

「おまえの見た巨大なものは、クトゥルー、それに傅《かしず》くのは〈深きものたち〉という。今も出来《しゅったい》する船舶事故や沈没、行方不明等の何割かは、奴らの仕業だ」

ギルゼンが眼を見開いた。顔中の筋肉が驚きに引きつれた。

「おおおめえ――なんでそんなことを――」

「おれも奴らの仲間だからだ」

「な、何い」

ギルゼンは散弾銃を構えた。

「安心しろ。あんたをどうこうするつもりはない。これは内輪揉めだ」

ますます凄惨な表情になる男の顔へ、

「心配いらん。偉大なるクトゥルーはおれたち人間などに興味ない。そうだな。一生ここで暮らすがいい。何も起こらんよ。おれが保証する」

「本当か？　本当なんだな？」

すがるような声であった。

「ああ」

ギルゼンはよろめき、後じさって壁に背中をぶつけた。

　ぽかんと開いた黒い穴のような口から、形容し難い声が流れ出す。絶望のような——おれには安堵に聞こえた。

　ギルゼンはそのまま膝を落とし、床にへたり込んだ。

　おれはガンベルトをつけ、食糧を鞍袋に戻して肩に担いだ。ギルゼンの前まで行って、見下ろした。

　へたりこんでいるのは、衣服をまとった骸骨だった。ひと月は経っている。死後ひと月だ。クトゥルーとその奥津城の幻影を眼の当たりにしたときに、この男は既に死んでいたのだった。

2

　二日後、トゥームストーンへ戻ったおれは、クラントン一家の訪れを待った。

　運のいいことに、翌日の夕暮れ、ビリー・クラントンがひとりで酒場へやって来た。フロントの二階は売春窟《くつ》だ。ビリーの女がそのひとりなのはわかっていた。

　おれは巡回を装って酒場へ行き、女の部屋へ行く前のビリーをカウンターで捕《つか》まえた。

　ビリーは笑顔を見せた。

「この間は助かったよ、一杯おごらせてくれ」

と言った。あの労働者とのトラブルの処置に感謝しているのだ。

「悪いが勤務中は飲《や》らん。それより感謝してるなら、話を聞かせてくれ」

「何だい？」

「女の部屋へ行こう」

半ば強引に連れ出した。ビリーは気圧《けお》された格好で部屋へ行き、女にしばらく部屋を使わせてくれと申し込んだ。女はゴネたが、おれの提供した五ドルで貸与と他言無用を了承した。

おれの問いに、ビリーは眼を丸くも、驚きもしなかった。沈鬱《ちんうつ》な表情を言葉に直すと、バレたか、になるだろう。

うなずいた顔に悲哀があった。

「そうなんだ。アイクも、フィンも、リンゴーも、フランク・マクローリイもトム・マクローリイも、あれはおれの知ってる兄弟や仲間じゃない。どこかですり替わっちまったんだ。けど、そんなこと本当にあるのか？　顔も声も癖までそっくりな人間がこの世にいるなんて。おれも最初はわからなかった。あるときを境に、ずっと前から違ってたと感じたんだ。ああ、アイク、フィン、リンゴー、トムにフランク——本物は何処にいっちまったんだ」

恐怖が若者を狂わせていた。

おれも少々混乱気味だった。

アイクひとりじゃなかったのか。

フィン・クラントンもフランク・マクローリイもトム・マクローリイも別人に変わっている？

だが、数を問わなければ、あり得ないことじゃない。

おれがそう告げると、ビリーは安堵したように、全身の緊張をゆるめた。

「インスマスという港町に、ゴッドマン・ウェイトという男がいた。黒魔術使いで、娘のロザリンもその薫陶《くんとう》を受けていた。二人は近所の馬の首を切り取って胴体のみを歩かせたり、ただの雨水を酒に変えたりしていたが、最も得意としてたのは、憑依《ひょうい》魔術だった。他人の肉体に自分の魂を入れ、好きなように操るんだ。恐らく、おまえの兄弟もマクローリイたちもそうなった」

「そのウェイト家の魔術使いって何人もいるのか？」

ビリーの顔は汗の粒でびっしりだった。

「そいつはわからん。ひょっとしたら、ひとりで全員に取り憑いているのかも知れん。だとしたら、とんでもない魔術使いだぞ」

おれは少し考え、

「中心人物はアイクか？」

と訊いた。

「ああ。間違いない」

「親父《オールドマン》はどうだ？」

「まともだよ――と思う」

「ふむ。すると、アイクに取り憑いた奴がいちばん強力なわけだ。他の連中は、おまえから見て、ずうっと乗っ取られっ放しか」

「いや、時々、普通に戻る」

ビリーはとまどいの感情を、せわしない瞬きに乗せた。

「おれの感じだと――結構入れ替わるんだ。時間的に言うと半々ぐらいだ」

「ふむ、だとすると、やはりひとりが全員に乗り移っているのかも知れんな」

「じゃ、時々、人間に戻るのは、憑いた奴がしんどいからか？」

「と思う」

「けど、アイクは丸っきり別人だぜ」

「アイク以外は余った力を使ってるのさ」

「へえ」

ビリーは納得した。おれも憑依法については、この程度の知識しかないが、単純なだけに、ビリーにも理解はたやすい。彼は両手で顔を覆った。

「なあ、おれはどうしたらいいんだ？　化物に取っ憑かれた兄弟やマクローリイ兄弟らと、ずうっと一緒にいなきゃならねえのか？　家にゃお袋もいるんだ。親父と同じで兄貴らが乗っ取られたとは気づいてねえ。おれが逃げ出さないのは、二人がいるからなんだ」

「真実を打ち明けたらどうだ？」

「信じると思うかよ？　アイクもフィンも相変わらず目ん中に入れても痛くないくらい可愛がってる。却っておれのほうがヘンに思われてる。みなを疑いの目で見てるからな」

「向こうがおまえに勘づいていることは？」

「気がついてるとは思えないが、盤石とは言えねえ。ごく時たま、おかしな眼で見てやがる」

「すると、おまえも危険だな。そのうち兄貴たちと同じになるかも知れん」

「よしてくれ。おれは、ずっとまともだ」

「それでいたけりゃ、いますぐ親父とお袋さんを連れて遠くへ逃げろ。でないと、いつかは取り憑かれるぞ。アイク、フィン、フランク、トムにジョン・リンゴー——どう考えても、次はおまえの番だ」

「よしてくれ！」

身を震わせるビリーへ、おれは容赦なくつづけた。

「おまえの兄貴たちに取り憑りついた存在は、コルトやウィンチェスターや連邦保安官のバッジでどうなるもんじゃない。助かりたければ逃げろ」

「嫌だ」

若者は激しく頭をふった。

「兄貴たちがどんな化物に変わっていようと、おれは背中を見せねえ。こうなりゃ、ずっと一緒にいて、いつか化物を追っ払ってやる」

ビリーは身を翻《ひるがえ》すと部屋を出た。酒場を出て、馬に乗り、おれを見下ろした。

「あんたが何者だか知らねえが、これ以上うちの問題に余計な首を突っ込むな。火傷するぞ。いつか、おれがみな解決してやる」

砂煙を上げて走り去るビリーを、おれは黙って見送った。これまで過ごしてきた時間のどこかで、あんな若者を見た気がした。

「いつか、じゃ間に合わない。それに火傷じゃ済まねえんだよ、ビリー」


何かが起こる予感は、ギルゼンの話を聞いたときからあった。敵はすでにおれを認識したはずだ。放っておくはずがない。

それは意外に早くやって来た。

ビリーと会って四日後、夜間巡回のときだ。

夜気に混じった匂いが、全身の神経を一瞬で研ぎ澄ました。

潮の香りだ。

意識すると同時に、背中で気配が動いた。

コルトを抜きながらふり向いた。

喉に痛みが走った。喉仏の下が真横に裂かれるのを感じた。急速に意識が薄れ、おれは前の地面に手と片膝をついた。

防禦の呪文を唱えようとしたが、声は出なかった。

それでもふり返ろうと廻した眼の奥を滑るように去っていく人影が見えた。一瞬のことだ。

あの名前が頭の中で炎に縁取られた。この手際なら、おかしくない名前だった。

シノビ。

さらに前へのめりながら、おれの右手にはコルトが握られていた。撃鉄を起こすことも出来た。引き金が引けない。誰にも知られず静かにこと切れる前に――


気がついたのは翌日の朝、ベッドの上だった。

看護婦とも思えない派手なドレスの女が付き添っていた。

鼻が大きい。

おれが目覚めたと知ると、動くんじゃないよと言って、部屋を出て行った。

眼だけ動かして様子を探った。見覚えのある室内だった。

診察と椅子と医療品を収める棚。病院には違いないが、ひどく狭い。ホテルの一室なのだ。

女が消えたドアから、男が入って来た。その顔を見た瞬間、すべてが理解できた。

「本当なら死んでたとこだ」

と美髯をたくわえた医師は言った。外科が専門じゃなくても、この程度の致命傷なら治せる。おれを襲った者と同じ技――魔力を使ってな。

「昨夜、あんたが巡回に出る前にケイトと着いた。ここの荷物はひと月前に送っておいたんだ」

「礼を言うよ、ドクター・ジョン・ホリディ」

おれは胸の中でつぶやいた。


ドクによると、傷は頸動脈《けいどうみゃく》を断って、骨まで達していたそうだ。それでも、その日の午後にはベッドを出て、仕事に復帰できた。喉の傷はすっかり塞がっていた。少なくとも、このおれにとって、ドク・ホリディは世界一の名医だった。


翌日の昼、鉱山町で典型的な騒ぎが勃発《ぼっぱつ》した。鉱夫同士が酒場女を巡ってナイフを閃かせ、ひとりが刺され、ひとりが馬で逃亡した。

すぐにおれは追いかけた。

鉱夫は鉱山へ逃げた。勝手知ったる場所だ。仲間もいる。匿《かくま》ってもらうつもりなのだろう。街道からトゥームストーンへ入る道は、枝別れしてここに続いている。

到着したおれを、五十人近い鉱夫が迎えた。ツルハシやハンマーを持つのは少数で、後はウィンチェスターやシャープス・ライフル、拳銃にナイフ――殺し合いの準備だ。責任者は出て来ない。鉱夫にへそを曲げられたら、工事は成り立たなくなる。見なかったことにしたいのだ。

おれは逃亡者のしでかした内容を伝え、何処にいる？　と訊いた。

「捜してみるんだな」

リーダー格らしい大男が嘲笑った。

「よし」

おれは馬を進めた。

飛び道具が一斉に上がった。

「断っておくが、殺す気なら、相手を見たときに射つことだ」

おれはゆっくりとコルトを抜いて、大男に狙いをつけた。

「本気を出さなきゃ、人は殺せない。誰かがやってくれるだろうと思っているときは殊に、だ。断っておくが――」

撃鉄を上げた。いい音がした。

「おれは本気だ」

「こっちは五十人もいるんだぜ」

大男が、くぐもった声をふり絞った。

「おれは五人殺せる。最初がおまえだ」

おれは大男の眼を見据えた。勝負はわかっていた。

大男は小さくうなずいて、横へのいた。白ちゃけた顔つきだった。五十人は左右に分かれ、真中に鉱区の奥へと続く道が見えた。

遠くで轍《わだち》の音が聞こえた。トゥームストーン行きの駅馬車だ。

　男たちから二〇メートルは離れた地点で、おれはふり向いた。何かおかしい。

　案の定、男たちの姿はなかった。ひとり残らず、この世界から消えてしまったのだ。地上に散らばった武器と衣裳と白い皮一枚ずつを残して。

「驚くほどのことでもあるめえよ。〝シューター〟の旦那」

　馬の前――一五、六メートルのところにアイク・クラントンが立っていた。

3

　異様な静けさがおれたちを包んでいた。五十人がいっぺんに消えて、この鉱山《やま》は廃鉱になってしまったのだ。

「あいつらも、あんたが追っかけていた男も、まとめてどっかへ行っちまった。何処かはおれにもわからねえ」

「ルルイエの館か」

「かも知れねえな。時々、水の音が無性に美しく聞こえるんだ。おれも行ってみてえもんだ」

「早いとこ手を打て」

　とおれは言ってやった。

「おまえがそこに立っているのは夢だ。クトゥルーが一瞬でも眼醒めたら、おまえは消えてしまう」

　アイクの顔がすうと色を失った。

「うるせえ」

声はひどく硬い。トラペゾヘドロンくらいの硬度を有しているのかも知れなかった。

「鉱夫に喧嘩をさせたのはおれだ。刺された方は死んじゃいねえ。ここへおめえをおびき寄せるための手だ」

「面倒なことを」

今度はおれが嘲笑を食らわせてやった。

「ここの地下に水路が走っている。わかるだろ。〝シューター〟、いやハンター。水は常に偉大なるクトゥルーにつながっているのだ」

おれは全神経を四方へと向けた。

「安心しろ。いまの五十人で偉大なるクトゥルーは満足した。少し前に食した川沿いの町民どもが、まだ未消化の状態だったらしい。これはおれの計算違いよ。おまえも吸い取ってもらうつもりが、二人で白黒つける羽目になっちまったようだぜ」

こいつは大物だ、と思った。何度もクトゥルー——の一部でも——喚び出せるのが、その証拠だ。

「そうかい」

おれはいきなりコルトを抜いて、ぶっ放した。こいつを始末するのが仕事だ。ゴタクを聞くことじゃねえ。喉の下をぶち抜かれて、クラントンは万歳の姿勢を取ったまま地べたへ叩きつけられた。

おれは驚いて暴れる馬を両足で押さえつけながら、クラントンの心臓と鳩尾に一発ずつ射ち込んだ。何しろ、相手は夢なのだ。

二発目で死んだとわかった。おれは馬を下りず、馬上で空薬莢《エンプティ・ケース》を抜き取り、新しい三発を装填した。

馬の首を撫でながら下りて近づいた。眼が思いきり見開かれていた。

地べたに横たわっているのはアイク・クラントンではなかった。それは高さ三〇センチほどの人形で、顔には男の顔が絵の具で描かれていた。それは絵とは思えぬほど、クラントンと似ていた。

さっきクラントンに射ち込んだのと同じ位置に三発の命中痕を確かめ、おれの驚きは頂点に達した。

これは、教団で講義されたクトゥルーの〝力〟ではなかった。

あの男の事を、おれはまたも思い出した。

「忍法〝傀儡人《くぐつびと》（KUGUTUBITO）〟」

愕然とおれはふり向いて――右の肩に灼熱の衝撃を知覚した。コルトが落ちた。

五メートルほどの先で、アイク・クラントンは右手の平に乗った武器を見つめていた。シノビとおなじ品――マキビシだ。バランやモンティラゲートの時と同じだ。おれの防禦法を無効にする力をこの無法者は備えているのだった。

「知ってるか、〝NINPOU〟を？」

アイク・クラントンは白い歯を見せた。

「おれは昔、テキサスで日本人とやらに会った。癌《がん》で死にかかっていたが、酒をおごって、墓を建ててやると言うと感激してな、自分は忍者の末裔《すえ》である。継承《けいしょう》しようとする者もいないので、酒と墓のお礼にひとつ教えてやろう――こう言って、その日から一日十時間、丸ひと月もかけて身につけたのが、これだ。その人形にはおれの血と爪と髪が封じてある。つまり、おれ自身がな。だから、騙されるのさ」

おれは左手で馬のライフル・ケースからウィンチェスターを抜くや、大きくふって、左手でレバーを起こした。狙いをつけても、アイク・クラントンは、射ってみろと心臓を叩いた。

おれは眉間を狙った。クラントンは吹っ飛び、人形と化して倒れた。

同時におれの左肘に凄まじい痛みが食い込んだ。

ウィンチェスターを落とすと、クラントンは近づいてそれを拾い上げた。人間か人形か、見当もつかない。

「こいつで仕留めてもいいが、折角、取っておきの芸を披露したんだ。最後まで筋を通すとするか」

右手の平で、マキビシが躍った——と見るや、おれの顔前で火花が散った。

地上に刺さったひとつは、クラントンのマキビシだった。もうひとつは——

「見たぞ、忍法〝傀儡人〟」

おれがやって来た方角から、小柄の影が悠々と近づいて来た。風など吹いていないのに、頭の後ろで束ねた髪はせわしなく揺れていた。

「おれはシノビ——おまえに忍法を教えた男と同族だ」

ゴーストタウンで別れたときと寸分変わらぬ姿だ。こいつも偽者じゃないかと束の間疑ったほどだ。

「無事だったのか？」

当然の質問にシノビも当然こう答えた。

「何とかな。ポーラも元気だ」

「どうやってここへ？」

どうやら本物らしいと、緊張をほぐそうとかかる安堵感を、おれは必死で抑えつけながら訊いた。

「さっきの駅馬車だ」

「――駅馬車？　しかしあれはずっと遠くを。おれがここにいるとわかるはずはない」

「よく見えた」

こいつを疑っても仕様がない。

「こいつは憑かれてる――殺せ」

おれは叫んだ。シノビもそのつもりだったろう。

だが、クラントンは、素早くコルトを抜いた。

「忍法は中止だ。やっぱり、西部じゃこいつだぜ」

すでに撃鉄を起こしてあるコルトの銃口はシノビを狙って――しかし、火を吹かなかった。

動かぬ撃鉄を動かそうとして、クラントンは眼を剥いた。おれにはわかっていた。忍法ＫＡＭＩＳＩＢＡＲＩだ。

次にどうすべきか、クラントンにはわからなかったに違いない。一瞬、動きが止まった。その眉間に唸りをたててシノビのマキビシがとんだ。石榴《ざくろ》のように砕けた顔面の代償に、クラントンは魔物の動きを取り戻した。

マキビシの二発目は空を切り、彼は五メートルも跳躍するや、剥き出しの巨岩の上に下り立ち、

「決着は明日、つけよう。正午《ハイヌーン》にＯＫ牧場《コラル》で待ってるぜ！」

残った口でそう言い渡すや、岩陰へ飛び込んだ。右へと走った。信じ難い速さだった。

その背中にマキビシが食らいついた。

どっと倒れたのは、確かにクラントンだった。

だが、駆けつけたおれたちの前で、それは木彫りの人形に変わっていた。両腕の痛みをこらえつつ、

「おまえの眼もくらましたのか？」

おれはシノビを見つめた。彼は答えた。

「おれが見ている間は使えん〝傀儡人〟だ。だから岩の陰へ入った」

おれは巨岩へ眼をやったが、クラントンがとうに逃げおおせたのはわかっていた。

「その傷は――」

シノビの声に、おれは大丈夫さと答えた。

「これくらい、トゥームストーンのドクター・ホリディがすぐ治してくれる。それより、いよいよ決着の時だぞ。敵は恐らく、クラントンが二人、マクローリイ兄弟、それからジョン・リンゴーとカーリー・ビルだ。みな加わるかも知れん。ビリーと親父は加えないだろうが、これも希望的観測に過ぎん」

こっちは今のところ二人――ドクを加えても三人だ。いや、役に立ちそうなのがひとりいた。

「おい、あの女魔法使いはどうした？」

「ティハナなら、ゴーストタウンで別れた。宝捜しに励むそうだ。あの石板は、掘り出す前に地底へ沈んで行った。ティハナひとりの力ではどうにもならなかったんだ」

おれは少し考えてから、

「女てのはわからんな」

と言った。

「ひょっとしたら、クトゥルーより、おっかねえぞ」

「同感だ」

すぐに返ってきたところを見ると、シノビも本気らしい。

「ポーラはどこだ？」

「今日、同じ駅馬車で来た。もうホテルにいるだろう」

「次の日が決闘か」

笑いたくなった。シノビが言った。

「やむを得ん。これがおれたちの仕事だ」

こいつは、おれよりプロに違いない。

両腕が利かないおれを、シノビは鉱区の入り口に止めてあった馬車に乗せた。馬は無事だった。

鉱区の入り口を出たとき、おれはふり返った。

人っ子ひとりいない銀の山は、荒涼たる墓所のように見えた。風がおれの頬を打った。寂寥の風が。

「クトゥルーが復活すれば、世界もこうなってしまう」

シノビの声だった。おれの胸を読んでやがるのか。

「早く行け」

とおれは馭者台のシノビに発破をかけた。


保安官には鉱夫を取り逃がしたと告げ、両腕の傷は射たれたとごまかし、ドクの病院へ行った。

ドアが開いて、ひどく太った女が右の頬を押さえながら出て来た。

開いたままのドアに、

「藪《インカンピタンス》！」

と叫んでドアを蹴りとばし、ぶうぶう言いながらおれの前を歩み去った。

ドクは苦笑を浮かべておれを迎えた。鼻のでかい女はいなかった。

「大事《おおごと》だな」

とおれは声をかけた。

「あれは確か町長の姪だ。厄介なことになるぞ」

「文句をつけに来たら、全部引っこ抜いてやるさ」

「笑気ガスを使ったらどうだ？」

「切れている。鏡を見せた方が効くさ」

それは認めざるを得なかった。

治療は簡単に終わった。おれには普通の治療としか思えなかったが、痛みはあっという間に消えた。

クトゥルー関係者用――つまり、おれだけ用というのはわかっているが、さっきのでぶ女を見ると、索漠たる思いを抱かざるを得ない。

治療が終わると、おれは鉱区での出来事と明日の決闘について話した。

ドクは暗い顔でデスクのところへ行き、引き出しから一通の電報を取り出して、おれの前に置いた。

先日の復活対策により、大いなるクトゥルーの復活のカギを握るのは、汝が追いし最後の夢と判明せり。即刻、殺害計画を破棄し、本部へ帰還すべし。なお、明日の午前零時をもって、汝

への保護は打ち切るものとする。


「今さら何だって話だが」

ドクは髪の毛を撫で上げると、グラスにウィスキーを注いで、おれに手渡した。おれはそれを置いて、

「明日だぜ」

「どうしようもあるまい。おれたちは教団の人間だ」

昨日までは殺せ、今日は役に立つから放置しろ、か。やれやれ。

「おかしなことを考えるなよ」

ドクが声をかけた。そう言いたくなるような面《つら》をしていたのだろう。

「あんたはどうする？」

おれは訊き返した。

「特に指示は受けていない。ここで歯医者を続けるさ」

ドクは自分のグラスを空け、息を吐いた。

おれを見て、

「おかしなことを考えん方がいいぞ」

と言った。

「おれたちの目的はクトゥルーの復活だ。それをぐらつかせるな」

「わかってるよ」

おれはグラスを取って一気に空けた。

おれは喉を指さし、

「世話になったな」

と言って立ち上がった。

「おい」

とドクが呼び止めた。ふり向くと、右手を出して、

「治療代」

と言った

第十一章　ＯＫ牧場《コラル》の血闘

1

　おれはホテルのポーラを訪ねた。フロントで部屋を聞き、階段を上がったところでふり向いた。いつもの癖だ。

　三段ばかり下に、シノビが立っていた。

「おまえはおれの影か！」

　呆れて言った。

「いい誉め言葉だ」

　シノビは片手で、早く行けという仕草をした。気に入らなかったが、行かなきゃならないのは確かだ。

　ポーラは部屋にいた。

　おれを見て喜んだ。何があったのと訊かれたが、おれは良くわからないと答えて、質問を打ち切った。ポーラもそれ以上、追及しなかった。

　事情を話し追うのは中止だと告げると、ポーラは眼を丸くした。

「勝手な雇い主ね」

　と加えた。シノビは無表情に、

「あんた賞金稼ぎだろ？　せっかくの獲物を放っておいていいのか？」

　咎める口調ではなかった。

「相手はいま、アイク・クラントンに乗り移っている。賞金はかかっていない」

「決闘は明日でしょ。ＯＫ牧場《コラル》で？　ねえ、シノビはひとりで行くつもりよ。あなた今まで一緒にやってきたじゃない。シノビに助けられたことだって」

「それは別の機会に返す」

「必要ない」

とシノビ。

「操り人形が義理を感じるとも思えないしな」

睨みつけたが、日本人はケロリとしていた。皮肉を言ったつもりはないのだ。

「それに、今度会うのは多分、ここだ」

彼は左手で天井を指さした。天国を。

おれは無視して財布から百ドル札を二十枚数えてポーラの前に置いた。

「これまでの礼だ」

「何もしていません」

「ここまでの分だ。あんたの行きたいところへ連れて行けなくなった。詫びも入ってる。商売でもはじめろ」

「私はどうなるの？　ルネンゴチーバはまだ狙ってます」

「行きたい場所があると言ったな。シノビに連れて行ってもらえ」

「あなたもＯＫしたでしょう。それにシノビは――」

そうだ。こいつはひとりで決闘の場に向かわなきゃならないのだ。その辺の相手ならどうにでもなる。しかし、クトゥルーの力を備え、なおかつシノビと同じＮＩＮＰＯＵを心得た男と、その仲間が相手では。

「気にするな。この女《ひと》はおれが目的地へ連れて行く」

シノビは平然と言った。これ以上、おれが彼らといる意味はなかった。

「おれは明日の朝早々に、町を出る。達者でな」

二人の返事を聞かずに部屋を出た。むかし一度きり、こんな気分になったことがある。お尋ね者の亭主を庇おうとした、ミス・シュミットを射ち殺してしまったときだ。

その後で亭主も殺した。

保安官事務所へ行き、バッジを返そうとしたが、いつまでいると訊かれた。明日町を出ると言うと、それまでは助手だ、と来た。経験から言うと、こんな日は悪あがきに向いていない。


最後の巡回の途中で、トラブルが起きた。

頭上で銃声が聞こえ、窓ガラスの破片が落ちて来た。ホテルだ。部屋の主はジョン・H・ホリディ。飛び出して来たフロント係に、そこにいるよう合図し、部屋まで駆けつけた。

あちこちの部屋から客が顔を出す。部屋に入っているようジェスチャーし、ドアを叩いた。

「誰だ？」

はっきりした理性的な声である。

「〝シューター〟だ」

ドアの向こうから、怒りの感情が伝わって来た。

「何の用だ？　とっとと帰れ」

正気としか思えない声だが、幾ら飲んでも酔わないのが声の主の特徴だ。

「入るぞ、ドク」

一歩下がって、思いきり蹴りを入れた。ドアは簡単に開いた。

真正面――窓際にあの看護婦がいた。怯え切った表情は、おれの右斜めでコルトを構えるドクター・ホリディのせいだ。二発目の撃鉄は起きている。彼の顔には殺気が満ちていた。

「よせ」

おれは二人の間に入った。

「邪魔するな」

「一応、明日までは保安官助手だ。この町でトラブルは許さん」

いきなり射ちやがった。

弾丸は女の右側の壁にめり込んだ。

もう一発――左の壁。

見るところ、ドクター・ホリディは大酒飲みの癇癪《かんしゃく》持ちだが、瀬戸際で自分を律することの出来る男だった。

コルトを下げると、洗面台の方へ行き、出て行けと言った。

女は待ってましたとばかりにドアへと向かった。ドアを開けたとき、ようやくドクの方を見る。その顔には、積年というしかない憎悪が滾《たぎ》っていた。

それなのに、涙が頬を伝わった。

女は拭いもせずに出て行った。

ドアが凄まじい勢いで閉じた。

おれは溜息をひとつついてから、

「噂は聞いている」

と言った。

あの女はクラントン一派のジョン・リンゴーと出来ていると、もっぱらの評判だった。二人がホテルの部屋から出て来るのを目撃したという奴もいた。歯医者が終われば博打場に入りびたりのドクが知らぬわけがない。

「あれはケイト・エルダーだ」

とドクは、テーブルのグラスにウィスキーを注ぎながら言った。グラスが上がった。いい飲みっぷりだ。

推測通りだった。ケイト・エルダー——その鼻から〝ビッグ・ノーズ・ケイト〟とも呼ばれる。ドクとはどういう仲なのか、くっ付いては離れを繰り返していると、二人を知る者は必ず指摘した。どちらが願ったのか知らないが、決着をつける日が来たのだ。

「おれは、明日——ＯＫ牧場へ行く。リンゴーが必ず来るだろうからな」

「私闘だ。教団の守りはないぞ。その前に、治安妨害の罪で逮捕留置する」

「いいか、これにはクトゥルーは関係ない。相手はリンゴーだ。邪魔をするならお前を射ってから、クラントンのところへ行くぞ」

テーブルの上に、空のウィスキー・グラスとコルトが並んでいた。そこにケイトが加わって、何とかドクの正気を保たせていたのだ。

ひとつが欠ければ、みな砕けてしまう。あの女のために破滅か、とも思ったが、おれは何も言わず、部屋を出た。

ドアを閉め、廊下に立っている客に、ただの暴発だと告げてから、下へ下りた。

フロントの支配人に同じことを告げ、修理費用はホリディ先生から貰えと言ってホテルを出た。

つけなければならない決着をおれは上からの命令で回避し、嫉妬のために別の決着をつけようとする男もいる。

考えないようにして、巡回を続けた。こういう時に限って何も起こらなかった。少なくとも無益な死者は出さずに済んだのだ。

巡回が終わると、ホテルへ戻った。

おれの部屋には誰もいなかった。

部屋の真ん中に立って、ガンベルトをつけたとき、

「明日、ドクも加わる」

と声を出した。おれに出来ることはそれで終わりだった。

2

昼前に保安官事務所へ行き、コールにバッジを返した。残念だと彼は言ったが、引き止めようとはしなかった。町の者でない限り、治安を守る連中は流れ者の拳銃使い《ガンマン》だ。名保安官と謳われたワイルド・ビルだろうが、トム・スミスだろうが、彼らが町に与えた平和は、町民の声に姿を変えて、彼らに退去を命じたに違いない。アープもマスターソンも同断だ。

おれは事務所の前から、街道の方へと馬を進め

た。

ホテルの前に来た。

出入り口にポーラが立っていた。おれの方を見もしなかった。眼は真っすぐ、名前のない通りの先――ＯＫ牧場に向けられていた。

酒場が近づいて来た。

ドアが開いて、ドクが現れた。帽子の縁に手をかけて空を仰ぎ、一度だけ腰のコルトに手を触れて通りを渡り始めた。おれの方には一瞥も与えなかった。

彼が渡り切る前に、おれはＯＫ牧場へ曲がる角に到着していた。

「それじゃ、な」

背中に声が当たった。

愕然とふり向いた。

後ろにシノビが乗っていた。

いつ？　と訊く気にもならなかった。何が起こっても認める他はない。

「達者でな。おれはドクと行く」

眼の中に笑顔が灼きついた。

気がつくと日本人は消えていた。

通りを渡ったドクが板張りの歩道をやって来る。その隣りにいた。

おれは交差する通りを渡り切ろうとしていた。じき、左の奥で銃声が轟く。その頃には町を出ているだろう。

誰かが名前を呼んだ。

通りを渡った意志の歩道で、女がひとり右手をふっている。ミリーだった。

「行っちゃうの、〝シューター〟さん？　お世話になったわ、ありがとう。また悪党を捕まえてね」

おれは帽子の縁に手をかけて別れを告げた。

捕まえて。いや、生死に関わらず、だ。おれは賞金稼ぎだった。クトゥルーの夢を追っているのは教団員としてだ。

後者はご破算になった。

シノビは戦いの場に向かった。ドクも、また。

身は通りを渡り、町外れに差しかかっていた。

道の両側は茫々たる荒野だった。

その地平の彼方から巨大なものがせり上がって来た。

巨大な頭部、宇宙誕生の瞬間から死のみを見つめて来た真紅の双眸、蛇のごとく蠢く触手、背中には、巨体に似合わぬ緑色の翼――

偉大なるクトゥルー。

おれは、おまえの与える未来を信じた。

既成の文明と生命のすべてを否定して、新しい死の秩序を打ち立てて、おれたちはその中で歓喜の儀式を行う。

だが、おれはおまえの与える死を見てしまった。人間たちの死を。彼らは皮しか残さなかった。おれが望んだ世界の結末はこれか。

空は紅蓮《ぐれん》に燃えていた。

地平の彼方から、おびただしい人間が大いなる神の下へ吸いこまれていく。

おれは馬首を巡らせた。

アイク・クラントンには賞金がついていない。だが、乗り移った奴には別だ。何処に隠れているにせよ、奴はお尋ね者だ。そして、おれは賞金稼ぎなのだった。


〝OK牧場《コラル》〟とは〝OK馬囲い《コラル》〟の意味だ。それはまだ名前もない通りの左側に板柵で囲まれた、かなりの広さの地所である。

通りに人影はなかった。

OKコラル

とペンキ書きされた板の前で馬を下り、コラルへ踏み込んだ。

前方三メートルのところにシノビとドクがこちらに背を向け、その前方——それも三メートルほどのところに、五人が立っていた。

アイク・クラントン、トム・マクローリイ、フランク・マクローリイ、そして、ジョン・リンゴーとカーリー・ビル・ブロシャス。

フィンはともかく、ビリーがいないのが、おれの胸を軽くさせた。

どいつも射ち合い覚悟の緊張顔だ。距離が近すぎるせいもあるかも知れない。

「安心したぜ」

アイク・クラントンが手を叩いた。

「こいつら二人じゃ、玉無しを相手にするようなもんだ。ようやく玉がくっつきゃがった。断っとくが人数でぐちぐち言うなよ」

「弾丸は五発――ぴたりだぜ」

とおれは返した。

ドクが、肩ごしにおれを指差して、

「彼は見物人さ。――離れて見てろよ、〝シューター〟」

「そうそう」

シノビが加担した。のんびりした声である。おれは鼻先で笑った。

「そうはいかねえ。こいつはおれの都合でな。おまえらこそ、怪我をしたくなかったら、家へ戻ってベッドに入ってるこった」

「じゃ、そろそろ始めるか」

アイクは楽しそうに言った。

コラルの入り口から足音が近づいて来た。拍車が鳴っている。

「おれはこっちに付く」

おれの右横でビリー・クラントンが低く宣言した。

「おい、ビリー」

アイクが険しい表情になった。

「どういうつもりだい？」

と訊いた。

「おまえは兄貴じゃねえ。兄貴の姿を借りた化物だ。トムもフランクも、リンゴーもだ。本物はどうなったか知らねえが、乗り移った化物は、ここで片づけてくれる」

「誰に吹き込まれたんだよ、そんな世迷《よま》いごと？」

フランク・マクローリイが右のこめかみをつついて笑った。

ビリーの叫びが戦いの宣言だった。

「やかましい！」

おれの狙いは勿論、アイク・クラントンだった。忍法と忍法の戦いになるにせよ、おれはこいつを斃すために戻ったのだ。賞金は——生き延びたら後で考えよう。

一発射ち込むと、アイクは海老みたいに体を折った。

向こうでいちばん速かったのは、ジョン・リンゴーだった。ドクめがけて一発——だが、ドクも同時に抜いていた。銃声はひとつに聞こえた。ドクは立っていたが、リンゴーは心臓のあたりを押さえてよろめいた。

それでもコルトを上げようとしたところへ、ドクの二発目が右の肺に命中し、彼はついに倒れた。

フランク・マクローリイとトム・マクローリイは、リンゴーの次に引き金を引いた。狙いは誰だかわからない。多分、外れた。一発射ってトムは倒れた。ビリー・クラントンの初弾が命中していたのだ。

右肩を灼熱がえぐって抜けた。カーリー・ビルの一発目だ。彼は続けざまに扇射《ファニング》ちをかけたが、一発も当たらなかった。四発目を射ったとき、おれの弾丸が喉を貫いた。

そのビリーが左肩を押さえて半回転した。フランク・マクローリイのコルトの仕業だった。

フランクを斃したのは、おれとドクの弾丸だった。吹っとんだ彼を見届けもせず、おれはシノビのほうへ眼をやった。

彼は右手を上げて武器を投擲《とうてき》する姿勢をとっていた。倒れた三人を見つめて、

「忍法〝傀儡人〟——人形だ」

と叫んだ。

「後ろだ！」

シノビの声にふり返った刹那、
右肩にリンゴーの一発が当たった。衝撃でおれは尻餅をついた。

ビリーとドクの弾丸が生き返った二人を倒す前に、シノビのマキビシがアイクの顔を粉砕した。

シノビが駆けつけて来た。

おれの額に手を当て、脈を取り
「大丈夫だ。いま、弾丸を抜こう」

小刀が陽光にきらめいた。またか。

「手伝おう」

ビリー・クラントンがしゃがみこんで言った。

「よせ。ドクを呼べ」

「わかった」

ビリーは立ち上がり、代わりにドクがおれの傷を覗きこんだ。

コラルの入り口から足音が駆け寄って来た。

小さな悲鳴が、おれの顔をそちらに向けた。

ドクもシノビもビリー・クラントンも。

ポーラだった。

驚愕よりも恐怖、動転よりも戦慄がその顔を歪めていた。

「この人よ」

白い指が震えながら示した。

あなたが捜している最後のひとりは——この人よ！」

ビリー・クラントンを。

3

若者の顔が世にも醜悪な笑みを形成すると同時に、ぶら下げたままのコルトがポーラ目がけて火を吹いた。続けておれへ。

世にも美しい音がした。

おれの眼前でシノビがナイフを横一文字に構えていた。

信じられなかった。恐らく、誰も。ビリーの弾丸をシノビはナイフで弾き返したのだ！

「貴様あ」

罵りながらの三発目を、ビリーは射つことが出来なかった。撃鉄を本体に固定したのは、ひとすじの髪の毛だったに違いない。

びゅっ！　と空気を灼いて飛来するマキビシを、手の平で受け止めるや、ビリーは後方三メートルも跳びのきつつ、腰のボウイ・ナイフを手裏剣打ちに投げた。

それはシノビの胸に吸い込まれた——と見えた刹那、それは同じ軌跡を辿ってビリーの喉笛を貫通したのである。なんとシノビは、ナイフの刃を二本の指ではさみ止めざま、瞬時に投げ返したのだった。

「忍法〝疾風《はやて》返し（ＨＡＹＡＴＥ　ＧＡＥＳＩ）〟」

つぶやいたのは、倒れたポーラに駆けよる前だ。疾風のごとき敵の攻撃をそのまま送り返す。おれには東洋の神秘としか思えなかった。

「遠くまで来ちゃったわね」

ポーラの声が意外とはっきり聞こえた。

「動くな、大丈夫だ」

と駆けつけたドクが言った。

ポーラの右胸に赤い花が咲いていた。

「彼――大丈夫？」

おれのことか。片手を上げて見せた。

「大丈夫だそうだ」

とシノビ。

「良かったわ。あいつがいる限り、世界は安らかに眠れない。やっつけられなければ、永久に閉じ込めておいて」

「任せておけ。おれたち三人の名前を言えば、一発で大人しくなるさ」

「――殺し文句ね。日本人てお上手よ」

ポーラの全身から力が抜けた。ドクが脈を取り、牧場の入り口に固まっている町民たちに、

「病院へ連れて行け！」

と叫んだ。すぐに何人かが駆け寄り、ポーラを運び去った。

おれとシノビとドクは、横たわるビリーを見下ろした。シノビが首を傾げて、

「ビル・アギランス――ビリーに乗り移るとは思わなかった」

「忍法を使ったのは？」

「ビリーだ。恐らく、みな片づいてから、ビリーは乗り移られたんだ。」

これはドクの発言だった。おれはシノビを見た。

「なぜ、おまえの忍法《NINPOU》を使わなかったんだ？」

〝髪しばり〟

「あんたとビリーが来なければ使うつもりだったが――卑怯な真似はしたくない」

「今までさんざん使ったんじゃねえのか!?」

怒鳴りつけた途端に、傷口が疼いて、うめき声しか出せなくなった。

「任せるよ」

シノビはドクに言って立ち上がった。

他にも立ち上がった奴がいる。

おれもドクも眼を剥いた。シノビはわからねえ。

ビリーが、アイクが、カーリー・ビルが、マクローリイ兄弟が――。そしてリンゴーもまた傷口あたりを押さえながら立ち上がったではないか。

傷口？　いや、そんなものはない。

おれは右手に掴んだままのコルトを抜こうとした。決闘再開だと思ったのだ。

だが、六人組はきょとんとした顔で周囲を見廻し、おれたちを見ると、アイク・クラントンが、

「――どうかしたのか？」

むしろ心配そうに訊いた。

瞬時にわかった。ビリー・クラントンに憑いていたビル・アギランス――クトゥルーの「夢」が、何処かで死滅しちまったのだ。その結果、こいつらは何事もなかったように甦った。正に夢から醒めたのだ。

「何でもない」

とドクが答えた。彼にもわかっていた。

「とっとと行け。気にするな」

「行くともよ」

とビリー・クラントンが言った。それから、顔をしかめて、

「けどよ。ここで射ち合いをしたような気がするんだ。拳銃も落ちてるしな」

「あばよ」

とおれは声をかけた。ドクがこうつけ加えた。

「いずれまた、やらかすかも知れん。今度は本番をな」

六人は拳銃とナイフを拾い上げて、コラルから出て行った。

それを見送ってから、

「あいつらは平気なのに、おれたちばかりが痛い目を見るのはどうしてだ？」

おれはドクに訊いた。

「向こうは夢を見ていた。対してこっちは本物の射ち合いをやらかした——その差だな」

さっぱりわからねえ。しかし、他に何を言われたって、同じことだ。

「おれのところへ運ぼう。立てるか？」

「何とかな」

返事どおりにしたとき、コラルの入り口からコール保安官と助手たちがやって来るのが見えた。

結局、射ち合いはなく——相手がいないのだ——おれとドクは練習中の銃の暴発という無茶

苦茶な理由で、無罪放免となった。

ドクはトゥームストーンに残り、後からくるワイアット・アープ兄弟を待つと言う。

ポーラの回復を待ったため、旅立ちは半月後だった。胸の傷は致命傷にならなかった。上衣の胸ポケットに入れておいた品が、弾丸《たま》の直撃を食い止めてくれたのだ。ダッジのホテルでおれが手渡したビラマンテの石棒が。この間、ルネンゴチーバのちょっかいがなかったのは幸運というしかない。おれとシノビは、ポーラとの約束を守る――必要はなくなったが――ことに決めていた。

町外れまで、ドクと――ケイトが見送りに来た。男と女はわからねえ。

ドクは、達者でな、と言ってから、

「気をつけろ」

とつけ加えた。おれは指示に反して最後のひとり――夢だからひとつか――を斃してしまったのだ。そいつは西部の何処かで眠っている――或いはきれいさっぱり失くなってしまったか、だ。

教団はおれを許すまい。どんな形での報復が待っているかはわからないが、今度はおれが追われる番なのは確かだった。おれは命に背いて、束の間にせよ、教団の存在理由――のクトゥルーの復活を、その主要人物を斃すことによって破壊してしまったのだ。

「世話になった」

別れを告げるおれに、ドクは、

「おまえは正しかった」

と言った。意味はよくわからない。

街道へ出た。

「あんたは正しかったと思う」

奇妙な日本人は、馬車に乗ったポーラのかたわらで手綱を操りながら、こう言った。

「この先、大変そうだけど。狙われるだろ？」

「大きなお世話だ。それより、この女を目的地まで安全に送り届ける方法を考えろ。ＮＩＮＰＯＵ野郎」

「感謝します」

とポーラが言った。

「だからもう喧嘩をしないで。あなた方――気が合いそうだわ。協力して私を送り届けてくれると信じてます」

「やめてくれ。それより、行く先を教えろ」

答えず、ポーラは、

「真っすぐ」

とシノビに伝えた。

馬車は走りだした。

「日本へ帰りたくねえのか？」

とおれは並んで走りながら訊いた。

シノビは肩をすくめて、

「何だか、この国が――〈辺境〉が気に入ってな。みんな、がむしゃらに荒野で生き抜こうとしている。それに、おかしな外国人ばかりだ」

それはおめえのこったと、罵りたくなるのをおれは我慢した。

荒野の生死を司《つかさど》るのは、六連発とウィンチェスター・ライフルだ。それに対してシノビ、ＮＩＮＪＡ、ＮＩＮＰＯＵ――案外、大西部はこいつ向きかも知れねえ。

前方に広がるのは、茫々たる荒野だった。
ふと、おれは足を止めた。
ふり向くと、シノビも馬車を止めた。
つん、と強烈な匂いが鼻を衝いた。
潮の香りが。
蒼穹に巨大なものの気配があった。
それは、静かに、しかし、狂気の怒りをこめて、おれたちを睥睨《へいげい》している。
決して、許さないと。

いつか、運命はこの怒りを三つの命で鎮めるのかもしれない。
だが、おれたちの眼の前にあるのは、荒野だけだった。大西部の。
不思議と怖れはなかった。

ためらいは数瞬のことだった。
異世界の覇者の呪詛の下を、おれたちは胸を張り、背を伸ばして堂々と走り出した。

参考文献

☆ワイアット・アープ伝（津神久三）／リブロポート
☆フロンティアの英雄たち（津神久三）／角川書店
☆ガン・ファイター（津神久三）／毎日新聞社
☆ワイアット・アープ伝—真説「荒野の決闘」（スチュアート・N・レーク、鮎川信夫訳）／荒地出版社
☆西部の町の物語（ダグラス・D・マーティン、高橋千尋訳）／晶文社
☆ワイルド・ウエスト物語（海賊版）／リブロポート
☆アメリカ西部開拓博物誌（鶴谷寿）／PMC出版
☆アメリカ・ウエスタン辞典（大島良行編）／研究社出版
☆大西部物語1～（ポール・トラクトマン）／TIME LIFE BOOK
☆気楽に射ち合いをどうぞ（バーナード・ペイン）／原峡書房
☆いたずらの天才（アレン・スミス）／文春文庫

あとがき

一度、本格的な西部劇を小説にしてみたいと思っていた。

それなら、いわゆる西部小説《ウエスタン・ノベル》を書けばいいわけだが、ここのところは最初から、西部小説は西部劇に勝てないと、保安官に銃口をつけられた無法者のように、両手を上げて《リーチ・フォー・ザ・スカイ》いたのである。

一九六〇年代まで、アメリカ映画を代表するジャンルだった西部劇が殷賑《いんしん》を極める中、何度か出版された西部小説がことごとく不発に終わったのは、やはり面白さで映画に及ばなかったためである（ただし、この国でという条件が付く。アメリカ本国では今でも生産が続けられ、R・マシスンのようなジャンル外の作家も数多く参入しているからだ）。

やはり、銃撃戦という瞬間的（或いはその連続）なアクションをクライマックスとする映画に、小説は迫力負けしてしまうのだ。（日本にも時代小説という、どこか似たジャンルがあるが、これは最大の魅力たる斬り合いが、銃撃戦より遥かにバラエティに富んでいるため、文章が映像に負けず、現在《いま》も隆盛を極めている）

それでも、私は西部小説への憧憬を捨ててはいなかった。子供の頃、血湧き肉踊らせた西部劇の名場面を、何とか文章で再現してみたかった。

『シェーン』（53）でアラン・ラッドが見せた胸のすく早射ち決闘を、『赤い河』の牛群の渡河シーンを、『荒野の決闘』（『愛しのクレメンタイン』）（46）のヘンリー・フォンダとキャシー・ダウンズが、鐘の音をバックに教会へと歩んでいくシーン（これはDシリーズ）を、紙上に甦らせることが出来たら、それは快挙に違いない。

だが、それに挑むべくペンを動かしはじめると、シェーンが現れ、納屋の裏手でドカンとやる。これでおしまいであった。先住民と駅馬車の追っかけを、と思うと『駅馬車』（39）のクライマックスが、どーんと現れる。ひええ、である。

それに、アメリカ人が西部で活躍するというフォーマットに則った西部小説では、私が書く意味もないし、第一、触手が動かない（本篇ではしょっ中動いているが）。

プロの悪《わる》ずれでは人後に落ちない私は、ここで日本人を主役に据えようかと考えた。拳銃が全てを制する荒くれ世界に日本人を登場させる——この野望は、今は無き朝日ソノラマ社の『ウエスタン武芸帳』で試みたことがある。

しかし、あれは異世界の西部、私流に人格変貌させた沖田総司ら新撰組一党が大暴れするというSFに近いものであった。

現実の大西部に、武士ならぬ日本人を主人公に据えた大アクションを——この夢は、今から数年前に形を取りはじめる。

『吸血鬼ハンター〝D〟』シリーズが英訳され、アメコミ化もという話が持ち上がったのである。これは残念ながら実を結ばなかったが、名前の上に「世界の」と付けたかった私は、アメコミ用に別のキャラクターを考えた。当時、アメリカ映画では日本の忍者ものが人気を呼び、映画化もされていた。

「ははは、何でもっと早くこれに眼をつけなかったのであるか」

私はホゾを噛んだ。忍者なら、私の生涯のお手本、山田風太郎氏の「忍法帳」シリーズがあるではないか。あそこに登場する、奇怪な忍者を大西部へと運び、西部の荒くれ男たち——ワイアット・アープやバット・マスターソン、ベン・トンプソン、ビリー・ザ・キッド、ジェシー・ジェームズらを相手に、あの奇怪な「忍法《NINPOU》」を駆使させたら、それこそアメコミ・ヒーローもびっくりの新しい大活躍が生まれるのではないか。

勿論、それは私流に変貌させたキャラクターや物語でなければならない。

任しとき。

自信はあった。

だが、この出版不況時に、外国を舞台にした西部小説を出してくれるところを捜す自信はなかった。

しかし、天は前進する者を見捨てない。ご存知創土社が、何とこのご時世に、日本ではまだまだ到底認知されたとはいえないクトゥルー神話を中心に据えた一大叢書「クトゥルー・ミュトス・ファイルズ」を企画――本当に刊行を開始したのである。

私は元祖H・P・ラヴクラフト、その使徒オーガスト・ダーレス、C・A・スミス、ロバート・ブロックだけの作品をこよなく愛する者だが、同じような小説を書く気はなかった。

クトゥルー神話も私なりの物語にしたかった。こうして生まれたのが『邪神艦隊』『ヨグ＝ソトース戦車隊』『魔空零戦隊』という〝架空戦記〟であった。

最初のとおりだとあと一冊、というところで書くのが少ししんどくなった。

そのとき、〝別の〟クトゥルー神話が何のためらいもなく決まった。

言うまでもない。クトゥルー・ウエスタンである。西部小説ならば、クトゥルーを出してもおかしくないし、忍者もオーケーだろう。内心、ケケケと笑いながら、私はペンを執った。

これが、それだ。

最初は西部《ウエスタン》小説らしい体裁を整えたくて、主人公は西部男《ウエスターナー》にした。歴史的事実も重視した（ドク・ホリデイが、この年、ダッジで歯科医を開業したというのは本当である）。映画の設定も少し取り入れた。史実のパロディもやらかした（何だか、当ててみな）。

企て上手く行ったかどうかは、読者の判断にお任せするが、書き手としては、新たな西部小説への手応えを十分に感じている。反響がどうであろうと、次は本篇のメイン・キャラクター〝シノビ〟を主人公に据えた〝普通〟の西部アクションをお届けする予定である。この〝普通〟はあくまでも、私にとっての定義であり、読者は絶対に度肝を抜くであろう。

それでは、CMFの一編としてふさわしい一節とともに、お別れすることにしよう。

いあ　いあ　ふんぐるい　むぐる
うなふー　くとぅるー　るるいえ　うが
＝なぐる　うぇすたん

二〇一五年一月一日
「シェーン」（53）を観ながら
菊地　秀行

《好評既刊》

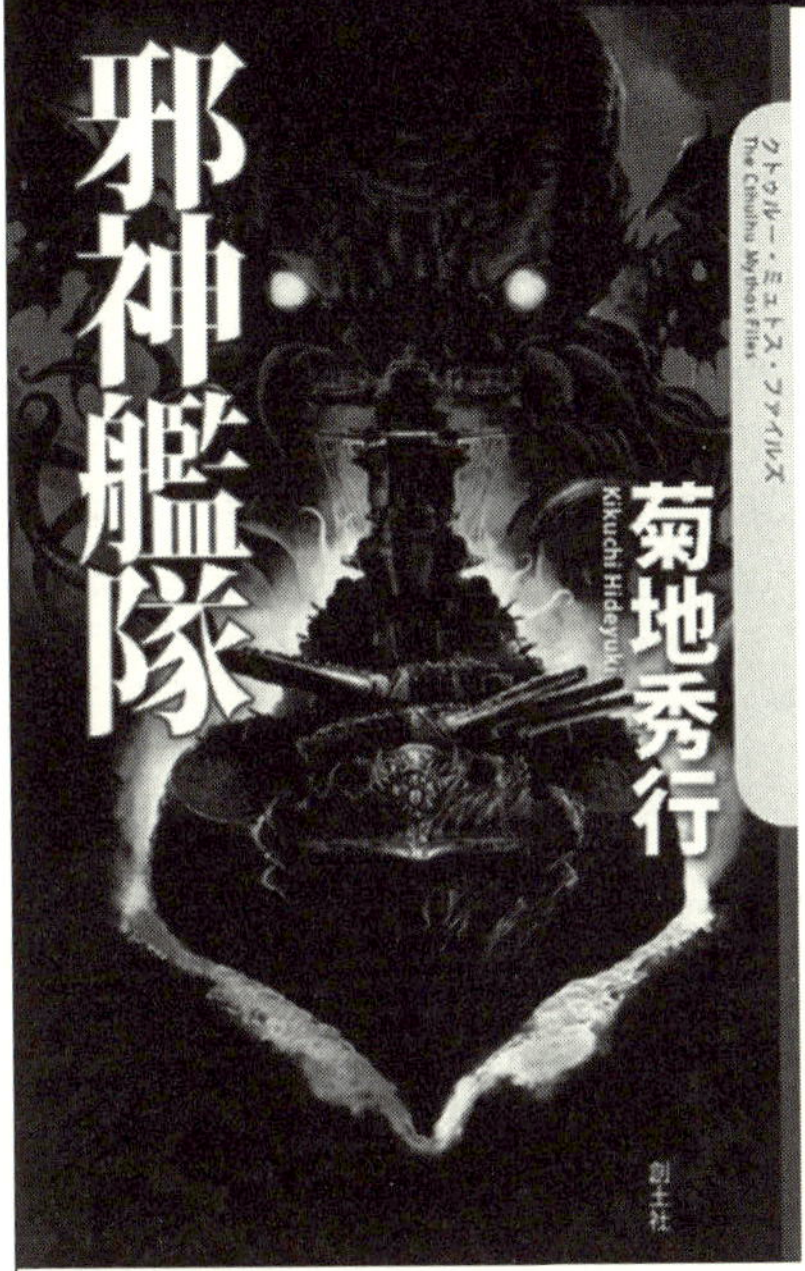

クトゥルー戦記①

邪神艦隊

菊地 秀行

本体価格：1000円＋税
版型：ノベルズ
内容紹介：

太平洋の〈平和海域〉に突如、奇怪な船舶が出現、航行中の商船を砲撃した。戦時中の日米独英の大艦隊は現場に急行。彼らが見たものは、四カ国の代表戦艦全ての特徴を備えた奇怪な有機体戦艦であった。 決戦の日、連合艦隊と巨人爆撃機「富獄」は、世界の戦艦《くろがね》とともにルルイエへと向かう。

本日、太平洋波高し！

《好評既刊》

クトゥルー戦記②

ヨグ＝ソトース戦車隊

菊地　秀行

本体価格：1000 円＋税
版 型：ノベルズ
内容紹介：
一発の命中弾で彼らは目を覚ました。何故俺たちはここにいる？ 日本人戦車長、アメリカ人操縦手、ドイツ人砲手、イタリア人機銃士、中国人通信士、そして、世界最高の戦車。 全ての記憶は失われていたが、目的だけはわかっていた。サハラ砂漠のど真ん中にある古神殿、そこへいにしえの神の赤ん坊を届けるのだ。 彼らを待つのは砂漠の墳墓か、蜃気楼に浮かぶオアシスか？　熱砂の一粒一粒に生と死と殺気をはらんで――

クトゥルー・ミュトス・ファイルズ
The Cthulhu Mythos Files

クトゥルー・ウエスタン
邪神決闘伝

2015年2月1日　第1刷

著　者
菊地 秀行

発行人
酒井 武史

カバーイラスト　高荷 義之
帯デザイン　山田 剛毅

発行所　株式会社　創土社
〒165-0031　東京都中野区上鷺宮 5-18-3
電話 03-3970-2669　FAX 03-3825-8714
http://www.soudosha.jp

印刷　株式会社シナノ
ISBN978-4-7988-3023-0　C0293
定価はカバーに印刷してあります。

クトゥルー・ミュトス・ファイルズ
The Cthulhu Mythos Files
近刊予告

『クトゥルー・オペラ　邪神降臨』

新装版

風見 潤

　太古の昔、地球を支配していたのは異形のものたちであった──。宇宙の底、虚無の深淵で長い眠りからアザトートは目覚めた。〈旧き神〉の手で知性の全てを剥奪されたアザトートの脳裏に浮かんだのは「──その星を、いま一度、この手に」であった。
　1997年、世界各地では異形のものたちが邪神の復活を前に蠢き始める。邪神たちを迎えうつために選ばれし7組の双子たち。果たして彼らは人類を、地球を、救うことができるのか！

このシリーズの通しタイトル“クトゥルーオペラ”というのは、ラヴクラフトによるクトゥルー神話大系にもとづいたスペース・オペラといった意味です。ラヴクラフトが超自然現象を駆使して読者に与えた恐怖を、ＳＦ的科学でばっさりやって、その割り切り方に爽快感を味わっていただけたら、と思っています。
（著者あとがきより）

本書は1980〜1982年に朝日ソノラマより出版された（ソノラマ文庫より復刊）全4冊（『邪神惑星一九九七年』『地底の黒い神』『双子神の逆襲』『暗黒球の魔神』）」を1冊にまとめたものです。（編集部）